袁筱一 许钧 主编

La Lézarde

Edouard Glissant

裂隙河

[法] 爱德华·格里桑 著
张笑语 译

上海译文出版社

非洲法语文学：边界、历史与问题
——『非洲法语文学译丛』序

对于"非洲法语文学",我们可以有一个很简单的"望文生义"的解释,那就是来自非洲的作家用法语写成的文学作品的总和。即便这样的释义排除了早期非洲的法国殖民者翻译和编撰的非洲口头文学,例如在1828年出版的《塞内加尔沃洛夫族寓言故事》(*Fables sénégalises recueillies de l'Ouolof et mises en vers français*),这一文学的历史仍然可以向前追溯将近两百年的时间。1853年,混血的塞内加尔布瓦拉神父(L'abbé Boilat)完成了近五百页的《塞内加尔草图》(*Esquisses sénégalaises*),这部带有民族志意味的作品已经蕴含了非洲法语文学的萌芽,因为我们很快就会看到,从非虚构到虚构,从随笔到诗歌,从诗歌到小说,非洲法语文学很快就覆盖了几乎所有的体裁,并且再也不容"法国文学"忽视。

只是作品的诞生并不意味着一种独立的文学就此成立。事实上,非洲法语文学在上世纪五十年代末期进入"法语文学",只在《七星百科全书》(*Encyclopédie de la Pléiade*)的"法语文学卷"里占了差不多十几页。当然,这并不意味着进入"法语文学史"——在非洲法语文学还未对法语文学提出问题之前,"法语文学史"在某种意义上并不存在。瑞士的、加拿大的法语文学并不特别构成一个具有整体性的"法语文学"——就是非洲法语文学取得合法性的开始。然而有趣的是,七十年代由苏联高尔基世界文学研究所集体编撰,译成汉语逾五十万言的《非洲现代文学》中,非洲的法语文学却已经得到了较为详尽的描述,许多在20世纪七十年代之前的非洲法语作家都在该书中占有一定位置。或许就是所谓选择事实、判断事实，并且为读者提供何种角度，从而"激励去发现在每一个历史背后的合理性"[1]的问题。将两个在时间上相距不远的文学史书写事件联系在一起让我们清楚地看到，因为并非民族文学的产物，时时处在变化之中的非洲法语文学在要求得到合法性定义的过程中，也对此前建立在民族或者国别文学之上的"世界文学"的合法性不断发起冲击，呼唤另一种阅读、审视与书写世界文学的模式。

我们对于非洲法语文学的翻译与研究也寄身在这一背景之中。因此，在"非洲法语文学译丛"出版之际，我们觉得有必要首先对大多数中国读者并不熟悉的非洲法语文学的地理边界、历史及其所包含的问题做出界定和说明。

一、模糊的边界：非洲的还是法语的？

高尔基世界文学研究所的《非洲现代文学》选择了国别文学这一在上世纪颇为流行的"外国"文学史的做法，这就使得非洲法语文学作品散落在不同国家或者地区的文学里，尤其是北非以及西非，例如阿尔及利亚、摩洛哥、突尼斯，或者塞内加尔、马里、象牙海岸（今译科特迪瓦）等。或许这一做法有效地避开了非洲法语文学的地理边界问题，同时也彰显了编撰者的批评立场，即并不将非洲法语文学当作一个整体来对待。

---

1. 海登·怀特著、罗伯特·多兰编，《叙事的虚构性：有关历史、文学和理论的论文（1957—2007）》，马丽莉、马云、孙晶姝译，南京大学出版社，2019年版，第73页。

由是，列奥波尔德·塞达·桑戈尔（Léopold Sédar Senghor）是塞内加尔的作家，波里·哈苏梅（Paul Hazoumé）是达荷美的（即今天的贝宁），沙尔·诺康（Charles Zegoua Nokan）是象牙海岸的，等等。他们越过了"法语"这一语言和文化的边界，从属于更大的非洲文学。

首先突出非洲法语文学中的非洲属性，当然是一种选择。这是我们熟悉的，假设为稳定的地理边界。只是这一选择暗含着一个命题，即非洲法语文学与非洲英语文学、非洲豪萨语文学或非洲斯瓦希里语文学是并列的、同质的，并且一旦形成，从此就可以形成传统，像我们熟悉的国别文学一样代代相传，然而我们都清楚，事实并非如此。即便与非洲法语文学的另一个"法语的"文化属性相比，或许这一地理属性也并非我们想当然的那么稳定。其不稳定性主要源于两点：首先是因为始于15世纪中叶的奴隶贸易早就使得文化意义上的非洲溢出了地理边界上的非洲；其次则在于，正如李安山在《非洲现代史》一书中指出的那样，"将非洲作为一个整体进行分析并不科学[1]"，因为殖民的原因，"非洲是国家最多的大陆"，非洲各国在人口、宗教信仰、语言文化、经济发展以及独立的历史进程等方面千差万别。第一点导致了文学地理意义上的非洲毫无疑问大于政治地理意义上的非洲：除了非洲大陆21个用法语作为官方语言的国家，6个将法语视作通用语言的国家之外，加勒比地区因其与法国之间千丝万缕的关系，也仍

---

1. 李安山著，《非洲现代史》，华东师范大学出版社，2021年，前言，第5页。

然是欧洲和北美洲之外盛产法语文学的地区。第二点则使得哪怕在地理上同属于非洲大陆，甚至同属于非洲大陆的同一板块，例如北非地区，在法语文学方面的产出也是极不均衡的。《非洲现代文学》的章节划分极为清晰地反映了这一不平衡性。非洲法语文学主要散落在五章的内容中，北非的阿尔及利亚、摩洛哥和突尼斯均独立成章，塞内加尔、象牙海岸、几内亚、达荷美、喀麦隆、刚果（布）、马里和中非共和国则共同构成西非一章，另外还有单独成章的马达加斯加（1975年之前为马尔加什共和国），其他法语国家和地区则未有涉及。高尔基世界文学研究所的做法显然有置身该文学之外的"外国文学"研究的立场，但是，值得一提的是，1990年，法国著名的非洲文学学者雅克·谢夫里埃（Jacques Chevrier）的研究著述《非洲文学：历史与主题》(*Littérature africaine: Histoire et grands thèmes*)也采取了类似视角，将非洲法语文学与非洲英语文学并置，虽然非洲英语文学在该书中只占有百分之十的篇幅[1]。

与突出非洲属性相对的，则是突出法语属性的另一种立场。这一立场打破了地理的边界，倾向于区分"黑非洲"与北非马格里布地区，在早期的法国文学史书写中，"黑非洲"的法语文学通常还会因其起始阶段的"黑人性"运动容纳进加勒比的塞泽尔（Aimé Césaire）或是达马斯（Léon

---

1. 参见米歇尔·奥塞尔（Michel Hausser）、马丁·马修（Martine Mathieu）著，《法语文学 III · 黑非洲与印度洋卷》(*Littératures francophones III. Afrique noire, Océan Indien*)，贝林出版社（Belin），1994年，第10页。

Damas)。《法语文学 III·黑非洲与印度洋卷》(*Littératures francophones III. Afrique noire, Océan Indien*)为我们列出了一系列相关的指称：1974 年，出版了雅克·谢夫里埃的《黑人文学》(*Littérautre nègre*)，将安的列斯群岛（海地以及仍然属于法国海外省的马提尼克和瓜德罗普）、非洲和马达加斯加的法语文学统统囊括在内；1976 年，罗伯特·科尔纳凡（Robert Conevin）出版了《黑非洲法语文学》(*Littératures d'Afrique noire de langue française*)，标题中的"文学"采用了复数形式，分国家论述"黑非洲法语文学"，也以此赋予了复数形式以合理的解释；1980 年，刚果小说家和教授马库塔-姆布库（Makouta-Mboukou）所著的《黑非洲法语小说导论》(*Introduction à l'étude du roman négro-africain de langue française*)又恢复了法语小说的单数形式，认为黑非洲的法语小说事关"一种"新的、特别的文学；1985 年，则出版了《1945 年以来的法语文学》，从而将黑非洲法语文学视为包括瑞士法语文学、比利时法语文学甚至是犹太法语文学——例如我们会想起 2004 年凭借《法兰西组曲》的遗稿获得雷诺多文学奖（Renaudot）的内米洛夫斯基——的法语文学的一部分[1]……

无论是法语在前，还是非洲在前，都不能解决异质、多元和不平衡的非洲法语文学所带来的矛盾。倘若我们把整体性的问题放在一边，只取地理的维度，倒也并不是说不清楚。这一

---

1. 参见米歇尔·奥塞尔、马丁·马修著，《法语文学 III·黑非洲与印度洋卷》，贝林出版社，1994 年，第 10—11 页。

有别于瑞士、比利时或者加拿大的法语文学，主要关乎四块地方：其一是"黑非洲"（即撒哈拉沙漠以南地区）的法语地区，李安山所谓的"西非板块"，是法国或者比利时在西非的旧时殖民地；第二块则是北非的法语地区，也称马格里布地区；第三块则是印度洋的岛屿，包括马达加斯加、毛里求斯和留尼汪；最后一块则在地球另一端的加勒比地区，包括安的列斯群岛和圭亚那。诚然，加勒比不属于地理意义上的"非洲"，但源于15世纪中叶的奴隶贸易却将这块地域与法语文学和文化联系了起来，并且成为最早的"黑非洲"文学的发生地。

加勒比几乎是一个象征，预示着非洲法语文学作者们流散的命运。因为奴隶贸易、殖民以及后殖民时代的到来，留下的和出发的几乎随时可以发生变化，非洲法语文学作者们的唯一共同点只在于，无论是20世纪初离开马提尼克来到巴黎，最后又回到马提尼克的塞泽尔，还是在2024年才辞世不久、从瓜德罗普来到法国，继而前往非洲、在美国执教，最后回到法国和瓜德罗普的玛丽斯·孔戴（Maryse Condé），非洲法语文学的作家们都会在法国或者法语文化的时空下或会聚，或交错。以至于在21世纪的今天，勾勒非洲法语文学的边界似乎是一件不可能的事情。因为即便从地域上廓清了非洲法语文学，我们仍然可以追问无穷多的问题：例如如何定义非洲法语文学作者的身份？肤色吗？国籍吗？出生在阿尔及利亚、小说的背景亦会根植于阿尔及利亚的加缪属于非洲法语文学的作者吗？或者，在法国出生、长大，却时不时会回到"非洲主题"

的玛丽·恩迪亚耶（Marie NDiaye）属于非洲法语文学吗？更困扰我们的可能是，"黑人性"运动无疑奠定了非洲法语文学渐渐成为一个整体的基础，但是，来自至今仍然是法国海外省的马提尼克的塞泽尔是"非洲"法语文学的作者吗？如果塞泽尔是，那么，声称自己就是法国人，并且提出了"克里奥尔化"概念的爱德华·格里桑（Édouard Glissant）是"非洲"法语文学的作者吗？

二、非洲法语文学的历史与现状

脱离了历史，非洲法语文学的地理边界在某种程度上并没有太大的说服力。

作者来自非洲的或是与非洲相关的，用法语写成的，隐含着"黑人"种族（或者本土居民的）以及由此带来的一系列问题——无论地点是在哪里，欧洲、美洲或者非洲——这是对非洲法语文学的较为宽泛的界定。

如果我们同意这样一种界定，非洲法语文学在不同地区或者国家出现的时间当然也是不同的。开始较早的是加勒比地区：海地的第一部法语小说在1859年就已经出现，是埃梅里克·贝尔若（Émeric Bergeaud）的遗作《斯黛拉》（*Stella*），在当时海地独立斗争的背景下，小说号召黑人和混血儿联合起来共同抵抗法国的殖民压迫。但是海地的法语诗歌创作则开始得更早，并且在很长时间都是加勒比地区法语文学的主流体裁，虽然因为诗歌创作的场景往往比较分散，很难说清楚第一首用法语创作的诗歌究竟创作于何时[1]。而西非早期由黑人创作的"文学作品"则较早也可以追溯到1850年,"塞内加尔当地人"列奥博尔德·帕奈(Léopold Panet)发表在《殖民杂志》(*Revue Coloniale*)上的一篇游记《乘坐"莫加多号"赴塞内加尔的一次旅行》[2]。

然而在19世纪,这些零星的、没有后续的法语文学却并不能形成一个具有整体意义的"非洲法语文学"。当时这些地区的被殖民处境也制约了非洲法语文学的发展,从而让具有萌芽性质的作品只是被当成法国文学极为边缘的一部分来看待,其价值取决于法国读者对于"异国情调"的趣味。对于文学史家来说,这个问题转化为另一个:"非洲法语文学"的源头究竟在于非洲文学呢,还是在于法语文学?在于非洲的口头文学,例如游吟诗人、非洲戏剧,甚至宗教意义上的艺术表演,还是在于已经发展到浪漫主义和现实主义的法国文学?《法语文学Ⅲ·黑非洲与印度洋卷》的作者指出,"有些人试图在842年的《斯特拉斯堡宣言》中追溯非洲法语文学的诞生",

---

[1] 克里斯蒂娜·恩迪亚耶(Christiane Ndiaye)主编的《法语文学导论》(*Introduction aux littératures francophones*)一书中,茹贝尔·萨迪尔(Joubert Satyre)在《加勒比》一章中提到,海地最早的法语诗歌或许可以追溯到1749年,杜维维埃·德·拉玛奥提埃(Duvivier de la Mahotière)的《离开平原的幼鲭》(*Lisette quitté la plaine*),但该诗的语言并不是严格意义上的法语,而是加勒比当时已经渐渐形成的另一种杂糅了法语、英语和当地语言的克里奥尔语。具体可参见克里斯蒂娜·恩迪亚耶著,《法语文学导论》,第167页。
[2] 参见罗伯特·科尔纳凡(Robert Cornevin)著,《黑非洲法语文学》(*Littératures d'Afrique noire de langue française*),法国大学出版社(PUF),1976年,第109页。

但是另一方面，在 1808 年，格雷瓜尔神父（L'abbé Grégoire）就已经用《黑人的文学》来证明非洲法语文学更为深刻，并且有别于法国法语文学的传统[1]。

到了 20 世纪初期，已经有一些重要的作品出现，显示出非洲法语文学发展的潜力。例如赫勒·马郎（René Maran）被冠之以"一部真正的黑人小说"的《霸都亚纳》(*Batouala*)。这部小说得到了 1921 年的龚古尔文学奖，在法国也算是轰动一时。只是在非洲法语文学的合法性尚未得到承认的时候，作者的声音也没有得到更加全面的理解。马郎期待着"从此之后，只要我开口就没人再敢提高嗓门"，然而他却陷入了困境，因为他的作品尽管非常温和，但"对于他揭露的体制而言是难以忍受的"[2]。

暂时搁置这一矛盾需要等到 20 世纪三十年代的"黑人性"运动，两种源头真正地汇聚在一起。黑人大学生从与非洲相关的各个地方来到巴黎。在 19 世纪末美国黑人文化复兴运动的影响下，来自加勒比和西非的黑人大学生找到了写作的一致目标：复兴黑人文化，提升黑人文化的价值，以此来反对甚嚣尘上的种族歧视。埃梅·塞泽尔 1935 年在《黑色大学生》杂志中率先创造了"黑人性"一词。到了三十年代末，桑戈尔对"黑人性"做出了回应。《阴影之歌》(*Chants d'ombre*)

---

1. 参见米歇尔·奥塞尔、马丁·马修著，《法语文学 III·黑非洲与印度洋卷》，贝林出版社，1994 年，第 17 页。
2. 阿明·马鲁夫（Amin Maalouf）著，《赫勒·马郎或先驱者的困境》，《霸都亚纳》2021 年版序言，阿尔班·米歇尔出版社（Albin Michel），2021 年，第 13 页。

的诗集中，出现了"黑人性"（《愿科拉琴和巴拉丰木琴为我伴奏》[Que m'accompagne kôras et balafong]），但是更重要的是，出现了无数与白色相对的"黑色"的意象：黑色的森林、黑色肌肤，是"白皙的双手""摧毁帝国""使我陷入仇恨和孤独"（《巴黎落雪》[Neige sur Paris]）。团结在一起发出的声音不再如当年的马郎一般孤单，在当时的环境下，也争取到了巴黎主流文学界的同情。

如果说对于"非洲法语文学"的定义始终模糊，大家在这一指称上达成的重要共识的时间却是清晰的：诗人们发起的"黑人性"运动成为"非洲法语文学"的开端。正是因为其模糊性，"黑人性"这样一个同时具有政治性和文化性的概念暂时弥合了来自不同地方的黑人大学生之间的分歧；而一部分欧洲知识分子，面对即将陷入战争或已经陷入战争或才走出战争的法国与欧洲，也开始反思所谓进步的文明。从20世纪三十年代末到四十年代，"黑人性"运动的领袖们都围绕着马郎开了头的"黑人"的话题，完成了一系列的重要作品，例如塞泽尔在1939年首先发表在杂志上，后来五十年代才在非洲存在出版社出版的《还乡笔记》(Cahier d'un retour au pays natal)；同样写作于三十年代末的桑戈尔的《阴影之歌》等等。四十年代末，"黑人性"运动的创作达到了高峰。1947年，达马斯在法国瑟伊出版社（Seuil）出版了他的《法语诗集》。第二年，桑戈尔也在法国大学出版社出版了著名的《黑人和马达加斯加法语新诗选》。尤其是后者，因为萨特的加持，取得了极大的成功。在《黑色的俄耳甫斯》一文中，萨特为到目前为止只停留在文学意象上的"黑人性"给出了一个比较清晰的解释，即"黑人思想和行为中共有的某种品质"。这篇堪称"黑人性"宣言的序言让黑非洲的诗人们聚集在了同一面旗帜下。

因而，这一代诗人虽然日后同样饱受争议，但是他们却奠定了非洲法语文学的基础。从此，被攻击也罢，被拿来暂时做一面斗争的旗帜也罢，非洲法语文学总算有了成为一个整体的理据，开始拥有自己的历史。而历史一旦揭开序幕，就必有后来。从"黑人性"运动到20世纪七十年代各国的独立战争陆续发生并渐渐告一段落，反殖民的话题成为非洲法语文学第二个阶段的共同核心，顺利地将非洲法语文学的历史延续了下来。文学作为一种证词，记录下被殖民的历史，或是在独立战争期间的现实。正是在赋予自身明确任务，并且对共同需要面对的黑人的命运进行思考的过程中，非洲法语文学没有因为当初的"黑人性"运动的领袖的离散而消失：塞泽尔回到了马提尼克，桑戈尔成了独立之后的塞内加尔共和国的第一任总统，达马斯也在法属圭亚那、法国和美国之间奔波，但是无论在哪里看到的现实，黑人一样免不了悲惨命运。文学必须要做出解释，甚至为黑人、为被压迫的人寻求解放的道路。出生于马提尼克，在巴黎完成精神分析博士学业，后来成为阿尔及利亚医院的精神分析科负责人的弗朗茨·法农（Frantz Fanon）宣称作家"注定要进入他的人民的内心"，或许比此前的第一代非洲法语文学的作者们更清晰地昭示了非洲法语文学的独特使命。

但独立之后的非洲法语文学的命运又将如何呢？殖民毫

无疑问已经被宣判为非正义的以及"政治不正确的",这是否预示着非洲法语文学的共同目标已经得到了解决?只是诚然如我们所看到的那样,在很多非洲国家,独立战争带来的是幻灭。依然是如《法语文学 III·黑非洲与印度洋卷》所言,"(非洲法语文学的)未来取决于非洲的法语——或者加勒比的法语——以及法语在非洲的发展与命运,取决于当地语言的命运,取决于图书市场,取决于(新)媒体的扩展与变化"[1]。变化已经产生,写作者个体的命运和足迹不尽相同,他们表述非洲和非洲人的方式也不尽相同,很难再用统一的发展逻辑加以概述。唯一可以加以简要说明的是,在上世纪末到今天的近半个世纪的时间里,随着后殖民时代的到来,非洲法语文学在不断产生新的问题,并且试图从不同角度回答这些问题。非洲法语文学作者的流散不仅没有导致非洲法语文学的死亡,相反,因为其共同的两个源头——"非洲的"和"法语的"——的不断碰撞,总是在激起新的思考,呼唤新的写作方式。对于出生在法国的非裔作家而言,他们拥有第一代写作者的"他者"目光,他们笔下的"自我"和"他者"完全是颠覆性的;加勒比的法语作者们借助法国思想家的理论思考,提出了杂糅的"克里奥尔化"的概念,从"他者"与"自我"不断共生的角度论证了自身所属的文化未来,而不再只是从一味维护和伸张"黑人性"和"非洲性"的角度出发;而出生于非洲的法语写作者

---

[1]. 参见米歇尔·奥塞尔、马丁·马修著,《法语文学 III·黑非洲与印度洋卷》,贝林出版社,1994 年,第 131 页。括弧内的文字为作者所加。

们与"法语的"语言和文化之间的关系也发生了巨大的变化。新一代的写作者几乎都拒绝了这样或者那样的标签,但在写作的时候都加强了"与非洲相关"这一源头性因素,使之重复出现在读者、媒体和批评界的眼前,因而也在不断提醒非洲法语文学的存在。

三、非洲法语文学的重大主题与理解当代世界的别样角度

非洲法语文学之所以能够作为"一种"文学(*une* littérature)存在,或者说,一种复数的、随时都在变化的文学(une littérature plurielle, changeante)存在,其根本并不在于写作者毋庸置疑的身份(例如国籍、出生地甚至种族),也不在于已经发展了数个世纪、传统被一再定义、一再被经典化的文化,而是在于这些来自世界各地、在精神上将非洲认作故乡的写作者们书写的经验都围绕同样的问题展开。我们能够清晰地认出这些尤其属于——但并不是只属于——非洲文学的问题:历史、身份、性别、文化杂糅……如果我们将"黑人性"运动理解为非洲法语文学的开端,也就不难理解,作为殖民的产物,非洲法语文学与世界化的背景密切关联。一切都是从移动开始的:殖民,被殖民,殖民后。有主动的出击与侵占,也有被动的出走与回归——以及无法回归。是移动带来了身份问题,也是移动使得新一代的作者有了重新思考不同的性别、种族和文化实体之间权利差异的问题,是移动打破了文化的固有边界,产生了文化的杂糅,以碎片的方式而不是以"教化"或者征服

的方式渗透在我们生活的方方面面……

在非洲法语文学的不同阶段，这些问题会呈现出不同的面貌。非洲法语文学中有永远的"异乡人"，回到非洲的法国人是"异乡人"，在法国的黑人也是"异乡人"，甚至去到非洲寻根的加勒比人也是"异乡人"。当塞泽尔写道，"他们不知远游只知背井离乡／他们越发灵活地卑躬屈膝／他们被驯化被基督教化／他们被接种了退化堕落……"，叙事者毫不犹豫地用了"他们"这样的第三人称。当《三个折不断的女人》（*Trois femmes puissantes*）中的诺拉（Nora）来到父亲所在的塞内加尔，"有点讲不清父亲家究竟住在什么地方"，因为"她只知道大概的地址，街区的名字，E区，但二十年来那里建起了那么多幢别墅，她又没怎么去过"，在"她又一次让出租车司机迷失了方向"的时候，在突然来到的丈夫和孩子面前，她感到了茫然和尴尬，因为她觉得或许丈夫会认为，父亲的产业和房子都是她编造出来的。此时，她是和丈夫一样的异乡人，甚至比丈夫——因为无法感受所谓的"异国情调"——更加难以忍受非洲绚烂的凤凰木的腐烂味道。在孔戴笔下，来自安的列斯群岛的维罗妮卡（Veronica）作为一个冷静甚至有点冷酷的叙事者出现在《等待幸福》（*Heremakhonon*）里的非洲时，她生动地诠释了法农在《大地上受苦受难的人们》中道出的那句话："黑人正在从地球上消失……没有完全相同的两种文化"。

与身份或者种族所提出的权力问题相伴相生的，自然还有性别的问题。所有的非洲法语文学写作者几乎都是女性主义者，无关乎写作者是男是女。如果我们把女性主义者理解为格外关注女性的命运以及她们所背负的沉重历史与现时，那么，让女性开口说话，就像第一代作者要让失声的黑人开口说话一样，是非洲法语文学的写作者赋予自身的另一重要使命。即便不像孔戴那样，直接借《薄如晨曦》(*Moi, Tituba, sorcière...Noire de Salem*) 里的人物之口道出"男人不爱。他们占有。他们征服"的残酷事实，不得不屈服于非洲传统以及西方的双重父权话语中的女性一向是非洲法语文学写作者——尤其是北非的女性写作者——最喜欢书写的对象。女性或为叙事者，或为第一人称的人物，共同承担起探寻女性过去、现在和未来命运的责任。也正是这些不同时代的非洲法语文学作品告诉我们，女性问题的复杂之处就在于，性别不平等的问题并非像我们开始时所想象的那样，能够通过接受教育，通过站在民族解放、站在种族平等事业的一线，通过奋起反抗就解决了的。奴役并非形式上或者制度上的问题，它一旦进入历史的恶性循环，就会深入意识，就会成为永远在流动着的枷锁。

对于历史真相的追寻和确立，同样是非洲法语文学试图完成的任务之一：如何重建非洲大陆在一次次被侵略的过程中渐渐破碎的文明？或许，最直接的方法就是依靠想象，或者历史的材料还原曾经的、复数的历史真相，恢复在历史断裂之前曾经一体过的——这也同样是一种想象——共同体。我们并不奇怪非洲法语文学中为什么会充满暴力与战争：大到屠杀和各种形式的战争，小到各种宗教的、文化的、个人的冲突。战争可以发生在殖民者与被殖民者之间，但是随着时间的推移，战争在表面上更多地发生在同胞之间。独立或者不独立都不足以避开战争。《裂隙河》(*La Lézarde*)里的塔埃勒（Thaël）离开家，往山下去，他还不知道，有一场刺杀的任务在等着他。殖民者虽然不得不撤离，但是想要派驻一个他们的代表，来管理已经成为殖民宗主国海外省的朗布里亚纳，仍然变相地维护他们的殖民渗透。代表是一个和塔埃勒一样的当地人，是塔埃勒的同胞，也是人民的叛徒。但这样的一个变节者被刺杀了，却不足以保证构建一个和平、繁荣以及理想的、同质的共同体，因为代表甚至连一个象征都算不上。历史的问题因而也与记忆的问题连接在了一起。伸张书写和评价历史的权利，以"复数"的形式强调记忆的正义性，以"小人物"的个人记忆反抗集体记忆的尝试，这恰恰就是包括非洲法语文学在内的文学"复数"之所在。正如意大利思想家安东尼奥·葛兰西（Antonio Francesco Gramsci）所指出的那样，历史的异质性得到充分实现的条件就是人民大众将为统治阶级服务的价值观内化为自己的价值观[1]。而非洲法语文学便是被唤起的，对于统一的、主流的、殖民性的价值观的反抗形式之一，它必然以异质的面貌出现。

而这一切，仅仅和非洲相关吗？或许，"法语的"这一我们曾经一度认为——法国文学也曾经如此认为——更为重要的

---

[1]. 转引自伊夫·克拉瓦隆（Yves Clavaron）著，《法语地区，后殖民与世界化》(*Francophonie, postcolonialisme et mondialisation*)，加尔尼埃出版社（Granier），2018年，第141页。

属性，最终只是为了直接对话，让更多的人听到，从而为了更牢固地成为世界文学的一部分而已。

让更多的人听到和理解，让更多的人能够借助对"他者"的理解来丰富对自身的、对自身所处的世界的理解，这也是"非洲法语文学翻译与研究"计划的初衷。对于中国的大多数读者而言，非洲法语文学还是一个陌生的存在。而它的复杂性和多元性也的确为我们快速地理解，继而进入这一新兴的、不过百年历史的文学设置了重重障碍。让大家能够对非洲法语文学的发生，对其过去和现在有初步的感受，是我们决定策划、编选"非洲法语文学译丛"的最根本的想法。因此，我们选择了较为宽泛的非洲法语文学的定义。而我们的出发点也更倾向于历史，而非地理意义的非洲大陆；更倾向于作品，而非作者的身份。因为我们相信，相较于国家与语言边界相对固定的民族文学，非洲法语文学更是开放的，处在时时的变化之中的。但这也正是它的魅力所在。

"非洲法语文学译丛"第一辑共收录六部作品。其中三部是非洲法语文学源头性的作品，分别是圭亚那作家赫勒·马郎的《霸都亚纳》、马提尼克作家埃梅·塞泽尔的《还乡笔记》和塞内加尔诗人、总统桑戈尔的诗集。马提尼克的爱德华·格里桑的《裂隙河》写于1958年，获得了当年的雷诺多文学奖，相较于非洲大陆同一时期的作品，或许它更能够反映在上世纪的五六十年代，即将步入纷繁、复杂后殖民世界的非洲社会的重重矛盾。我们还选入了更为当代的两部作品：来自摩洛哥的本·杰伦（Tahar Ben Jelloun）的《沙的孩子》(*L'enfant de Sable*)以及法国作家玛丽·恩迪亚耶的《三个折不断的女人》。虽然它们还远远不能反映复数的非洲法语文学的全貌，但希望读者能够从中窥得一两分非洲法语文学的意思。

需要感谢国家社科基金重大项目"非洲法语文学翻译与研究"的团队，也要感谢上海译文出版社的慧眼识珠与鼎力支持。非洲法语文学的作品是挑战阅读舒适区，同时也挑战读者已有的知识体系的作品。它是鲜活的，跳跃的，也是充满趣味和力量的。无论是在一百年前，还是在今天，非洲法语文学的写作者们都不会将既有的写作成规放在眼里。在所谓人工智能大行其道的今天，或许，它也是最不"人工"的作品之一。这应该算是非洲法语文学对世界文学另一个出其不意的贡献吧。

袁筱一
2024 年 6 月 15 日凌晨

献给我的母亲

他问:"这是个怎样的地方?"得到的回答是这样的:"先去斟酌词句,遍尝苦楚。"

目 录

第一部分　火焰……………………………………… 001
第二部分　行动……………………………………… 083
第三部分　选举……………………………………… 163
第四部分　碎裂……………………………………… 243

第一部分　火焰

唯有道路通晓秘密。

——非洲诗歌

1

塔埃勒离开家的时候，房顶上的露水和星星点点的锈斑已经沐浴在阳光中了。这是新一天的第一股热浪！塔埃勒走在石子路上，小路向远方延伸，逐渐变成了一条裸露着泥土的小径；石子路结束的地方有一棵开着大片红花的金凤树，颜色就像当地的红黏土一样，空气中飘浮的幻梦就在此汇聚。塔埃勒沿着小路向远处走去，离开金凤树硕大如盖的荫蔽，毫不犹豫地踏入泥泞，与太阳结伴而行。

不过他又突然停下来，向着他在山上的房子做了一个似乎只有他和房子才能明白的手势，以示道别。他还听见自己喂的牲口在叫（不过离开前他已经把水槽灌满了）；他好像也看见了用来建造他家屋顶的板材组成的不规则棋盘状图案，就像他爬上屋旁那棵俯瞰整座房子的芒果树时看到的那样，阳光每天都在这副棋盘上孤独地走棋，却从未赢过任何棋局。此刻他内心升起在欢乐逝去时会有的哀婉惆怅。

塔埃勒脚下的路继续向山下蜿蜒，路上零星散布着石块——这里的工程师们还没修好这条路。塔埃勒倒是会干石匠活儿，不过他从未沿着现在这个方向走出过这么远的路。没走多久他又来到一座桥上，梅子树的树冠在桥上搭起了一顶华盖，枝叶间结着黄色的果实（这实际上是一株黄皮树），他从来没见过这样的梅子；此处的黄色与他在山上日常所见的红色遥相呼应。

这棵大树投下一片令人感到危机四伏的凉荫，塔埃勒在树荫底下歇脚，从树上掉下来、并不会引起人们丝毫注意的果子在他脚下铺成地毯。这些果实的确令人心生敬畏，但是肤浅庸碌的人类总是无视它们。旅行者总气喘吁吁地奔走，尽可能减少歇脚的次数。不过塔埃勒倒是丝毫不担心自己心中的热情在此处消磨，他的旅程不过刚刚开始，汗水和热血很快还会回来的。他一边这样想，一边捡起一枚黄皮，挑衅般地咬了下去。

这时他听见了犬吠声。"西庸！曼多雷！……"这个听着神话传说长大的男人十分喜欢这些故事里的名字。这两只住在山上的狗有着用不完的精力，凭借一己之力就能扰乱山林的清净，塔埃勒因此对它们敬而远之。不过这两只畜生似乎也能察觉到主人尽力压抑的反感。它们喜欢塔埃勒的嗓音，喜欢他坚定的步伐。此刻它们正吠叫不止……

这个地方到处都是山，大海的诱惑无时无处不在，然而山里的居民总是将抵挡诱惑当作自己至高无上的使命。尤其是因为大山从未抛弃过它的任何一块植被，山上的植被由灌木丛和生着一层厚重蕨类植物的茂密树林编织而成，就连那些蕨类植物也在森林投下的巨大阴影里笔直地站立。这里的植被覆盖着一具神秘的躯体，庇护着与之相伴的孤寂，此地无法燃起任何激情，自然也就不会有激情在此地熄灭。

不过随着塔埃勒向山下走去，他也逐渐摆脱了一切束缚，思想走入了一片澄澈明朗之地。也许是意识到了这突如其来的思想之境中存在着的虚妄，他说道："我要杀了你。"好像看到了些幽灵幻影似的，他朝着幽灵再次喊道："我要杀了你！"

这时塔埃勒已经走过了河上的那座桥……

朗布里亚纳城区周边的土地有种令人筋疲力尽的壮阔。热带稀树草原离小路还有一段距离，像是一条被熟睡中的人踢到旁边的薄被单，草原的尽头与一片番石榴树林相连。塔埃勒注视着草原与树林的交界处：嫩绿色的缓坡从他脚下延伸开去，与那边深绿色地带相接的地方如犬牙般交错，深绿和浅绿中间是一条闪烁着金属般光泽的细线，这正是那条从桥下流过的小河。西面，笔直的竹子在地面投下千百道裂缝般的阴影，随后融入了番石榴林；而东边骤然降下一道雨帘，雨丝纷纷像飞镖般被掷入山谷。塔埃勒脚下的小路紧紧依偎着一道路堤，太阳刚刚从路堤后面露出头来（他早已走到了太阳的前面）；路堤上铺着由黑色金属锻造的铁路，这条铁路的用途是将甘蔗从山上运下来，一些运货的滑梯高高耸立在似乎离路堤很远的地方，线条笔直且僵硬，因而显得有些骇人。塔埃勒伸直右臂，模仿货运滑梯的样子，然后像手中拿着铅球那样，以左脚为轴开始旋转。于是他的眼前开始依次出现磨坊，小河，番石榴林，雨帘，小路，路堤，阳光，磨坊，小河，番石榴林，雨帘……当他停下的时候，右臂指向的地方突然出现了马蒂厄的身影，就好像是高速旋转和眩晕后看到的幻影似的。塔埃勒的脸上突然浮现出冷漠的神情，与方才做出一番孩子气举动的他判若两人。

塔埃勒突然觉得很生气，这位闯入者出现得太早了，竟然打断了他的急速旋转，一下子击碎了他陶醉其中的幻境！不过他很快就平静下来。太阳越来越毒辣，小路旁长着丰茂的巴拉草，散发着一股公牛身上的气味。塔埃勒和马蒂厄一起走上了那条殖民者修的黑色马路，高温使得马路上出现了一幅蜃景，河水在远处垂直悬挂，潺潺流淌。两人一起朝着朗布里亚纳城区的方向走去，才刚转过弯，就感到一阵凉爽，噪音也像是被过滤掉了。他们从没见过哪条路能像这条一样,在熙攘拥挤的同时又如此安静。路边地势稍低一点的地方建有许多房子,这些房子毫不起眼,甚至可以说它们从前很时髦,可如今落伍了,人们怎么也不愿意相信这些房子里酝酿着残暴无情、根深蒂固的苦难。可是这些房子又散发出一丝淡淡的苦涩气息,笼罩了整条小路(路过的人总能感觉到这种气息在忽近忽远的地方浮动)。喧闹的汽车在沙漠中总会显得像管弦乐队或是涌动的血管,然而即便是汽车穿过这片寂静,也无法改变此地的暧昧气氛,既没办法让这地方重新焕发生机,也没办法让这地方一去不返地堕入彻底的平静。塔埃勒捡起一块石头扔出去,短暂地打破了寂静。马蒂厄微笑起来。

"你看,那株木棉树。"他说……

大树的树冠在沥青路面上方飒飒作响。树枝上连一只作为点缀的鸟都没有,树皮上的瘿结和尖刺为整棵树凝聚起了一股不容侵犯的气质,也没有一只鸟飞来扰乱这庄严姿态。这棵百年老树上方的天空比别处更加深邃,老树脚下有旅人行色匆匆。

马蒂厄开口讲话了:"从前有个女人,轻蔑地拒绝了一位农夫的示爱,后来一天夜里,当朗布里亚纳的午夜钟声敲响时(当时天空中挂着一轮下弦月),她经过这棵树,被一根看不见的细线缠住,慢慢被勒死了。人们在她胸口上心脏的位置处发现了一个红色的字母 L,像是某个政党的徽章,纹在皮肤里面的那种。被她拒绝的那个农夫叫洛梅[1](不过这就是个迷信

---

1. 字母 L 是"洛梅"(Lomé)这个名字的首字母。——译者注

故事）。"

"我叫塔埃勒。"

"我叫马蒂厄。"

这时他们看见了那条长长的通往城里的林荫大道。马蒂厄一边自我介绍，一边向着那些房子的方向做了一个夸张的手势，就好像他想说这些叫马蒂厄（而不是朗布里亚纳），又或者他想用自己的名字概括那些在红色砖瓦屋顶反射的热度中突然出现在塔埃勒面前的一切事物；又好像他想一劳永逸地证明自己不是随便出现在那里的，而是在约定好的日期和时间才出现在客人面前的。塔埃勒回应了这个手势：

"我们听过太多迷信故事了，你也相信奇迹，不是吗？"

然后他对着城市露出了微笑。朗布里亚纳正在等他，这座城市派出了自己的一位子民来见他。也许传说与未来某个有待经历的片段相关，也许他自己的未来已经被锻造好了？这条没有路缘石的林荫路将一块甘蔗地一分为二。为了跨过一条小溪，路面在半途中向上鼓了起来，之后在一家木材厂附近，路面的坡度又重新变得平缓，最后到了运河那儿，林荫路变成了一座桥，两旁安装着已遭腐蚀的栏杆。这幅场景中也没有什么预示着那奔腾不息、永无止境的未来，标明"减速"的红色路牌也没能阻挡未来的步伐。尚未成熟的甘蔗和远处临街的灰色建筑外墙也几乎阻挡不了塔埃勒天马行空的想象，因为于他而言，这座城市本身就是未来。这时，他视野左边人行道的流畅延伸突然被"屠宰场"几个大字给斩断了。

"右边有块墓地。"马蒂厄说道。

"这倒是正合适。"塔埃勒小声说着,加快脚步向前走去。

这句俏皮话让两个人都笑了。

马蒂厄走在塔埃勒后面,留心着绝不走到塔埃勒前面去。(他这么做也许是为了让塔埃勒从容地欣赏风景,也许是小心地避免使塔埃勒产生一种被领导的感觉,谁知道呢。)当走到塔埃勒身边的时候,马蒂厄朝着明亮耀眼的天空大喊:"瓦莱丽,瓦莱丽!"——塔埃勒当时并没听明白这个词。

2

其实这些词我曾听到过,可我当时还只是个孩子,不过这些词始终在我的记忆中盘旋。对于当时发生的一切,我既是目击者,又是当事人:我既目睹了一切,又经历了所有,他们需要我,也亲手塑造了如今的我。下面便是关于我如何认识塔埃勒和马蒂厄,以及他们的朋友的故事。

塔埃勒下山那天(或者说他来到朗布里亚纳那天)之前的一段时间,这座城市就已经在美酒佳肴和香料散发的气味里为迎接中央政府委派的政治领导人而紧张激动地做着准备了(准备阶段的热闹氛围倒也没让真正的庆祝活动逊色分毫)。人们对于这片偏远的土地并没有多少了解,生活在"中央"的人们觉得那地方就像是一片世外桃源,不过这种想法终究还是无关紧要。这就是领导者的政治。不过朗布里亚纳还是希望获得某种自治权。当地居民对他们的新代表颇为自豪:他能将演讲的艺术演绎得出神入化,话语中隐隐流露出一股力量,人们作诗来赞扬他,诗歌的语言并不直白,但意思叫人一听就能明白,这位代表在自己组织的几场集会上都慷慨挥洒他那种太阳般的气魄(人们如是说),他的好名声早就传到了邻省,这一切最终将他塑造成了一位近乎神明的人物,年轻人总爱以他的名义起誓。不过这个地区仍处在动荡之中,问题的症结不仅仅在于某个人或是这个人手中的权力,也不仅仅在于某几个人的事迹或是命运……

广场上有一小撮人聚在一起,与骚动的人群保持一定距离(不过这一小撮看起来像是好朋友的人也时不时地打量人群,人群里的男人个个严肃庄重，女人则说说笑笑。当地的百姓往往憨厚朴实，同时又有点过分讲究礼节）。玛格丽塔和吉尔两个人是最先到的：吉尔单纯朴实，低调拘谨，甚至有些迟钝和笨拙，仿佛扎根在这片土地上一样；玛格丽塔则神神道道的，也许正是这种捉摸不透令她显得有些天真。随后马蒂厄也来了。他们三个之间的气氛总是有点尴尬，尴尬里又流露着一丝近乎残酷的坦率；这里有必要提一下，马蒂厄和玛格丽塔之前曾是一对恋人。吕克和米歇尔也到了，他俩端端正正地坐着，看起来稳重踏实，毫不在意炽热的阳光。他俩在小团体里算是资产阶级，平时什么都管，遇事负责出主意想办法，总是时不时地爆发出一阵大笑。最后到场的是小王子一样的帕布洛和脾气倔强的米西娅。

战争令这座城市长期与世隔绝，随之而来的，是一种虽未言明，但不可抗拒且持续存在的有关城市命运的深切反思，此外还有战后新时代给人们带来的眩晕感，这几乎是一种肉体感受，就是当你置身于强烈的气流中或起飞的飞机时感受到的那种头晕目眩，这一切都令年轻人迅速成熟起来。政治成为了人们寻求尊严的新领域。这一代年轻人不可避免地完成了这种不可或缺的成长，抛弃了祖辈天真幼稚的轻信和盲从，撕下了身上那层虚假的外衣，以此彰显的态度是，从今以后他们就是他们自己，不能仅凭外表就被定义。从年轻人口中说出的话有了全新的意味，充满了阳光、无拘无束的梦想，以及对知识的渴求，那些反抗压迫者的年轻人口中还有愤怒。

马蒂厄和他的朋友们推崇的是一种有关自由的理念，然而并无意自限于某个政党的纲领（他们是这样想的）。他们虚张声势般地赤脚行走，盛装出行以彰显他们独特的品味，他们昼伏夜出，执拗顽固。人们很快便开始对这群年轻人议论纷纷，又很快纵容了他们的特立独行。

他们敏锐地感知着来自别处、来自整个世界的一切。当他们能够体察这片土地经受的难以想象的苦难以后（他们几乎没有在肉体上吃过什么苦头），就越来越相信真正的生活存在于精神国度，在那里，一切关于饥馑和幸福的本质问题都能得到解决。如今一种不可思议的求知欲望正鼓舞着这片刚刚经历了自我觉醒的遥远土地。我们年轻的朋友们接受着来自诗人、史诗小说家（他们最喜欢这个）和各种各样疯狂念头的启发。神奇的是，他们并没有迷失在如此众多的新知中间，而是在其中找到了一种新的和谐。就这样，他们得以直面苦难，也愿意与苦难斗争，既不大惊小怪，也不怨天尤人，他们的斗争充满了力量与理智，还有一种他们目前尚且无力雕琢的天真与质朴。

如今整个地区弥漫的氛围使他们在不知不觉中变得更加狂热。自然赋予这个省份千变万化的景致和独特的气候，在终年不变的炎热中，所有看似变动不居的事物实际上都有着不变的本性。和别处相比，此处的生命和事物似乎从本质上就更加简单朴实，这种四处流露的简单和朴实是如此显而易见，有时甚至令人感到悲伤。此处的炎热气候经常产生海市蜃楼，这些蜃景表面上看起来脆弱得不堪一击，实际上却有种绵延不绝的力量。因此人们的信念热烈而汹涌，胸中的热情散发着土地特有的气息，而正是这种气息使得这片土地引人神往……这一切都关乎土地，而不是毫无理性可言的人类。真正重要的是这片土地觉醒和扩张的历史。就像是一场神秘的受精仪式，一阵赤裸裸的疼痛。可是一片土地上的居民，如果没有真正觉醒，那么他们能够主宰这片土地吗？……

那天早上，小团体中爆发了一阵不同寻常的争吵，因而陷入了混乱：马蒂厄和吉尔互相不搭理对方，吕克和米歇尔在一旁指手画脚，帕布洛根本不屑于说话。当时他们已经得知一位政府官员被指派前来镇压朗布里亚纳的"运动"。这件事本身没什么问题，但是人们发现那位被指派的官员从前就住在朗布里亚纳，这可就是背叛了，这样看来他罪加一等。不管怎么说，首先不能让这位官员打断朗布里亚纳争取自由的进程。大家都清楚，他会像所有变节者那样使用最恶劣的暴力手段，我们的朋友于是决定让这个畜生乖乖听话。在为新领导人举办的欢迎仪式上，他们按捺着躁动的心情，心不在焉地听着代表发言，与整个人群显得格格不入。一阵阵喝彩声时不时地将他们拉回高潮迭起的演讲中，不过他们并没有真正在意演讲进行到了哪里，对引发掌声的演讲片段也不以为意。他们既需要这些话，又不耐烦听下去，迫不及待地想要做出自己的决定。

当时马蒂厄正在思考接下来的行动。在他旁边，一位个子高挑、看起来有点傲慢又有点害羞的年轻女孩总是盯着他看。很显然她平时并不住在城里，那天进城只不过是为了看看平日里难得一见的热闹。陪她来的是一位年迈的妇人，老人善解人意地包容着年轻女孩那种热情洋溢的激动心情。集会结束后老人带走了年轻姑娘（"怎么这就走了。"集会结束后恢复活力的马蒂厄这样想。）——不过马蒂厄听到老妇人叫这位美人的名字：瓦莱丽，他因此感到一阵幸福。

马蒂厄本想跟上去叫住这两位女士，但他没能躲过那些热情的同伴。人群在鼓掌，在为了什么事而义愤填膺，在大声提议，在不停交谈，人群的激动和骚乱并没有让沉醉于美人曼妙身影的马蒂厄清醒过来。人群正沿着一条条狭窄的道路慢慢离去，马蒂厄觉得瓦莱丽好像把他的心一并带走了，他自己也失魂落魄般地想要跟着她离开会场。他回答着别人的问题，和人握手，许诺着什么，又建议着什么；但这一切对他来说都像做梦一样。现场很快就只剩下他们几个，还沉浸在狂热和躁动的情绪中。他们每个人都知道，自己最终将不得不直面他们的选择。他们决定除掉那位官员。"不过我们不能自己动手。"马蒂厄盘算着，"大家都认识我们，我们马上就会被指认的……"这便是这片土地与它的第一次自卫行动。在经历了那么多已经被遗忘的暴力之后，这片土地又重新置身于世界带来的新一轮暴力之中，土地在呼告……

我听见了土地的呼声。当时我也在场，就在他们旁边，可我当时还不能理解他们嘴里说的话。我眼睁睁地看着他们，却并不知道我的命运在当时就已经被裹挟、被决定、被沾染。

不过当时马蒂厄没有提起瓦莱丽。

3

塔埃勒和马蒂厄两个人在这个洋溢着欢乐气氛的早晨进了城——(他们并没有沿着大路走,大路虽然一马平川,仿佛直通天边,但也的确平庸乏味,让人觉得无论悲伤还是喜悦都空落无着——他们干脆向左转去——"就好像我见不得人似的"。新来的那个心里想着——他们沿着一条寻常的小径绕过整座城,路过屠宰场、集市,和一些后院种了许多树的房子,终于看到了城镇另一边的乡村景致)——这两个人中有一个人,也就是塔埃勒,并没有什么要说的,他只是跟着走而已。马蒂厄什么都没跟他说,他觉得这倒也没什么。"反正他们有事要找我就是了。"

他们经过一座又一座牧场,一个游乐场建在一条令人作呕的水沟旁。平原是肮脏的。

"他们根本不认识我,那他们找我来到底是要做什么?我又能指望他们帮我做什么呢?他们也和我的狗一样感情充沛吗?我和他们之间的联系要比我和山上那些牲口们之间的联系更加紧密吗?我是个山里人,这倒没错。"塔埃勒还想,"这些人头脑清楚,办起事来有条不紊,他们要找的是神话传说。而我要找的,是清楚的头脑和有条不紊的品质……"

另一个人,马蒂厄,一直自顾自地走着。他不过是完成了一项任务,仅此而已。事情很简单:只要塔埃勒无所顾虑,马蒂厄就心满意足。他一直相信,无论如何,一旦那项严酷的挑战结束了,等塔埃勒完成了任务,他,马蒂厄,就要离开。去哪儿呢?……当田野被夷为平地之后,令庄稼闻风丧胆的收割者该去哪儿呢？当到处都是人潮汹涌的时候，离群索居的人该去哪儿呢？

马蒂厄开口说道："我们交谈时尽量少说闲话，我们每天都会触及上千个秘密，不过最好忘掉它们。不必问我的父母是谁，不必在乎我爱谁、我讨厌谁。我们之间的关系会有些紧张，不过只有这样我们才能全神贯注地维持一种简单的关系。要警惕我们在不知不觉间被某种力量煽动……"

"我们会努力做到的。"

"要记得您完全是出于自愿才来的。必要时我会向您重复这句话。"

"我已经来了，我是想学点东西，成为一个有用的人。"

"我知道。"

"那怎样才能做到呢？说说看，怎样才能学些东西，成为一个有用的人呢？"

"我们了解您。您在山区名声不小，都说您是最出色的。"

"我们？"

"我的朋友们。您会见到他们的。"

"你们想让我做什么呢？"

马蒂厄露出一抹哀伤的微笑。

"也许你会成为我们需要的人，也许你已经是了。我们这些生活在城市里的人，被城里的人行道、围墙和空洞虚无打上了深深的烙印……不过这可不是说我们想让你做什么——没错，是你想要成为你自己。"

然后塔埃勒一下子笑了。"这一切可都太深奥了。"他算得上是朋友，马蒂厄心想。

两人相处时，时间过得很快，他们没能，也没有闲暇休息。不过只需要说上几句话，两人之间的友情就能生长壮大了。(我并不坦诚，马蒂厄自责地想。)不过沉默带来无边无际的隐忧，随着时间流逝，沉默在两人中间织就起面纱，使得两人之间的距离似乎远了些。他们听见身后被踩过的草一边叹息一边重新站直身体。耀眼的平原仍在向远方蔓延。该说些什么？……终于他们遇到了一位年轻女士。

"米西娅，米西娅！他，熟读古老传说，醉心神秘故事，说话好似先知，别的暂且不谈，此人唤做塔埃勒！"

他们都被马蒂厄这番打油诗般的介绍逗乐了。米西娅十分友善。塔埃勒顺理成章般地融入了新朋友的圈子。

4

他们安顿下来,升起一堆篝火,在神圣庄严的火光映照下,谁都没有说话。塔埃勒这回可算是见到平原了,平原的厚重令他头晕目眩,烈日炎炎的白昼,大片肥沃的土地就这么被搁置。他也看见了一切在平原上默默劳作的事物:灼热的黏土,闪电,欲望,还有人们没完没了地说着的话(他的意识似乎在冥河里漂流,词语的每一次迸发都是意识在冥河中的一次突进),还有不容忽视的寂静,这种寂静将人紧紧缠住,让人无力还手。最令塔埃勒惊叹不已的,是公路无声地散发着令人难以捉摸又无法忍受的狂热气息,逐渐逼近的暴风雨裹挟着一股霸道且不容置疑的气息,于是此地干旱的信条遽然面临来自雨水的挑战。光芒万丈的太阳和雨水……每个人的心中都有一块连自己也看不见的角落,塔埃勒在马蒂厄身上也发现了这样一块不可名状又火焰熊熊的角落。角落里埋葬着经历过的苦难、算不上清白的迂回曲折,还有尚未得到弥补的缺憾:未来的孤寂也因此注定。马蒂厄将他的哀痛封存在了一片遗迹中。因此吕克和米歇尔才处处佯装与他作对——吉尔毫不吝啬地向他表达自己的阵阵赞美——帕布洛总是用一种谨慎的迟缓语气顺着他的话说,他们用这种方式来抚慰马蒂厄的孤独。

塔埃勒很快就察觉到了这个组织的心照不宣。不过他尤其关注米西娅。马蒂厄的这位年轻朋友好像只凭借一腔政治热情而活在世上。塔埃勒惊讶地发现,除了两人共有的战斗热情之外,再没有什么别的可以让马蒂厄和米西娅之间产生联系,这两个年轻人甚至刻意拒斥他们之间隐隐萌动的爱情——就好像由于他们决定领导战斗，所以不由分说地要过一种比他们目前的孤单生活更加艰苦卓绝的日子。因为他俩虽然生活在同一个屋檐下，却小心翼翼地互不理睬，故意躲着对方（除了集体开会的时候，由于他们两人平时竭力避免接触，这就使得他们在会上表达的一致意见显得既突兀又热切，这只能说明他们当中的一个影响了另外一个），他们还不遗余力地表现出一种近乎粗暴的冷漠，却不承想这反而令他们显得更加默契。塔埃勒旁观着这场进攻与撤退的游戏，然而主角却丝毫没有察觉到这场游戏的存在，他们在游戏中经历着无数个千钧一发的暧昧时刻，终有一天会迸发出一股无与伦比的激情。

米西娅还是个腼腆的孩子，偶尔态度傲慢，不过她那张端庄的脸庞，甚至是她本身的气质，总能在内心的激情造成外在伤害之前就将其控制妥当。善良仁慈和严厉尖锐在她身上达成了最完美的结合，她举手投足间流露的高贵姿态就是最好的表现。就像人们常说的那样，我们之所以对一颗灵魂经受的动荡视若无睹，不是因为我们看不到世事纷乱，也不是因为我们看不见灵魂那已然贫瘠的栖身之地，而仅仅是因为我们没有凝视灵魂本身。

马蒂厄就是她身边的一束光，是除了太阳以外的另一个硕大光源。她置身其中的风暴还是原来那场风暴，还是充满了反抗与希望，但是风暴变得缓和了许多，宽广了许多，就好像有一双手，掬起一捧黎明时分的从容宁静，倒入暗无天日的深渊。他俩真是一双璧人。米西娅毫不犹豫地将自己献祭给未来的赎罪祭礼，而马蒂厄则义无反顾地抵抗着曾经锻造他的过去。

或许马蒂厄不能什么都说，但是塔埃勒一直都知道，马蒂厄对他已经尽可能地以诚相待了。马蒂厄后来也的确不再守口如瓶，塔埃勒那种温柔的笃定让他不得不坦白了一切（也许是招供了一切）——巨细无遗地，在他们还没到达海边，但已经能听见海浪声的时候，他终究还是什么都说了。

5

他（之前就）认识米尔塔，她是他的第一个女人，也是一个危险的女人：他如是评价。这女人很是傲慢，这一点毋庸置疑；可她身上又有种脆弱的优雅！她埋怨他结交太多朋友，埋怨他一心扑在他的研究工作上——他在市政厅工作，专管这片地区的档案和历史——她埋怨他到处闲逛，还彻夜不眠地跳舞，她抱怨说他的生命好像一片奔腾不息又无边无际的大海。

"大海？"塔埃勒惊呼道。

她无论如何也不能理解他怎会如此三心二意：虚情假意的朋友，庸俗低级的乐趣，就连大海也平淡乏味。

"大海！"（塔埃勒再也听不进去别的话了。）

没错，远方传来的声音，只有在这个时间才能听见的声音，就是海的声音。海一边呼唤，一边从四面八方将你包围。海是情人，不过是阴郁的情人。海永远忠诚，但又戒心十足，时刻守卫着自己的心防。海抛到沙滩上的，永远只有生命的渣滓。米尔塔也是这样。

而他（之前就）是这个女人的沙滩！她满怀爱意地圈禁他，追踪他，包围他（她饱含恨意地吻他，有时又前所未有地精心打扮来见他，她还在昆虫肆虐的漫漫长夜里思念他，其实那样的夜晚他们思念的都只是自己罢了，他们思念的并不是对方，他们还在正午时分喝得醉醺醺的，然后跳到海里游泳），她像个刽子手，丧心病狂般地将受害者抽筋剥皮，然而这对她自己并没有什么好处。

这样的欲望与激情一旦退去，就连太阳都会变得毫无意义，难道她不能理解这种欲望与激情吗？这种激情，这种欲望能够穿透目力所及的一切，甚至能够超越时间！难道我们不也是竭力想要看清茫茫黑夜中，仰卧在旷野之上的自己吗？难道我们不也是搜遍内心每一个角落，想要预测自己的未来吗？难道在爱一个人之前，不应该先点燃自己的热情？似乎总是少了点什么，模糊不清的缺失隐隐闪现凶光，藏匿于滚滚热浪中，虽然不被看见，却毋庸置疑地存在，此时人们还怎么能够心安理得地沐浴在白昼宁静的日光里呢？

"我看到一个四岁的小孩，赶着牛车穿过贫瘠的田野。拉车的几头牛都骨瘦如柴，开出的犁沟歪歪扭扭，农夫脸上不见几分喜色。孩子走在牛旁边，他的父亲扶着犁！周遭的森林兀自壮丽繁茂。森林边缘的金凤树仿佛站岗的哨兵！一眼泉水边有几株莲雾树，树下有乐陶陶的野草，闹哄哄地开着黄色的花。是啊，森林的色彩就是如此绚丽！遥远的天空像一块玻璃：是一面镜子，一张冷漠的床！花朵吹着小号，河流宛如永不结束的黎明，可太阳还是向着夜晚的方向坠落，温柔似情人身旁的少女！我看到的万物都流露着一种冷漠的富足，还有那条河，裂隙河，黄色的河水演奏乐器般地拍击一块块岩石。我也能听见裂隙河，河流大声歌唱，（用泥浆和四处飘浮的横木）演唱一曲狂乱的歌。裂隙河一定是在用生命歌唱。可是那里啊！那个四岁的孩子……他才长到瘦骨嶙峋的牛的脖子那么高。明亮的天空仿佛炽火熊熊燃烧！"

难道她从不知道天上的幽灵正窥伺着我们吗？笼罩大地的阴影带走了炎热，这便是此地的苦难投下的阴影！干旱壮大了它，恶徒和歹人喂养了它！"我是独自一人吗？我有这样做的权利吗？还是我仅仅只是可以这样做？看啊！这些矮小干枯的柠檬树……"

（大海在远方吟唱。有水汽自地面蒸腾而起。两个朋友彼此相望，等待着对方的回答。）

这便是他与玛格丽塔的相遇。仅此而已。当时一股腐朽的气息已经在这座城市的草木间蔓延扩散：城市仿佛一具冰冷的遗骸，被反复估量！这便是爱情的荒唐之处，城市原本透明，是爱情让他认识了真正的城市。他的灵魂越升越高，脚下的石头变得越来越模糊，月光里的树枝看不见了，两旁燃着篝火的路看不见了，有着玻璃窗、光线自其中涌出的房子也看不见了。他在她旁边走着，走在一块摇摇晃晃的木板上，身后就是泥潭，木板两边也全是烂泥；不过前面的木板倒是变宽变结实了。可是这片泥潭有什么用呢？是啊，一切都垮掉了。没有什么能在这位冷酷无情的统治者（正如折磨树木的严冬和霜冻那样）手中活下来，没有。依然矗立的只是什么东西的结晶，烂泥浆已经流尽。在这梦境中行走吧，创造些新的布景，像百无聊赖的飞行员那样，去看看云的另一面是什么！……玛格丽塔好像在对他说："你打算怎么办？我是那么需要你啊……"但其实说这话的并不是玛格丽塔，是流淌在街头巷尾的音乐声……

"这座城市有种魅力。"塔埃勒说道。

可是玛格丽塔突然离开了他。城市一下子变得晦暗不明，仿佛正从四面八方向中心收拢。烂泥浆重新取得了胜利。"你打算怎么办？"——可是她已经离开了。她走远了，慢慢地走远了，戴着面纱，影子却闪闪发光，她的身影在城市中摇曳生辉。她走后，城市又恢复了平常的样貌，有着缄默的外表，疲惫的和善，人们的微笑背后隐匿着谎言，谎言在微笑着的死亡背后悄悄酝酿。"你打算怎么办？"——他实际上又做了什么呢？他知晓的仅仅是喷涌的热浪孕育的苦难，他思考的仅仅是超越时间的漫长蛰伏、难以察觉的耐心等待，还有忽隐忽现的心旌摇荡。玛格丽塔离开了，一并带走了城市中的脆弱和温柔。城市重新变得水汽氤氲，被一派死气沉沉的景象笼罩，露出含义不明的微笑。热浪倾倒出前所未有又模糊暧昧的威胁，前所未有的倾诉欲和求知欲肆意生长。该怎么做呢？——他弄丢了那把正确的钥匙。

"这里的一切都是模糊的，涣散的！毕竟我们从未试图追根溯源，从未一直深入到地下暗河、将生命的缘起一探究竟！而我们又做了什么呢？忍受、悲泣，就连盛怒也不过是锉刀下仓皇跌落的铁屑！我们顺从得就像一具具腐烂的尸体。夜晚不过是一堆天明即灭的篝火！……我们又能怎样呢？反复解读那些不可言明的迹象？满怀温情地嘲笑自己的天真幼稚？……这又有什么用呢？一切都是模糊的，涣散的，毕竟人类从来都是立场不明，微不足道。可我不想仅仅只是描述这一切了，我也不想受苦了，我想认清真相，我想开化众生。"

于是塔埃勒大声喊道："我想好好活着，认清这苦难，忍受它，反抗它！"

马蒂厄看着花园的方向，那里一片光明；他从前的想法也和塔埃勒一样，不过他并不愿意承认这个。他明白塔埃勒想说什么，也知道他的呐喊意味着什么，他的内心也燃起过同样的火焰，不过他并不愿意承认。"既然我们必须要杀掉那位官员，塔埃勒，既然我们必须这样做。"

终于他说道："就让我们摆脱日日庸碌的束缚吧！不要害怕临海而立，不要害怕直面那片阔大，不要害怕审视我们的历史。要记得我们来自海的那边。就让我们深入本质，一探究竟！"

"可我来自大山……你也知道，山上有些地方寸草不生，有些地方又密林蔽日，赶得上九月的大海。我把狗拴起来，把牲口关进畜栏，自己来到这里。我本可以留在山上日日放歌，但我心中有一股力量。我自己也不甚明了，但我想弄明白这股力量究竟是怎么回事！"

马蒂厄露出微笑，当然了，他也饱受同一股力量的折磨。

6

　　这里就是城市了：用建筑板材搭建的房子连成一片，四周是未经耕种的红土地。在城市和连绵的山峦之间有一条路，那棵杀气腾腾的木棉树就长在路边，背靠山岗。对面是一成不变的平原，向南延伸开去，直到什么也看不清楚，变成白茫茫的一片。裂隙河从城市西边绕过来，河水汹涌动荡：从流向来看，裂隙河似乎是想包围整座城市，却突然决定放弃这片土地，转而向东奔去，流经阴森森的甘蔗林，注入三角洲地带。河水在三角洲分岔，变成几股脏兮兮的水流；裂隙河在生命的尽头并不美丽。

　　不过裂隙河从北边山梁上蜿蜒而下的时候倒是很美，河水奔流的样子显得有点急不可耐，浅淡的蓝色说明这条河尚且年轻，一朵朵旋涡也表明河流仍处在生命之晨。在每天清晨第一缕阳光的照射下，裂隙河在河道转弯处的拍岸惊涛也显得和缓了许多，好像在提防着刚刚出现的巨大天体，又好像跳棋游戏中要直攻对方底线的棋子，敛声屏气。突然，河水纵身一跃，像揭竿而起的人群，接连冲过河道的每一个转角，又把冲到岸边的泡沫卷走，吝啬鬼般地守着自己的全部家当，又像总要检查锅炉底的工厂主，就连一块黄色的沉淀、一道蓝色的火光都不能剩下。就在这洋溢着欢乐和自由气氛的清晨，裂隙河褪去衣衫，活动筋骨，丝毫不在意岸边的行人，宛如一位赤裸的少女，自顾自地沐浴在她灵动敏捷的生命中（这样的灵动敏捷永不止息，一波未平，一波又起）。很快，河水又变得像是在快感中餍足的成熟女人，臀部丰满，腹部似有一团炽火，心满意足地伏在冰凉的河床上，在正午的喧闹声中酒足饭饱，举动迟缓。

是了，城市就是这样一个地方：一片由建筑板材搭建起来的房子，坐落在河道转弯围成的圆形地带。圆形区域的中央和别处一样乏善可陈，丰饶富足从来都与此地无关。不过流经城市边缘的裂隙河倒是通情达理，河流在此留下几处水塘和小河湾（是的，这里有水塘和河湾），又在岸边留下几块岩石。女人们常来这里洗衣服：她们总是排成一列，顺着专供工厂使用的铁路走来，在一块向桌子一样的石头旁边停下，黑色的小腿上覆着一层透明的水。我当时还是个孩子（在这个故事里仍是个孩子，不过随着故事的发展，我转眼间就会长大），总和洗衣服的女人们在一起，我在沙滩上打滚，在石头下面钓些小虾，然后把虾拿到草原上，搭一个烧烤用的小架子，把虾烤熟。我熟悉这条肩负着浣洗功能的裂隙河：下午两点钟，我会躺在水里，仔细地将头露出水面，这时洗过的衣服都被放在草地上晾晒。在水里我就不打滚了，我只是等着裂隙河让我的身体一点一点冷却下来。我不喜欢浑身充血的感觉，午饭要迟一会再吃了。我躺在水里一动不动，岸边微弱的水流令我无比心安，我不再大喊大叫。在这个故事里还只是个孩子的我并不知道裂隙河最终将流向夜晚和漆黑的大海，不知道河流将以此来完成它的死亡与开悟。我不知道到了下午六点，露水和天黑前特有的丝丝缕缕的潮湿气息就会一同降临，此时的裂隙河将不再有什么秘密。我也不知道填满淤泥的三角洲会爬满硕大的水蛭，心平气和的公牛会卧在河滩的边缘。我不知道（在故事里我是会长大的）这条河意味着每日真实的劳作，我也不知道这条河流将城市环住其实是为了保存一点人性，是为了安抚人心，是为了帮助人类。我不知道这个地区像一颗新鲜的果实，正在缓缓地（缓缓地）绽开，一点点展露它饱满的果肉（而果肉外面有着厚重的果皮），向寻找它的人、正在受苦受难的人奉献这份丰硕。我还不知道，当人们在自己的历史中（在激情中，在欢乐中）细细品味一片土地时，他们就会变得举足轻重。我沿着河岸从城市一直走到小河湾，河水源头所在的山上流传着瑰丽的传说，而平原上却生长着灰色的、确凿的事实，我当时并不知道从传说到现实的这一路上并没有歇脚处（除了人们洗衣服的这块地方）；我也不知道一去不返的河水会冲刷出一片神奇的三角洲，而在这片三角洲，真正的、令人痛苦的觉醒正在被孕育。

7

阿方斯·蒂甘巴是一名警察。千真万确,他是朗布里亚纳地区在任的两名警察之一,受中央政府特派员的管理。不过这位官员从不出门(只是起草几份报告,"尽可能全方位地"研究案件,然后派手底下的人出去办事)。另一名警察也是一样,丝毫不肯做出哪怕一丁点改变。这就意味着原本应该属于当地警方的与中央政府宪兵队进行斗争的重担落到了我们年轻朋友们的肩上。(阿方斯·蒂甘巴警官是个老实人,不过他眼前有着出奇多的麻烦事,现在必须毫不犹豫地立刻声明,阿方斯·蒂甘巴警官是我们的朋友。)

蒂甘巴想不明白为什么马蒂厄和其他人愿意接纳这位年轻人。他似乎只能想出一个在他自己看来算得上是阴谋论的理由。"他们又开始了!可他们又能有什么本事呢?我也什么都做不了啊!……我到时候只能坐在第一排鼓掌,特派员会斜着嘴角微笑,阿方斯呀阿方斯,你在这个位置上永远也得不到晋升,我装作这一切都和我没关系,我也不想整天说好的好的,是这个位置逼我不得不这么做,这一点他们都是知道的!……"

没错,这一点简直是光天化日之下众所周知。阿方斯在他差一点就捉住的那只蜥蜴(安乐蜥,他满不在乎地补充道,那是一只安乐蜥)的眼睛里看到了这一点,甚至在草叶对他露出的冷嘲热讽般的罅隙里看到了这一点。阿方斯正为一段不可思议的爱情所困,就连他自己也会第一个跳出来嘲笑这段爱情(不过笑归笑,他知道自己深陷于这场爱情之中,无法自拔),

阿方斯本该追随米西娅，哪怕到天涯海角（因为他爱的就是米西娅），不过他愿意死在马蒂厄手上，因为米西娅爱的是马蒂厄（阿方斯对这一点十分确定），他很愿意死在配得上这份爱的人手上。

他也不想整天说好的好的，但他还是会说的。就好像周遭的土地，连带着土地上被烧灼的痕迹、燃起的火焰、来自天空的喧嚣、自深渊蒸腾而起的潮湿暑气，都将表示同意的"好的"二字深深地烙在他身上。他为什么要这样做（真是蠢透了！），为爱献身的人多了去了，也许他们都在遥远的海的彼岸。可他就是这样，法国军帽下面的宽阔额头，米色短裤，没有子弹的左轮手枪，这可不行，难道坠入爱河的人就是这副打扮吗？满口"好的好的"、永远表示同意的人就是这副打扮吗？

帕布洛走到他身边，一言不发。他们正朝西走，已经离城市相当远了。红色的土地恰似一场无尽的落日。他们走了很长时间，阿方斯开口说道：

"这就是我的命运，对吗？"

"我们对此无能为力，命中注定该要终结的话，一切就都结束了。"帕布洛严肃地回答道。

"可是我干什么了，我干什么了？我不是对大家一直都挺好的吗？"

他们说着话，动作迟缓，像是在用手抚摸一些看不见的花。帕布洛抚摸的是热浪中的一阵苦涩柔情，是阿方斯那面露微笑的不幸爱情。而对于阿方斯来说，这样的摸索却像是在光明中、在暗影中、在整场爆裂中寻觅一个可供依凭之处。在很长一段时间里，他们就像这样谈论着阿方斯的感受，就像是在谈论一个蛮不讲理的谜团，一个语焉不详、含沙射影的谜团。这是一场平静而忧伤的游戏。

"还是每日和书打交道吗？还有诗歌？"

"是的，总是在读诗。"

"你挺幸运的。我就是拿到文凭然后工作。签署些文件，每天干的都是些琐事！"

"你抓过人吗？"

阿方斯冷笑一声。

"没有，到头来一个也没抓到！"

"你怎么回事啊？"

"我也不知道怎么回事就这样了。"

"那你还去斗鸡吗？"

"这个我倒是还去。斗鸡还是挺好的！大家就像兄弟一样。"

"其实我是反对斗鸡的。"帕布洛说。

"啊，你们那帮人，还有你们倡导的改革。"

"是的。不过说到底我是无所谓的。怎么样都挺好的。"

"对吧。"

"但那可是苦命人的钱啊。"

"这不是钱的事。"

"多多少少还是有关系的。"

"那你们现在准备做什么呢？"

"你在套我的话。我们压根儿就没准备做什么。"

"那个从森林里来的家伙呢？"

"那是一个朋友，我们之间只是朋友关系而已。"

"你也知道,选举快要开始了。要是出了什么岔子的话,他们是会派来荷枪实弹的警察的。带着步枪、冲锋枪,还有头盔什么的。"

"换个角度想呢?我亲爱的警官啊,要是没出什么岔子,他们就选他们想选的人了。被做过手脚的投票箱,事先准备好的选票,简直就像是让死人去投票。"

"可是我什么都没干啊?"

"你是人民的力量,蒂甘巴。"

帕布洛的眼中闪烁着光芒。阿方斯露出了忧伤的微笑。

"你简直是在取笑我。"

"没有啊,没有。不会有什么事的。"

"我们总是盼望那些非同凡响的事物。可是帕布洛,生活恰恰是最简单的事物。"

"从不出错的阿方斯如是说!"

"快别开玩笑了。你听听你自己说的都是什么话,简直疯了。"

"哦!话语的疯癫,你可真会说话啊!……"

"老天爷啊,杀了我吧。"

"不过话说,你觉得有多少人会对我们感兴趣?"

"药剂师和医生,学校校长,体育协会主席,两名警察,所有工头,工厂经理和工人,还有政治家们。"

"有多少人呢?"

"三十来个吧。"

"很好。不过你自己就赶得上三十个人。我们只需要一张有官方抬头的纸。"

"你是把我当成你们的殉道者了?"

"这是为了获得群众的支持，阿方斯，关键是群众的支持。"

说到这里，他们都坦率地笑了。帕布洛大笑：树木、飞鸟、花朵，以及这片土地谵妄般地迸发出的所有颜色，都在他身旁盛放。周遭的景致中仿佛栖息弥散着一场上天的恩典，受到恒久不变的炎热的囚禁，却又即将盛放，向世间献上第一次丰收……

"不过塔埃勒会做到的，阿方斯还会保护他。"帕布洛这样想。

他们沿着隐约可见的路走着，不知道自己是否会在即将降临的黄昏时分回到城里（不过他们肯定是要回去的），回到城市的百叶窗和街道上的水池中间：他们目光神秘，声音平稳。

8

最后（马蒂厄在椅子上活动了一下身体），终于讲到了米西娅，那位忧郁的美人。

"你们太爱彼此了。"塔埃勒说。

"米西娅，那天晚上你为什么盯着我看？你的眼中又为何闪耀着那般光芒？就好像你真的必须恨我似的。我也搞不懂那阵风是怎么回事，就好像我们注定要互相憎恨，唯有如此我们的思想才能一如既往地投契互补，不出差错。"

他爱得太深了。以至于打乱了传说中规定的庄严秩序，搅扰了神灵的深沉蛰伏，他想溯流而上直至源头，直至那眼黑色的泉水，据说泉眼旁聚居的部落与神灵为伍，整夜觥筹交错。如今他已找到这个地方，在他所有善忘的兄弟当中，他是唯一一个宴席结束后依然清醒的人，他怀揣着太多新生的激情，这般激情正在打磨他的灵魂！

他都说了些什么来着？他当时几乎是在说给自己听，像是在词语之上飘荡。他又是怎么认识的米西娅来着？那是很久之前了，他刚开始摸索前进的道路。他当时大喊道："我们必须直面黑夜！我们就是黑夜之子，我们要烧光哪怕是最隐秘的怒火"，他已经忘记在那个真正的夜晚、在街角、在商店的台阶上，从他嘴里说出的是怎样的话了。他当时听见一个声音连珠炮似的说道："亚历克西，你闹出的动静不小，可是收效甚微啊！"那就是米西娅，她惯会嘲弄人。米西娅向他伸出手。当时他们十四岁还是十五岁来着？反正已经是很久以前了。她向他伸出手，然后突然亲了亲他的脸，说道："亲你是因为那些漂亮话，你刚才说得很好。"所有人都同意接纳米西娅，而她表现得很平静（当时玛格丽塔肯定也在场），从某种意义上来说，他从一开始就认识米西娅。

米西娅自己补充说："要言之有物，那些华而不实的话根本没人会听，我们还是太年轻了，真的太年轻了，还是得快点成长，必须抓紧时间，战斗已经打响了。"她在十五岁的时候就说出这种话了，想想这难道不是很滑稽的一件事吗？他是在这场战斗中认识了她，他们共同经历了一切（尽量快点成长，很快地长大）……

他都说了些什么来着？他们一起？共同经历一切？这可真是珍贵的过往，是他们珍视的经历。可他并不爱米西娅。而且等到最后，瓦莱丽出现了。他也是这样认识的瓦莱丽：在交谈当中。不过这时他们说的话已经成熟了许多，人们直截了当地对他说着中听得体的话，鼓励他坚定信念。他也已经坚定不移了，当时他们已经做好了一切决定。只有在交谈中出现的瓦莱丽是崭新的。

"我当时突然就在人群中看见了她！……"

（但他没说——也许他不知道？——他最终看见的，只不过是他自己的愤怒，这是一种难以忍受的清醒；他不知道其实他猜中了谁才是他的敌人；他不知道瓦莱丽就是那个敌人，他和瓦莱丽是同一类人，他们之间总有一天会摩擦出火花；他不知道当时的他和米西娅亲密无间，然而两人截然不同，并且他俩也清楚地知道彼此的不同；他不知道除了米西娅之外的那个女人，那个不为人知的、耐心十足的女人，正是他梦寐以求的女人，这个女人也像一面镜子一样完整地折射出他身上的暴力；他也不知道当时他正等待着——也因此遗忘了米西娅的存在——在某个时刻通过瓦莱丽凝视自我，等待着在某个时刻她满怀恨意地将他推开——伴随着一阵大笑，和上天施与的盛大恩典……——不，他当时还不知道这一切。）

9

"我当时一眼就瞧见她了,"马蒂厄说,"在人群的交谈声和嘈杂声中我一眼就看见她了!她就在那儿,可是我并没动弹。她在大声喊着什么,我却保持沉默。她在呼唤着什么,而我却没做出任何回应。她的话像起伏的波涛般环绕在我周围,又像是我这片幽暗森林中的一片澄明空地。好像在我那些昏暗的树木中间站着几棵属于她的树,疏朗明净……"

(塔埃勒心想,我怎么觉得你是想撇清自己呢,你说你只想认清真相然后开化众生,可你现在说的话又是什么意思呢?你又为什么如此狂热,如此兴奋呢?马蒂厄啊马蒂厄,我们倒不如简单直接一点……)

"因为她既没有过去也没有纷繁的人际关系!就像我一样,就像我一样。她在沉默中燃烧,泪水也毫无意义。她在哭喊中日渐枯竭,瞬间蒸发的泪水在她眼中留下一道冷峻的星芒。遇见她是我命中注定!她的无知与我的无知别无二致……"

(可是你们分开了!塔埃勒大声说道——不过他被这抒情诗般的表达迷住了,于是他从最浓重的沉默中,从无声但有力的嘈杂中发出呐喊——是你美化了这个女人!谁会理解你呢?你只身一人,全凭猜测,你有知识,这没错;但你没能利用好这份宝藏!我看你没得选,你需要我来帮你,所以你找到了我……)

"不知她从何而来——她是谁?——可她已经潜入了我们的源头,她在时间的长河里溯流而上,最终见识了这股原始的力量。我知道她在为了我而哀哭,因为我已经忘却了这股黑暗的力量。我们又是谁呢，假如我们并不言说，那在此地面对着安的列斯群山的又是谁呢？有种沉默自我厌恶，有种喧嚣缄口不言：正是这些将我与她紧密相连。"

（马蒂厄！回到路上来，回来！看这骸骨和鲜血。让我们忘掉一切，让我们活下去……）

"我爱这片沉重的土地，我爱她皮肤上平淡无奇的气味。我像土地一样阴郁，一样不幸，我也像她一样富于传奇色彩。但我并非耳聪目明，我看不到大地深处流淌着的生命活力，我的语言也无力触知岩石的质感，无从倾诉黑色土地的爱恋。然而我置身于汹涌的热浪，我在这场分娩中用力呐喊。可是没有人听见我的声音。我想谈谈这场分娩，还有随之诞生的一切。我想将总结陈述，我想将真相揭露。而这新生的一切、我之所是的一切、超越我的一切，全然沉浸于这场分娩，丝毫听不见我的呐喊。如此荒唐，理智全无！如今我将奔赴太阳。我等待着尚未结识的瓦莱丽，她很快就过来找我了。和她在一起后我将抛弃语言，我们一起到长久的寂静中去安家，那里会有新事物的萌发，我们将会迈入最纯粹的正午，最终我们将会燃烧起来：我们的灰烬将会讲述一切！"

（不要相信这些，米西娅！米西娅，不要抛弃他！……）

"她就住在这片山谷中，我在森林的寂静中将她窥伺，将她爱恋。我撞见她站在雨中，孤寂地兀自闪耀。她的身体宛如黑色天空的一小片刨花，她的眼睛呼唤着夏天，她的嘴巴讲述着白昼的奥秘！"

"我想见见她！"塔埃勒大声说道。

马蒂厄用一种出乎意料的干脆态度立刻拒绝了他。

10

他们终于在一天清晨来到了海边。大海离得那么近，以至于人们很容易就忘了大海的存在。可是总有些关于大海的念想，尽管秘而不宣，却一直存在，源源不断地从人们心里冒出来。然后，人们总是会在突然之间就下定决心，也不需要什么明确的理由，但非此不可地，要去海边，要去看海。

"大海就是一种计谋，"帕布洛总说，"有了大海，我们就能赢。你看，人总是在快要陷入空无的时候才会紧紧抓住这个世界。大海也是这样：得先沉下去才能浮起来，因为人们不会任由自己被淹死。"

这里有一处十分危险的沙洲，就连经验最丰富的舵手也有所忌惮，打渔归来的帆船总要万分小心地靠岸。帕布洛和吉尔每次来海边都会加快步子向海里跑去，吕克和米歇尔总是在岸边等着两位朋友回来，马蒂厄则一直暗暗担心。

年轻的姑娘们很欣赏两位凫水者的勇敢无畏，每次当他们筋疲力尽地凯旋，身上的水珠还在闪闪发光时，姑娘们总会为他们准备好烈酒，就好像他们是从一场鏖战中归来的勇士那样。吕克和米歇尔总是对这种鲁莽者的荣耀嗤之以鼻，马蒂厄不过是在一旁笑而不语罢了。

大海像是某种外壳一样的东西，是人们平时生活于其中的那个世界的附加物，海仿佛在陆地之外，却又好像是把陆地圈禁起来，勾勒、划定了陆地的轮廓。这里的海水清澈见底，温暖明亮，仿佛笼罩在一层蓝色的面纱之下，大海就这样放松身体栖息于此，比誓言还要更加笃定。灼日下一排椰子树沿着沙滩生长——要是知道了这种树的树根蕴藏着多么惊人的力量，以及椰树之间结成的联盟多么牢固紧密的话——人们就再也不会把这些树和所谓的异国情调联系在一起了：人们会更加觉得这些树的天性野蛮残忍，会觉得这些树的存在本身就沉重无比。通过这些树，人们能看到最繁盛的生命，尽管环境危机四伏，这些树的线条、树干的纹理、针状的叶片都始终刚硬不屈，就好像这些树在幸存的当下和已逝的过往之间获得了永恒存在的力量。陆地通过这些树向大海的广阔展开怀抱，大海也通过这些树裁剪陆地的面貌。椰树生长的地方既是禁忌之地，又是应许之地，椰树的树冠仿佛掌握着最本质的秘密，宣告着所有重要的规则，却又流露出一种略显轻率的果敢。

"不行！"米歇尔大声反对。"这样是不行的。明知很危险还执意这样做有什么好处呢，仅仅是为了好玩吗？政治是严肃的，不是什么浪漫主义，也不是神话传说。我们是得穿越险滩，不过首先得保证不发生意外……"

"我们不也一直没被淹死吗？"

"要是一直像你们这样鲁莽行事，那我们的尊严何在？"（这是吕克说的）"这让那些信任我们、指望我们的人怎么想？你们这叫懦弱。"

"那你就是愚蠢。"

"懦夫。"

吉尔很快失去了耐心，双方四个人互相扭打起来，沙滩上很快变得黄沙四溅，他们粗鲁的喊叫声撕裂了原本密不透风的暑热。打了一会儿后他们又自己停了下来，一起跑到一片离岸边大概有五十步的水洼里洗澡（他们身上因为扭打而沾满了海盐，沙砾将皮肤割开了许多细小的伤口），那里的水是淡水，清凉宜人。之后他们回到马蒂厄身边坐下，等他做出最后的决定，因为马蒂厄是第五个人，落单的那个，所以从某种意义上来说，他的态度能决定哪一方最终会获胜。马蒂厄不会仅凭冲动行事，他往往会做出一番解释；他对隐秘的事物有着浓厚的兴趣，这或许是他身处其中的文化传统所致，他也总是期待一场密谋已久的动乱（就像裂隙河纵身一跃卷走浪花留在岸边的泡沫一样，他也盼望人群揭竿而起，卷走思想的渣滓），所以他更倾向于吉尔和帕布洛的大胆计划。接着他又说起自己的身体其实并不强壮，不过他确信总有一天他能驯服这具躯体。

"你不许去！"米西娅大声说。

"我们去就够了，吉尔和我。"帕布洛用沉稳的语气说。

接下来的两个星期里没人再提险滩的事。每个人都乐于充分享受塔埃勒面对大海时发出的一声声惊叹，如果他们所有人连成一条锁链的话，那么每个人都希望自己是被大海紧紧握住的那一环，任由自己迅速被大海的魅力征服。或许当塔埃勒面对着海浪折射出的星芒时，自然就会明白人们交给他的任务意味着什么，就像人们总是交给最出色、最聪明的人去办的事情那样。

塔埃勒朝海里走去，怀揣着对自由、富足和欢愉的渴望，神情中流露出一丝近乎坦诚的羞赧。他谦逊地承认自己不会游泳（不仅仅是他的身体不会，毕竟他的身体强壮到足以承受一切，并且无所畏惧），承认自己驾驭不了这片庞然大物一样的海水。他默默地赞叹那片永恒的蓝色，他觉得除非他能果断地放弃挣扎，学会与水和谐相处，在水中找到平衡，并且爱上这种感觉，否则这片大海永远也没有他的容身之处（至少是没有那么显而易见的容身之处），他只会成为这种清澈中的一个污点，这样的纯粹会永远将他拒于门外。他在水中，双臂和两腿僵直，但心是雀跃的（其他人都在叫喊着鼓励他，向他保证说他们从未见过像他一样有天赋的人，从来都没有人像他一样进步这么快），他慢慢学会了放松身体，将自己交给大海，他生来头一次不再操控自己的肌肉。海水的泡沫像脚链一样圈住他的脚踝，当他终于触到柔软脆弱的泡沫时，一阵颤栗将他牢牢攫住，于是他明白自己将永远（也已经，已经）囿于这股力量。

11

就是在那片沙滩上（在裂隙河入海口三角洲的东侧，整日笼罩在裂隙河临终时散发出的气味里），他们终于对他道出了实情，也到了该跟他说清楚的时候了。得除掉那个人，他得去除掉那个人。

"你们怎么不自己去？"他吼着问道。

沙粒仿佛在灼烧，大家纷纷垂下眼神，额头却执拗地不肯伏低，只好举起手来挡住。吕克和米歇尔不安地动来动去。

"他有权拒绝的。他只想过安稳平静的生活。是我们冒失了。"

"你们自己怎么不去？"塔埃勒又问了一遍（声音很大，但听不出什么感情色彩，也并没有责备的意味）。

米西娅站起来，态度温和地朝他走去。

"别耍小孩子脾气了。你把脑袋摇成这样，我都担心你的耳朵快要被甩下来了。"

大家都笑了。他们彻底忽视了海浪的声音，周遭是巨大的寂静，就好像教皇选举结束了，大海向他们关上了教堂的厚重大门。他们在暑热筑成的天幕下商量着办法。

"得把这件事做成一场意外。或者最好是让那个人离开。这些你看着办。不能让人怀疑我们，我们得撇清这件事。不然的话会招来警察的。你知道这意味着什么。"

（你凭什么这样说话呢，塔埃勒心想，你也不过是个小姑娘罢了。）

"所以你们找我来完成你们的事业。你们担心自己会流血牺牲，可是做这种事就是得抛头颅洒热血。我把你们当朋友，而你们却对我说：杀了那个男人。那好，我把他杀了，然后呢？又让我杀掉另一个。然后又是一个，一个接一个……"

他盯着马蒂厄。这番话是对马蒂厄讲的。恩怨是他们两人之间的。

"得了吧！"米西娅大声说，"我们不能自己动手，你以为我怕吗？如果我们被卷进这件事，整个地区都会被他们派来的武装警察拖垮的，我们得花上整整一年的时间才能缓过一口气来。他们是什么德行我再清楚不过了。所以我们要么让那个叛徒得逞，要么等着武装警察。可是如果你来做，一切就都不一样了，只要能把这件事伪装成一场意外，只要没人会把这件事和政治联系起来，我们就既不用忍受那个叛徒，也不会招来武装警察了。至于是谁把他杀掉的，是谁把这条走狗杀掉的，那肯定是我们，是我们一起杀掉的！你是担心报应、担心血债血偿吗？是我们把他杀掉，是我们一起把他杀掉的。因为他罪有应得。或者（说到这里她的呼吸放缓了），让他离开。我们想个办法吧。"

"没什么办法。"

帕布洛总爱开玩笑，这时他小声说：

"或许我们能恐吓到他呢？"

他们就这样，在炽热的沙滩上摇摆不定，犹豫不决，眼看着整件事情功亏一篑，却无能为力。塔埃勒看着马蒂厄，马蒂厄一言不发。米西娅骂骂咧咧的（她有时候故意表现得粗俗不堪，不过大家都报之以微笑）。

"是我们冒失了。"米歇尔重拾话头，吕克也同意他说的。

他们不理解那些宿命论的东西,他们都是实用主义者,迟钝木讷,说什么就做什么,想法总是很实际。

突然塔埃勒一跃而起。他受够了,于是决定离开。让他们自己商量去吧。

留下心烦意乱、沉默不语的一群人,他们眼睁睁地看着为完成任务而来的那个人离他们而去。

"他会回来的。"马蒂厄轻声说。

后来塔埃勒确实冷静下来了,他也确实回去了,他径直朝马蒂厄走去。

"那个女人,"他嗫嚅着说,"你只对他们讲了那个女人的事吗?"

12

马蒂厄信步走开,躲开了那边的冲突和风暴,他走到一个小花园,花园里的小径两边全是灌木,这里很适合乘凉,是那种会让人灵光乍现的地方,也适合沉思默想。他常来这里看日出,向一天当中绽放的第一缕晨光致意,他也常常迷失在夜晚的寂静中,那时总会有许多幽灵敏捷地往来穿梭。他总盼望着能够看见那匹只有三只蹄子的马,据说这匹马会在午夜时分带走邪恶的幽灵。

孤独就是这样一种疾病:即使置身于人群也无法被彻底疗愈。那种寂静哪怕是在喋喋不休中(或是在繁忙的旅途中)也挥之不散,梦里也是如此。那些雄心壮志,心中影影绰绰的冲动,漫长而激烈的争辩,狂欢节上的珍馐盛宴,全都无法治愈这种疾病。孤独的身影无处不在,潜伏在哪怕是最短小的旋律重复之际,潜伏在哪怕是最平凡的街道的转角。花园里的树影流转不息。蔷薇花团锦簇!充满奥秘的地心深处发出的声音不断扩大!马蒂厄仔细端详着朋友们的脸庞,他的神情比潜入大海这片清澈荒漠的潜水员更加晦暗不明。他的意志在虚弱的躯体中日益强壮。他担心自己永远也无法达成目标,于是便为自己找了成千上万条堂而皇之的理由。然而一切还是笼罩在不详之中,为什么会这样?

"我的内心十分平静。"马蒂厄说。

小酒馆里透出的灯光成了夜色中唯一的光亮。那或许是盏煤油灯,散发着这个民族特有的安静活力,他们在买醉之处的喧嚣中其实并不能获得安宁。此处的放纵理所当然(也是众所周知的，不是什么秘密，并且天天如此），炎热亘古不变。马蒂厄接着说：

"假如放弃这种孤独，我就无法继续研究。也许吧。不过市里也确实应该给我提供一个住所。应该直接给我。还得给我派一名助手，好帮我做些分析整理的工作。这个助手也应该直接给我。今晚我要去最里面左手边的那张长椅上坐坐。不能再这样下去了。左边的那张长椅上能坐多少人呢？公园里所有长椅的长度都一样。互相挤一挤（我是说一个紧挨着另一个）的话能坐六个人。三个男人三个女人。没错，而我是一个人。"

但是在那面能映照出他的痛苦的镜子里，一束脆弱的微光已经亮起来了。"我和他们一样，"马蒂厄说，"那种不可征服的饮料我喝了整整一年。"他望着小酒馆（准确来说这些小酒馆应该被称作"地下"酒吧）的方向，那里散发着一片平和的光亮。苦啊，夜晚的暑气好苦啊！

然后他再次想起了前一天夜里发生的事。他重新看向沙滩，那些在海里游泳的人，他并不认识他们，那些置身事外的人，远方的人。

"我原谅你。"那晚米西娅喃喃说道。然后塔埃勒回答说："谢谢，谢谢。"

沙滩上的人都激动得有些气喘吁吁。

接着玛格丽塔（她可真是疯了）问道："哪个女人？"

于是马蒂厄喊道："我爱她，你们明白吗？"然后他站起身来。

而米西娅，她在阳光下展露微笑，眼神却在瞬间黯然失色。

13

　　晦暗不明的人心就蛰伏在这样的阳光里。炎热抽走了人们身上所有的力气,霸道地盘踞在每一个人的额头上,却也滋养生命,抚慰魂灵。似乎白昼有一条看不见的裙摆还留在夜晚,总有新收割的粮食需要脱壳,片刻不得停歇。好像这片土地肥沃旺盛的生命力永远也不会干涸。男人小心翼翼地往后退,他在试探(并没意识到试探也是一种行动,他迷失在一个接一个的梦境中,丝毫没有察觉到他四周棕榈林立,鸟鸣啁啾,苦涩的海风粗暴地梳理着木麻黄树的枝条),他在他亲手打造的暗夜里试探着,陷入一个比他经历过的所有梦都要更加炽烈的梦境,梦里有黑胡椒的刺鼻气味,还有惊涛拍岸的巨大声响。梦境里也没有生路,不过等到耕过的地里长出甘蔗就好了(地里永远都种甘蔗),忍饥挨饿的男人回忆起他经历过的那场更加强烈的饥饿,那种饥饿在贫瘠的土地深处向他低声絮语。这个常年做体力活的绝望男人一边等待甘蔗生长(一直长到比人还要高),一边看着他那些吃面包树果实(不过是些还没成熟的青涩果实)长大、因为营养不良而肚皮浑圆的孩子们,他心里想的是一场更加深重的苦难,发生在遥远的、已经消失的森林里的苦难。他习惯了大喊大叫,总是斥骂孩子。他从一只大桶里舀水来喝(水里含有少量的硫,因此微微闪着黄绿色的光),然后唤道:"哎!老婆啊,这些孩子都是魔鬼吧。"他的孩子们在一旁大呼小叫,什么也不明白。他说的话倒也不是什么真理,说出真理的人总是显得很有学问,人们谈起的时候也会说"这一切都是他从书上读来的",他说的可不是这样的真理。不过等到甘蔗成熟就好了，那时候孩子们就会忍不住甘蔗的诱惑，在傍晚时分偷偷溜到离家很远的甘蔗地里，冒着被驻扎官（或者更糟，被骑在马上的总督）捉住抽一顿鞭子的风险，偷一小节甘蔗吃，他们吮吸着这节冒死偷来的甘蔗棒，觉得比早上喝过的咖啡还甜，等到他们最后恋恋不舍地将嘴唇从甘蔗渣上松开、下颌早已麻木的时候，甘蔗就能帮他们骗过一阵阵饥饿了，是这样的，甘蔗总会不可避免地成熟，随着光秃秃的土地逐渐显露，人们在一年又一年的收获季里发出的咒骂声也会渐渐停歇，不过又会在新一轮的、亘古不变的收获季里重新开始，男人站在那里，倚靠着自家简陋小屋的外墙，在无知无觉中领悟到了属于他的那片阳光里的真谛。

　　一个民族就像这样渐渐回归了自己的王国。他们的王国在哪里，他们又是怎样回去的，这些还重要吗？那些最终回去的人什么都知道。他们认识路，没必要再说他们是从哪里哪里出发的，也没必要再说他们又是在哪里哪里下船上岸的。到时候他们自然会认得港口，会知道在何处下船上岸。那些几世纪来被放逐的人啊（他们征服了全新的土地，找回了自己失落的声音，又让自己的声音传遍这片土地），他们将会无数次讲述这趟旅途，在人群中引起好一场轰动。如今他们抬起头，顶天立地。他们是世界的新成员，他们四处拾起被人们遗落的事物，他们激发世间万物的起源。男人此时正用手肘支撑着自家简陋小屋的外墙，默不作声地吃下又一块木薯饼（一块属于远方的木薯饼），他一定是为了在此地（通过这块属于梦境的食物）重新找回属于他的别处，是为了在此地品尝千般滋味和万般自由，是为了让此地原原本本地属于他——不过他没意识到自己正在采用这种方法。他知道第一步就是要抬起头来，他也抬起头了，还得要求得到粮食，他也要求了。他重新回到城里，那里闹哄哄的。代表说了些重要的事情，这个人是我们的希望，我同意他的观点，那我们是一边的！人们会为他投票的，这家伙还是知道些事情的，也就是说他生活在我们中间的时候也的确没闲着，加油吧，走着瞧，我们最终会摆脱困境的。靠着木板床站着的男人喝下一大口酒，发出一声满足的叹息，好像他在魔鬼山旁边那块布满岩石的土地上锄地时那样，锄头在空中划过，把一道银色的闪电钉入黑色的碎石之间。然后他动作幅度很大地擦了擦嘴巴。

所以爱和绝望有了全新的评判标准。整个可见世界和所有未知力量都拥有了某种新的特质。如今就是这样。滚滚热浪带来一股新的气象：这个男人便展现着这种气象，他的眼睛里有太阳的力量。一切都是如此深邃，如此寂静，以至于看到孩子们对此激动不已时，他会感到一阵悲伤和莫大的喜悦交织。更不必说来此地参观的人了，他们震惊不已，他们在此地停留不过一天或是一年。至于新的气象，有些人像马蒂厄一样为之奋斗，满怀痛苦地盼望着它的到来。然而还有一些人像塔埃勒一样，他们身上天生就展露着这种气象，一种未经雕琢的天真气象。男人喝了酒，心想也许这些人（他在广场上看见的那些人）能做成一番事业。他也不确定，不过他对那些人有信心。他看向城市的方向，倍感伤怀。既然他们有办法，既然他们能摆脱困境。他的孩子们也必须在这片狭长的土地上劳作（这再正常不过了）。最小的那个只有四岁，也会使唤拉犁的牛。他没办法把他们送到义务教育学校里去。不过就这样吧……除了每日的艰苦斗争之外，真正重要的，是人们手上传递的新世界的光明。是重新睁开的眼睛，是陡然嘹亮的声音，是一阵风，是备受鼓舞、重新站起来的人，他们在长久地嗅闻后说："感受这阵风吧，听听这声音吧。"是凭借一己之力装满一只老旧的船，然后感到心满意足，因为觉得自己比刚成熟的星苹果（散发着一股刺鼻的胶水味）还要新鲜。是热浪和太阳（米西娅在它的光亮里孤寂地粲然一笑的那轮太阳）。是一座城市，大地上的一粒尘埃，还有城市周围的甘蔗、沼泽、远方的大海、近处的泥潭。还有裂隙河，因为时常泛滥而无法被遗忘的裂隙河。

14

现在塔埃勒要投身到他那场孤独的战斗中去了，那场与阴影斗争的战斗（他想起了自己的那两条狗，它们总能找到可供乘凉的阴凉地儿）。

马蒂厄离开了。他内心深处的孤独引他走上南边那条路，在走了一个小时以后，他来到了那片"山谷"中。他辨识出（凭借学校里学来的知识的模糊记忆）山谷的背风坡，那里种着果实常年泛青的橙树，地上铺满了蓝色的水田芥，笼罩在一片寂静之中。这里太阳不再是万物之王，反而变成了巨大阴凉的俊美仆人。马蒂厄十分厌恶这片阴凉……沿着山坡一直走到最下面，就能看见瓦莱丽的家，那栋房子漂亮得令人赞不绝口，这对马蒂厄来说可是个意想不到的惊喜。马蒂厄在周围观察了许久，渐渐地（其实已经好几天了），那栋房子本身也变得令他难以忍受。房子周围宽阔的游廊隐在暗处，视线因而无法探入。房子周围的气氛是那么闲适自在，又是那么宁静平和。庭院里种着红色和黄色的辣椒，虞美人开得正好，就连四周白色的院墙都呈现出一派温和安详。马蒂厄蹲在那里，眼睛渐渐失去了辨别颜色（辨别冒着火光的仇恨）的能力。他一直等到晚上。有几次他猜测那位夫人，瓦莱丽的姨妈或者祖母，就在暗处打盹。凝目细看，他也能分辨出摇椅轻微的晃动。有那么一瞬，他还看见一角飘飞的裙摆，那是瓦莱丽恰好走到门边。他听见她清冷又坚定的声音，这让他感受到一阵痛苦。他要在黑夜中燃烧起来了！到了晚上，就好像知道他在那里一样,瓦莱丽穿过虞美人花丛向他走来(也许是来摘些水田芥)。马蒂厄一下子窜出来。他们俩这才算真正互相认识。

野蛮的战斗,没有人发出叫喊。他们扭打着滚到地上,她像男人一样抵抗,前面已经说过,她的笑容简直称得上模糊涣散。惊飞的鸟群直冲上天空。夜晚。星辰。吠犬。女孩的肩膀。祖母的声音。可是她究竟想要什么呢?……马蒂厄任由自己陷入沉思,瓦莱丽就在他身边。

此前受惊的鸟群又重新回到它们隐秘的巢穴中。周遭像是填满了寂静。只有他们两个人,树叶闪着柔和的光。没有风,也没有一丝喘息。

"原来这便是那栋房子。"马蒂厄说。

至于瓦莱丽,她并不爱马蒂厄(马蒂厄已经知道这点了),她高兴地笑着。

"你啊,你让我很开心。"

随后她又加上一句:

"我教母在喊我。"

不过她并没有动,像是陷入梦中一般,马蒂厄觉得此刻的她遥不可及,却又与自己心有灵犀。马蒂厄在夜晚的光亮中望着她。现在他可以哭泣吗?在那个征服他的人面前?

塔埃勒发觉自己最终还是同意完成他们交给他的任务。"米西娅在哪,得让她知道。我同意了!"

他并没有违背内心的道德准则,他得让他们知道这个。他也不是因为害怕流血牺牲才犹豫。他知道这片土地有些时候就是会危机四伏,人们只能逆来顺受。要是没经历过这种土地的背叛就没有发言权。他也不是要同这种危机作斗争。他只是想从神话传说中走到现实里去，可是路又在何方？在神话传说里，一个人的生命被用来献祭总是一件很崇高的事情。可是在残酷的现实中呢？他想要寻找的某种秩序、某种平衡，其中的奥秘是人类能够领悟的吗？只要杀了那个人就能马上获得安宁吗？就能顶天立地、堂堂正正地做人了吗？那个叛徒肯定还会一次又一次地下达不公正的命令，人们会因此受尽磨难。比海上弥漫的大雾还要坚不可摧的苦难将会湮没整个家园。得阻止这一切的发生。这是最要紧的任务。不过他身上的那种清醒又意味着什么呢？还有马蒂厄身上的那种狂热，他那近乎癫狂的找寻，以及将他们紧紧压在一起，将他们挤碎的巨大旋涡，这都意味着什么呢？这场毫无理智可言的旋风是他们整代人共同面临的灾难！他们究竟该如何、在何种程度上与土地共生？土地并不属于他们，土地是生命的红色憧憬，是欲望，是愤怒！

就是这样。他终于理解了人们肩负着的土地究竟意味着什么，必须征服这片土地。不仅是说说而已，还要付诸具体，还要天长日久，他们要争取到土地，要从土地中受惠，他们要盘点土地，然后自由地支配土地。因为土地总是全心全意地奉献一切。

至于城市，他以后再考虑。城市或许已经帮了他一把，已经赐予他启迪。不过还是以后再说吧，以后再说。他已经想通了第一个道理，从前的山民现在变成了农民。

他一边大喊，一边朝朋友们的住处跑去，正巧撞上帕布洛。

"米西娅在哪里？得告诉她。"

"那就是了,"帕布洛说,"那你就是同意了。"

(塔埃勒在帕布洛面前一脸错愕。帕布洛从一开始就知道塔埃勒会同意的。帕布洛总是很镇定,很有主见,又很善良。塔埃勒变得有些局促不安:原来他们早就将他看透了……"可是为什么呢?他们才刚刚认识我……噢!我知道了,我发现了诱饵,我发现了事情的诱因!……")

可是米西娅已经走了。她留下一封信(事情全乱套了,需要解释一下,她不是想逃跑,她就是累了,需要一个人待一会,千万不要以为她不高兴了,总之酸角树快要开花了,再见,再见),她走的是西边那条路,不管那条路通往何方,反正那是最宽阔的一条路。

15

这个年轻的姑娘很有勇气：她在骇人的黑暗中走了整整一夜，听不见竹林演奏无休无止的音乐，听不见犬吠（也可能是附在狗身上的游魂，在原野上奔跑，飞驰，吓唬过路人，并以此为乐），听不见自己的脚步在波澜壮阔的黑夜里激起比往常更加响亮的回声，除了在她仍然备受震动的内心深处久久回荡的寂静，她什么也听不见，这寂静仿佛已经有了实体，又像灵魂一样，取代她自己的灵魂占据了她的身体。黑夜呈现出一种吊诡的凝固状态……我爱米西娅（远远地爱着，以一种孩童般的爱，不过是清醒而自知的爱）这种坦率的逃跑举动，爱她身上那种令她免于受苦的坚决气质，而且当她离开的时候，她是真的在认真思考自己为什么离开，她还很爱笑（一边思考一边发笑）。夜色笼罩下的广袤土地上，一座座雄伟庄严的教堂向这个毫无头绪的年轻姑娘敞开大门，她拾级而上，走进神殿，走进高大茂盛的芒果树间，枝叶搭成的一道道拱门攀援而立，耳畔是风的呼啸（这声音好似另一幢更加精巧的建筑），她朝着黎明的祭坛走去。她渐渐与周围的火山岩融为一体，或许是出于麻木（如此便不必受苦），抑或是出于茫然无知，她心无旁骛地朝着更深处的疲惫走去，又或许她只是单纯接纳了岩石的命运和被黄沙掩埋的土地的命运，是啊，或许最终她不过是像这片土地和岩石一样，接纳大海投注的令人心碎的激情，回应有着两副面孔的大海（一面狂怒，一面喜乐）的呼唤，而无论哪副面孔都能将她牢牢吸引。大海激荡着这片土地，时而令土地不堪重负，时而将土地轻轻爱抚，时而以狂怒将土地攫入自己无尽的广阔,时而又以喜乐和轻抚将土地取悦,送土地安眠,将土地护在自己潮湿温润的羽翼之下,将土地围拢、圈禁。或许是出于内心的茫然空洞,米西娅完全堕入了寂静,她察觉到来自大海的强大吸力,还有大海那吸引、席卷、掳走一切(安的列斯群岛上的山丘、黑色的土地、甘椒粉棕褐色的气味,还有暗灰色的狗)的怒火,其实大海在面容平静时也并没有收敛它全部的诱惑手段。这片土地就在两股力量间获得了平衡,耐心十足地坐落于(东边的)黑色岩石和暴烈海洋与(西边的)柔美沙滩和阵阵涛声之间,将自己完全托付给一身正气,又从这般坦率正直中孕育出骁勇和理智,全然不在乎自己正是各方必争之地。米西娅就是这股坦然正气的化身,像一柄坚定不移的匕首,毫不犹豫地笔直刺入黑夜,她完全知道自己置身于怎样的一场战争,却丝毫不屑于参加战斗。米西娅朝着一道微光前行,然而微光一直在后退。她孑然一身,行走于擎天巨柱之间,天空像帷幔一般不停地自柱顶跌落。她孑然一身,行走于夜色荡漾之中,野狗的掠夺行动已告终结,风也藏匿到高地和山岗之后。一层氤氲水气将芬芳笼罩,远方次第铺陈。她孑然一身,清冷孤寂地置身于黎明的热度中,脚步踉跄(不过是因为她双腿僵直,头重脚轻),倒在池塘旁边,吓得几只青蛙一头钻入水中!宏大的圣餐仪式结束,教堂也随之消失。现在轮到苦难登场了。苦难与清晨一同降临,甚至比清晨还要灵敏迅捷。只剩下欲言又止的话,还有横亘在万物之前的,癞蛤蟆那双狭长的眼……

所以是在这片发黄的池塘边,一个男人(人们或许已经注意到这个男人身上的热情和忧伤:他有一颗情感丰沛的心,举手投足间流露出奕奕神采）发现了一小团破碎的生物在呻吟，在哀鸣。于是男人高喊："她受伤了，她受伤了！"随后把她带到了自己家中，家中妻儿都笔直地站着，神情僵硬，缄默不语，等候着胸中的哀怜、同情和爱慕爆发出刺耳的尖叫。

米西娅睁开眼睛时看到的，就是这般殷勤好客中流露的贫苦。男人穿着宽松肥大的织物，女人身着一条轻薄的长裙，颜色很显眼，腰间系着一条白布做的腰带，孩子们的面容模糊不清，不过他们饥肠辘辘，目光深邃。

（这种在贫苦生活中勉力维持的干净整洁总是让来访的人感到透不过气来。）

这家的女人在米西娅身上擦了些醋，男人觉得擦些朗姆酒会更好，米西娅睁开眼睛的时候他手里还拿着酒瓶。米西娅笑了。不过男人总觉得她失去了对某些事情的记忆，之后她总会想起来的（究竟是什么事情呢？），反正米西娅决定要是他们同意的话，她就和他们生活在一起了，和眼前的这个男人和这个女人一起，和这两个与她原本素不相识的人一起。她会拥抱他们，可他们不会明白的！她舒展了一下身体，头碰到了屋顶（她花了点时间打量了一下屋内的地面，围成四周墙壁的木板，还有木板缝隙中透进来的阳光，这里的穷苦和其他地方并无二致，这可是个重大发现，她失去了对什么东西的记忆……）。男人开口说道：

"我叫阿勒西德·洛梅。这是我妻子，德西蕾，这些是我俩的孩子。"

"你就是木棉树传说里的那个农夫？"米西娅惊呼，好像突然之间神志清醒了（她想说那棵树在城市的另一头，那棵树和这个男人中间隔了那么一大片房子。她想说原来这个农夫结婚了，还生了许多孩子，她一直以为那个农夫应该是面容阴郁、处境悲惨、神思恍惚的模样，迷失在他强烈的爱情中，被人嘲笑，有很多仇家。她想说她不愿抛弃信仰，不愿放弃相信奇迹，不愿看到爱情扭曲变质，爱情和百年古木以不可思议的方式维系在一起。她还想说，可是他就站在她面前，那个怀揣着强烈爱情的男人就在她面前，身披苦难和喜悦，一成不变的苦难和不可名状的喜悦，日日如此！……)。

他们爆发出一阵大笑，就连孩子们好像也明白是怎么一回事。男人摩挲着酒瓶，女人轻轻倚靠着丈夫，米西娅这才数了数那群吵吵闹闹的孩子：总共有四个，纤细的腿在跳来跳去，肿胀的腹部透出淡淡的紫色，这时的他们似乎已经忘记了自己那贫苦的童年，因为面前的这位年轻女士也像其他人那样说："木棉树。"

"人们总爱讲故事，随你们的便吧，我们什么也做不了。"

"天呐，这也太蠢了！我以前一直害怕那棵木棉树，每次经过时都要小声说：洛梅，洛梅，你可千万别害我啊。"

阿勒西德·洛梅、他妻子，还有孩子们一直在笑。米西娅最终也笑了起来。数不胜数的传说故事其实都是人们照见自我的一面镜子，这些故事在此地流传甚广，没有人觉得故事夸大其词，也没有人阻止故事的流传，故事甚至因此变得更加深入人心、意味深长，甚至生生不息。

16

此地竟能容纳世上如此多的奇迹，浩瀚宇宙中如此微不足道的一小块地方竟能装得下全世界的喧闹，这的确令人震惊不已。不过与此同时，那个男人也在此地看到了永恒不变的虔诚热情，还有独一无二又亘古不变的热浪侵袭，他就矗立在自己内心生发出的那片幻境中。那片土地，那簇火焰。他得用精准有力又绚丽多彩的语言描摹那片火光。

近来发生的各种事、突然间迸发的激情，还有前所未有的愧疚自责使我们的朋友们变得不再亲密无间；由于意识到无休无止地谈论内心的痛苦会让他们浪费许多时间（他们坦然接受了已被浪费的时间，为了回归正轨，也为了他们心中熊熊燃烧着的那团火焰），他们郑重其事地聚在沙滩上，那里是他们没有边境线的王国；也就是在那里，发生了一场奇怪的对话，对话显得十分生硬、固执、毫无理性可言，在话语的表面之下似乎有暗流涌动，他们心中隐秘的怒火也就随波而去。

吕克："马蒂厄得接受我们的审判。"

米歇尔："他需要我们的帮助。"

吉尔："那米西娅呢？"

吕克："先说马蒂厄。"

吉尔："她爱他。"

塔埃勒："你们不知道吗？"

玛格丽塔："这都怪你！"

塔埃勒："对，对，都怪我。"

吉尔："马蒂厄早就决定了。"

米歇尔:"现在我们怎么办呢?"

吕克:"马蒂厄得受到惩罚。我建议这两个月先禁止他参加我们的活动。"

塔埃勒:"你是天主教徒吗?"

玛格丽塔:"吕克一直都不喜欢马蒂厄。"

吕克:"才不是呢。"

塔埃勒:"酸角树要开花了……"

吕克:"马蒂厄必须受到惩罚!这是规矩,我们都得遵守规矩!"

吉尔:"别犯傻了。"

塔埃勒:"他是头儿。"

吕克:"他是谁的头儿?"

米歇尔:"没有谁是头儿。"

玛格丽塔:"帕布洛,你是怎么想的?"

帕布洛:"我睡一会。"

吕克:"哎!你看你,你看你……"

塔埃勒:"没有他你们什么也干不了。"

吕克:"没有谁是必不可少的。"

吉尔:"听我说,你们认识另外那个人吗?"

玛格丽塔:"瓦莱丽?"

帕布洛:"她很漂亮,没错。"

米歇尔:"这有什么用?"

玛格丽塔:"这已经很有用了。"

吕克:"我们能见见她吗?"

塔埃勒:"不能,不可能,绝对不行。"

米歇尔:"谁说不行?"

塔埃勒:"我。"

玛格丽塔:"你认识她吗?"

塔埃勒:"我认识她。"

玛格丽塔:"在哪认识的?"

塔埃勒:"我在哪都认识她。"

吕克:"哎!你看你,你看你……"

塔埃勒:"你们究竟想干什么?想让马蒂厄跪在你们面前乞求原谅吗?想让另外那个人也过来,匍匐在你们脚下,恳求你们接纳她吗?你们又不是世界的中心,不要太自以为是了。"

帕布洛:"同意!"

吕克:"参议院先生说他同意。"

帕布洛:"你这是在挑衅我吗?"

米歇尔:"看看我们都说到哪里去了。"

塔埃勒:"你们在审判。"

吕克:"我这是在帮马蒂厄。"

塔埃勒:"我听见了,我听见你们嚷嚷的事情了。可是谁有权审判呢?谁又能帮他呢?"

吕克:"你读书读得太快了,太多了。"

塔埃勒:"你们难道很了解我吗?"

米歇尔:"我们彼此都认识。"

塔埃勒:"要我说,我们得夺回这片土地。我等不及要这么干了。"

玛格丽塔:"还是现实一点吧。"

塔埃勒:"得先在这里站稳脚跟。之后才能做更多事情。"

米歇尔:"你这不是都明白吗?"

帕布洛:"酸角树……"

吉尔:"可是我们在城里太显眼了!"

玛格丽塔:"事发时我们得在各处被人看见。"

塔埃勒:"没错。"

吕克:"得先让塔埃勒完成最开始的工作。"

塔埃勒:"我同意了。"

米歇尔:"在这儿没人认识你。你来干会比较简单。"

塔埃勒:"我同意去做了。"

吕克:"然后呢?"

塔埃勒:"我还没干完呢。"

吉尔:"米西娅呢?"

玛格丽塔:"米西娅。"

马蒂厄:"行,那我去找米西娅吧。我自己去就行……我们现在严肃一点。首先是选举的事情。我们先从代表团所在的那个街区开始。每周开两次会。明天四点钟先见一次面。"

吉尔:"行。"

帕布洛:"好的宝贝。"

吕克:"这不就完了吗。总是这样……"

(他们各自散去,塔埃勒和马蒂厄一起,吕克和米歇尔一起,玛格丽塔和吉尔一起,帕布洛单独一个。

"你看到她了?真的吗?在哪?"

塔埃勒没等他回答就肯定地说:

"我会见到她的!"

随后,他们头一次地,也可能是唯一一次地突然意识到,塔埃勒快满十八岁了,可二十一岁的马蒂厄看起来已经差不多是个老头儿了:属于一个业已消失的世界。在这个城市凶猛又乏味的酷暑中,他显得有些落伍。)

最新一次会议纪要:处理关于马蒂厄的问题,帕布洛记录。吕克召集大家开会,我们都去了,这是规矩(我就是这样跟塔埃勒说的,他从山里来,还不习惯这一切)。吕克说:"马蒂厄得接受我们的审判"。吕克真是疯了。我受够了。每个人都在讲自己的那点事,不过我倒是惦记着酸角树开花,这和米西娅留下的信有关:我发现她特别漂亮。塔埃勒说他认识另外那个人(我们都知道他说的是瓦莱丽,我也知道他说的不是真的:我敢肯定塔埃勒并不认识另外那个人),他说他走到哪里都能认出她来。我说我要睡一会。(再补充一点:这个塔埃勒真是莫名其妙,他问吕克是不是天主教徒!)之后我们讨论了:谁是我们的头儿?我什么都没说,马蒂厄是头儿,没有头儿:这些说法都对。我同意,结果就是吕克想和我吵架(哎!你看你,你看你……)。他想帮马蒂厄,但没有谁能帮谁:大家吵成一片,声音粗鲁,一团火焰一般,不过我知道我们是想做点事情。塔埃勒发现了土地的问题,他已经成为一名农民了。他说得对,我们得站稳脚跟。不过得在各处都站稳脚跟:在城市里,还有其他地方。我会到别处去,因为我成了农民。米西娅在哪?我想念她。米西娅,你在哪?塔埃勒同意了,一切都已准备好,马蒂厄重新掌握了领导权,不得不说他直到这一刻才开口说话。这是一场涉及各个方面的全体会议，我们散会的时候吕克还在发牢骚。本次会议就此结束。会议秘书：帕布洛。

再加一句。我在会上说另外那个人很漂亮，不过好像没人听见。

17

玛格丽塔对阿方斯·蒂甘巴警官说道:"你得快点行动起来了,甚至可能有必要动用官方权威。因为情况变得越来越危机四伏,没有人知道那些潜在的威胁究竟什么时候会发起进攻,没错,就是这样……"

铁栅栏的影子落在桌面上(谁是囚犯?——"我们都是囚犯"……),灰尘安静地悬浮在黄色的光线中。办公室里有股淡淡的霉味,是那些堆积的司法文件发出的味道。玛格丽塔和警官两个人都一动不动……我本不该来的……

"说来听听吧,"阿方斯说。

"噢!我倒是没有什么长篇大论要讲,她可能就是有点害怕即将到来的四旬斋,不过这都得怪马蒂厄,他变了许多,她怕他……"

"吉尔知道她当时在那儿吗?"

"不不,她当时是自己一个人来的,因为到最后只剩下马蒂厄和塔埃勒在那里神秘兮兮地说个不停,谁都能看得出他俩很合得来,马蒂厄变了许多,就好像塔埃勒突然触发了什么机关一样,当然一切才刚刚开始,还不到采取行动的时候,不过不管怎么说,她还是觉得有必要行动起来了……"

"发生了什么具体的事情吗?有什么迹象吗?"

"具体的事情,我想没有,没发生什么值得注意的事,除非是塔埃勒说的那句话(可那句话本身也莫名其妙的),他说:'你对他们讲了那个女人的事吗?'他说的那个女人是瓦莱丽,她很年轻,和她教母住在一起,特别特别漂亮,没错,然后马蒂厄吼道：'我爱她，你们明白吗？'这倒是让我们觉得很惊讶……"

"他说'我爱她？'"

阿方斯·蒂甘巴简直不敢相信，他感到耳朵疼，心跳也在加速。米西娅呢？米西娅说什么了吗？不过他不敢问这个问题。

"关键不在于他说'我爱她，你们明白吗'，因为就算这么说也还有转圜的余地，关键在于他说这话时的语气，语气中的那种粗暴、愤怒，正是这些才让她一下子愣在原地，她，玛格丽塔，动弹不得，好像有一道闪电穿过她的身体，径直劈向沙滩，她感觉在她看不见的地方，好像所有不幸和苦难都苏醒过来，蠢蠢欲动，她几乎快要用手遮住脸（无论如何她都清楚地记得自己已经开始做这个动作了），这样她就不用再看见海天相接的地方了，她觉得海天相接的地方好像有什么东西在逐渐变大……"

"可是我又做了些什么呢？"阿方斯·蒂甘巴这样想道，他浑身僵硬，面无表情，"我又做了些什么呢？"

"光是马蒂厄的粗暴还不至于，米西娅的笑声也不至于。因为米西娅以前笑得更肆无忌惮，像一边笑一边打嗝一样，不过阿方斯肯定清楚米西娅有多骄傲，她在信里什么都没说，除了那句显得有些古怪的酸角树要开花了（我问你啊，你见过酸角树开花吗，从来没注意过这种事情），她还说不必担心，不过谁知道呢，谁也不知道她究竟能去哪儿……"

"你就不能早点说！"阿方斯吼道。

"是啊，真烦人，她就这么消失了，不过话说回来，米西娅心里有数，她不会做蠢事的，不会的，不过马蒂厄可就不好说了，马蒂厄不想让塔埃勒遇见瓦莱丽，塔埃勒却说：'我总会见到她的。'她听见这句了，她，玛格丽塔，不是故意听见的……"

"你说的我都知道了。我对他们说了什么不感兴趣！我得找到米西娅，马上！"

"鉴于塔埃勒并没找到瓦莱丽，我们倒还是可以抱有希望。因为这样他就不会离开，肯定不会，至少在见到她之前不会（为什么，为什么？这一切都没道理），因此可以说只要他还没找到她，事情就不会脱离正轨，首先是因为马蒂厄和塔埃勒之前并没发生过冲突，其次是因为塔埃勒不会离开，他还有话要说，三言两语也好，他还没见过那名政府官员……"

"老头拉扎尔。"阿方斯嘟囔了一句。

那名政府官员……可以肯定的是，如果塔埃勒真的见到了那名官员，肯定会发生什么轰动性的事件，她也说不清为什么，然后马蒂厄和塔埃勒会继续争吵，尽管另外那件事进展顺利，阿方斯总算明白了她想说什么，她想让他保护塔埃勒和马蒂厄……

"不过我都用手中的权力做过些什么呢？……你来找我，可为什么是我呢？……"

她觉得还是把一切都告诉他比较好，她从来都没有背叛过他，他就像是她的兄弟一样，她十分信任他，阿方斯·蒂甘巴，要是别人知道这点，他们不会饶过她的，无论如何得快点行动了，还要谨慎行事，尤其要谨慎，因为塔埃勒已经在找了（不过他自己可能还没意识到），等他一看见瓦莱丽，就会离开的，他已经在找了，胸中燃着烈火，他夜以继日地走在南边那条路上，就好像他已经知道瓦莱丽住在那里了似的……

玛格丽塔不再说话，笔直地坐在椅子上（有几颗硕大的泪滴从她脸上清晰地划过，僵硬的、如几何图案般规整的泪滴——活脱脱一具宗教雕像），对面是紧紧盯着她，一动也不敢动的阿方斯·蒂甘巴警官。

18

　　塔埃勒朝着南面走去；他选的这条路正好在他当初刚到朗布里亚纳时跟着马蒂厄走过的那条路的对面。两条路的气质也截然相反。那边那条路曲折蜿蜒，犹疑不定，慵懒迟缓：棕榈叶在路上投下巨大的阴影，周遭一片寂静（要是人们从北边的山上来，在走上那条通往城市的漫长而笔直的林荫道之前）。而这边这条路正对着鳞次栉比的房屋，平整开阔的柏油马路好像是从房子粉色和黄色的外墙上突然喷涌出来似的，几乎直通天边，路两旁没有树篱或路缘石，也不会有人在路边停留。平原上生长茂盛的草可以用来喂牛，卡车扬起的沙尘给草绿色覆上了一层棕色。这条路坦率得毫无秘密可言，像是受到命运指引一般笔直地通往工厂所在的那个大路口：这就使得柏油马路的坚固僵硬仿佛在向死亡的现场致敬，而马路发出的黑色光芒之上，天空的平淡无奇仿佛昭示着阳光炙烤下的建筑物里正埋伏着单调和平庸的险象环生。在走过朗布里亚纳城镇最外围的几栋房子之后，这种坚固僵硬、平淡无奇、单调平庸便浸泡在一股焦糊果汁的气味里，那是由大片甘蔗散发出的普普通通的水果气味。有旅人走在前面稍远一点的地方，朝着南方次第铺陈的大片白色（闪闪发光的盐田和度假沙滩），路过这里的时候也没有转动眼睛打量一眼笔直的马路。草徒然地试图抹去汽车驶过的痕迹：没有人注意到草。

　　这座城镇就是这样，坐落在一块略高出平原的地方，地势稍微有些险峻，以至于北面那条路仿佛在犹豫要不要通往此地：这条路似乎宁愿不与外界打交道，所以耽搁徘徊。整座城镇也像是工厂的前厅，与南边那条路相通：这条路似乎是迫于天空的压力，在尽头处戛然而止。

塔埃勒小心翼翼地前行：他发现这里有一座朗姆酒酿造厂（我像个游客似的，他想，人们向他展示厂里的机器，让他品尝糖浆，糖浆甜得令他透不过气来，他一边咳嗽一边说：谢谢，酒厂的工人们温和地笑了，一切都浸在糖分制造的窒息感中，他眼角流出泪来——塔埃勒从前听人说起过这里——可这是我的家乡，而我甚至都不了解这里，这是我的土地，这不，我发现了这座工厂。真是不可思议，我之前从没见过这座工厂），他仔细闻着空气里的味道，试着辨认死亡散发的黏稠香气。他经过了一座桥，桥面并没有高出路面，所以很难察觉到这是一座桥，除非到了涨水期，河水会漫过桥边栏杆上的水管，这座桥的构造像是一只透明盒子，看不见四壁，不过有着生铁铸成的框架。塔埃勒把此处单调平整的桥以及工厂拿来和他走过的第一条路上的弯弯绕绕作比较，和他路上经过的三棵树作比较，那三棵树正好可以标志出他来时走过的三个阶段（金凤树、黄皮树、木棉树：荣耀之树、神秘之树、传奇之树——红色，浅黄色，暗灰色），他把此处呈现的平庸和记忆中的辉煌作比较，心想自己最终会离开传奇，走入这片徒劳无益的庸常世界，他不仅要遭遇令他感到痛苦的过分对待，最终还要领教人类共同苦难的严苛。（马蒂厄是对的。他不再是仅仅生活在这座火山脚下，在熊熊烈火之中，他背弃辉煌与灿烂，精心建造历史的每一个阶梯，将事实忠实记录，他是一名史官。精确是他孜孜不倦的追求，死去的人将一切向他娓娓道来。）塔埃勒走上一条普普通通的小路，路两边是茂密的甘蔗田：他要接纳这座牢房，了解它，体验它，牢房的高墙发出尖锐的呼啸，他孤身一人立于四壁之间，立于暴政重压之下。（马蒂厄是对的。不需要什么权宜之计。他坐在办公室里撰写家乡历史的时候就真切地触碰到了那些符号，以及符号背后的意思和含义。同时他也看清了现实，这一点千真万确。）

这时，在牢房一般的小路尽头，塔埃勒看见一个逐渐变大的小点，一道身影，一丛火焰，一位从烈火中走来的年轻女子。他们一丝不苟地朝着对方走去，没有什么能将他们分开：在甘蔗的注视下，在平整的天空下。他看见在一片谵妄般的绿色背景之上，瓦莱丽向他走来。她已经在微笑了，看着他犹豫不决。不过她走在小路的正中间，这样他就没办法从旁边溜过去而不碰到她。随后她停下脚步：甘蔗在两旁发出声音，那是风穿过叶片，是顶端干燥的穗子在阳光下劈啪作响。她停下脚步，笔直地站着。他知道这就是她——（马蒂厄，马蒂厄！）不过她依然在微笑，在谵妄般的绿色背景里，在噪音围起的牢房中，在成熟的甘蔗林里，在将来的丰收里，在热气腾腾的风里，崭新的辉煌与灿烂再次迸发，毫无怜悯与软弱，自顾自地熊熊燃烧，只为他们两人而燃烧。

19

　　这条路真是美不胜收！阳光像面包树的果实一样毫不吝啬。走到尽头便迎来一片光明灿烂的空地，两个年轻人沐浴在一片坦诚相见、没有半点阴影的光明之中。已经犁好的红土地横跨在山岗上，远处一架牛车嘎吱作响，在炎热天光中艰难前行。好像一切都被按下了暂停键，停在明晃晃的日光中。周遭的宏大寂静闪烁着细小的光斑，不时被牛车发出的刺耳声响划破一道口子。这样的等待美妙绝伦。然而农人总在担忧红土地的收成，除非地里长出果实，他们才会安下心来。人们的灵魂深处也有这样一种鲜艳夺目的美丽，耕地结结巴巴地讲述的也是同样的永恒真理：汗水与饥馑。蛮横的正午有着十足的耐心，田畦的声声呐喊诉说着一成不变的心愿。人们一点一点振奋起来，但其实他们并不知道躁动不安的究竟是爱还是仇恨。在将白天一分为二的正午时分，塔埃勒烦躁不安地听着周遭的喧闹，感受内心深处渐渐升起的渴望，他咬紧牙关一言不发（相信这样做的确有用），以免一开口就彻底爆发，他的步伐频率如此稳定，以至于他都没感觉到自己在走动。不过瓦莱丽走在他身旁。

　　对于塔埃勒的矜持，她并不感到惊讶：其实他们一句话都没说过，一切都还有可能，或者说，一切都还没有可能。她并不指望听他讲话，她只是和他一起凝神谛听着周遭的寂静（也可以说周遭的喧闹）。她并没有感受到强烈的愤怒，周遭的景致在她看来再熟悉不过。土地上蒸腾的苦涩和凝滞气息早就在她身上激发了胆量（而非疯癫）和坚决（而非欲望）。这里的女人对于事物的表象都欣然接受，她们看起来百依百顺，但其实她们的反抗也最坚定不移。她们的确服从男人，但她们内心深处那股安静的坚定其实远超男人之上，这种坚定有时表现为温柔的执拗，有时表现为狂野的呐喊。她们对别人的惊惶不安不屑一顾。

最后塔埃勒和瓦莱丽分开了。在一片小树林的角落（那里的泥土有些凹陷，还有些泥沼。他们光脚站在泥泞中，却丝毫不为所动），她向他伸出手，说道："明天，还是同一时间？"他们就这样习惯了在甘蔗田间的小路上见面。只有他们两人，看着彼此从远处走来。通常是瓦莱丽先停下来。或许他们是想（沿着女孩来时的方向继续走着）一同探索这条孤寂的小径，直到孤寂消失殆尽，然后再一起投入孤寂尽头的光明世界。瓦莱丽从来没带塔埃勒参观过她家，说实话塔埃勒也从来没提出过什么要求。

当悲伤过于强烈时，我就会走上这条小径。我停留在塔埃勒看见瓦莱丽停下的地方。这样做或许我也能看见她？或许我看见的只是我内心深处的影子？每当我想起这个故事（是这个故事追上我，在我身上留下烙印），我都会回想起，在这条我想周围应该全是甘蔗的小路上，我看见心里的那道影子慢慢变大，我向她柔声说话。收获季之后我耐心地劝说自己不要再去那边，那条小路也就消失在两侧的田野之间，变成了一条平平无奇的犁沟，在那里我总感觉自己一丝不挂，只能听凭绝望摆布，毫无还手之力（就像甘蔗，尽管农人憎恶甘蔗，一年到头与甘蔗搏斗，但甘蔗的收成却能让农人放下心来）。

我确实有点敷衍了事，并没有在所有角落都停留足够长的时间，周遭的一切也确实好像一动不动：事实也的确如此。想着瓦莱丽和塔埃勒，我就是这条小路，我穿过耀眼的寂静，我总是听见（没错，我听见）牛车发出单调且令人难以忍受的噪音，最终我浑身颤抖着来到洋苏木林角落里的那片泥泞处。于是我喊道："这一切并不都是徒劳，既然我们还能活在安宁与美丽之中！"

米西娅倒是学会了过乡间的那种单调生活。洛梅和他妻子都没问米西娅为什么会来这里。大家已经忘了当初发现她的那片水塘，忘了她的呜咽，还有涂满身体的醋。洛梅在田里干活，他妻子照料家务（不久之后，到了收获季的时候，她也会被叫去帮忙），米西娅照看孩子们。她教他们认字，用小木棍在地上和树皮上写字，写的到处都是。不过小孩子们时不时就会跑开，因为午后有一颗芒果落下来了，因为被粘鸟胶捉住的鸟叽叽喳喳地叫了，又或者因为他们等不及要去试试那把新弩了（就是一截顶端分叉的树枝，用刀打磨一下，再从碰巧找到的旧轮胎上剪下一块皮，系在树杈中间）。"你们可要记住了：我们的祖先可不留长胡子。"这是米西娅和孩子们之间经常开的玩笑。每当米西娅这么说的时候，孩子们就会排成一列，拍着手，大声喊着："我们的祖先可不留长胡子！"

"你听听，这都是什么啊。"德西蕾总是咕哝着说。

米西娅就会笑起来。

洛梅就会指着米西娅对他妻子说：

"你看那个年轻女孩，我也不知道为什么，她知道那些只有男人才知道的事。"

接着洛梅转向米西娅,问道:

"姑娘啊,你是怎么知道这么多的?"

米西娅摇着头,决心再也不念旧,于是她笑着说:

"洛梅,我该去给兔子喂草了。"

然后她就走了,留下有些担心的孩子们(好像飘过一道暗影,转瞬即逝,不过他们还是察觉到了,想知道那究竟是什么)。

德西蕾看着她丈夫。

"要我说的话,洛梅先生,她是个好姑娘。"

"我们干活去吧,刚才说的够多了。贫苦可是连狗都喂不活啊!"

他们就这样等着。别无他事。米西娅忘记了命运,瓦莱丽惦念着大山。其他人也没什么事,他们之间的问题很快就可以解决了。塔埃勒和马蒂厄之间好像形成了一种新的默契:他们不约而同地保持沉默,默默等待,握紧拳头等待被无限推迟的冲突爆发。帕布洛低声唱着歌。周遭一派祥和宁静。人们目光深邃,声音或许由于希望而变得欢欣鼓舞。

20

（瓦莱丽惦念着大山，同时又担忧着未来。在她旁边，阿方斯·蒂甘巴追在米西娅身后跑，却不敢提出任何问题。当时瓦莱丽和隆古埃爷爷约好了见面，隆古埃爷爷是掌管黑夜与时间的巫师。与此同时，阿方斯也走到了洛梅家的茅屋后面，他在那里终于看见了米西娅。）

隆古埃爷爷的小屋俯瞰着一条幽暗的小径，瓦莱丽不得不沿着这条路向上爬的时候心里十分害怕。不过她还是坚持走完了这条路，最终她站上小屋前那块被踩结实了的土地，隆古埃爷爷站起身，说道："我在等你，你来了。"他用这句话迎接所有前来寻求建议的人。瓦莱丽跟着他走进小屋，坐在门旁边，隆古埃爷爷坐在桌子的另一边，那张桌子其实是用几只大小不一的箱子拼起来的。

"你为何而来？"

"我想占卜未来。"

"你为何在这个年纪就想占卜未来？"

"我爱上了一个男人，隆古埃爷爷。"（这倒是个好理由，她心想，因为她看见老人慢慢低下了头。）

他们就这样坐着，没有人说话。小屋里的光线变得更暗了，瓦莱丽不再能看清老人一动不动的眼睛。外面，黄昏的野兽开始蠢蠢欲动。

"小姑娘啊，"隆古埃爷爷终于开始说话了，"你首先要经历漫漫长夜，炽热，燃着熊熊烈火。黑夜中有两个男人注视着你。其中一个声嘶力竭，但其实他真正凝望的并不是你。他沉郁悲怆，好像生病了。接下来我看到一座狭长的囚笼中划过一道闪电，另一个男人和你在一起。这个才是真正属于你的那个人。力量，充满了力量，这两个男人都是那么年轻！……"

"接下来我看到一条长长的路，到处都是水，周围都是灰色的，仿佛暗夜之神被拔光了羽毛，属于你的那个男人走在这条路上，还有另外一个人，我看不清是谁，路的尽头是大海，我看到的还是一片光明，还有……危险，没错……力量，力量，他们在做什么？……"

"又过了几天，不会太久，我看到一切都洋溢着幸福，光彩夺目，再也没有黑夜，一片光明，之后是很多人在喊叫，他们应该是在庆祝，会有些争斗，不过并不严重，到处都是光明，好像是一场胜利……"

"之后又是一条通往夜晚的路，不过这次不再是暗夜了，而是纯净安宁的夜晚，一棵金凤树……力量！……我看见了什么？……"

"姑娘，"（隆古埃爷爷终于喘着粗气惊呼道）"我看到了狗！……当心狗！……在你后面……当心！姑娘！"

"我才不信呢，"瓦莱丽心想，"毫无道理可言！危险，什么危险？狗，什么狗？黑夜，道路，隆古埃爷爷真是疯了。我才不信这些呢……"

她站起来。巫医不愿收她的钱，这倒让瓦莱丽有点担心，不过没事，他肯定是出于友善才不肯收我的钱。她离开的时候还在想着隆古埃爷爷的话，企图在其中找到错误或者可以反驳的地方。当时她并没有听见隆古埃爷爷的低声絮语："要说的都已经说了……姑娘，要当心……"

与此同时，阿方斯·蒂甘巴看见米西娅似乎过得很幸福，便也转身离开了。

21

最终，暮色四合，笼罩花园，黄昏拖着它长长的影子渐渐消逝，一棵棵树在阴影中好像一座座由泡沫堆积成的岛屿。火舌终将偃旗息鼓，最后变成一丛更加紧实、燃烧得更加坚定的火焰。这样的时刻总是适合沉思默想，因为活跃的夜晚尚未降临。到那时热烘烘的风便会扰人清静。四下里蔓延的忧伤占据了一切。远处的山顶上，几片白帆在蓝天上开了几个口子，天空好似沐浴在大海之中。

"是炎热让人变得忧愁伤感。我害怕夜晚降临前的时刻，这种时候天地万物的生命都会凭借一股神秘的冲动涌现。仔细听。难道不是只有我们吗？"

"跟我讲讲你的研究吧。"塔埃勒说。

他竭力掩饰每当他想起马蒂厄的工作时，那股将他牢牢攫住的贪婪和渴望。他说他的工作就好像是把不真实的虚妄推走，在确切的事物中间保持头脑清醒，远离那使人忧愁伤感的时刻。马蒂厄声称，没有任何人能够从梦境、秘密和日常的刻板中脱身。可是生活在贫苦之中的我们还能做梦吗？

"我的工作就是持久而耐心地寻找。涉及的领域有点奇怪，而且相当广泛。我做的事情就是发掘和搜寻。不过最难的部分是往编年史中加入一个故事之前，要将文档分类。"

"说得简单一点。"

"……简单一点？"

"说说你工作时是如何度过一整天的。"

"不，真正令我感到害怕的是夜晚。那时工作就会变得很可怕。"

"我是说你的一天。你起床，洗漱……"

"每天早上我们都去河里洗澡，河里到处都是蚂蟥。现在我们可能已经做不到起那么早见面了。因此也就错过了清晨的阳光，清晨的阳光总是离我们而去。"

"你们真是疯了。"

"每天早上，我们都在裂隙河的这条支流里洗澡，两岸茂密的草丛围成两堵篱笆，我们乘波而下。锋利的草叶间留下的水面宽度正好够一具身体通过。我们不会游泳，只能一丝不挂地任由水流带我们去到远处。你能明白吗？关键是要无视草丛中麇集的蚂蟥。蚂蟥怕活水，却一点也不怕人。每天早上我们都来，躲避着蚂蟥的叮咬，小心不被两岸锋利的植物割伤。"

"那现在呢？"

"我的工作涉及的领域相当广泛。我筋疲力尽了，兄弟。"

"说得简单一点！"塔埃勒大声说。

"好吧。洗漱之后我就去办公室。去面对着那些发生在从前、却又对我们产生深刻影响的事情，我感到一阵眩晕。清晨的光线让我激动不已，不过我们已经错过了晨光！毕竟我们的历史并不是待价而沽的拍卖品，也不是一口装着围栏的水井，不是一段与我们完全割裂开来的过去（一段我们能心安理得地从中汲取什么的过往）。而当我吐出关于这个过去的第一个词时，我也就说出了在我心头颤动不已的第一个谜团！……"

（原来是这样，塔埃勒心想，他并不是毫无偏见的、冷静的、清醒的。火焰正在他心头燃烧。我看见的肯定是她，这正是他第一次同我说话时我听到的喧嚣。正是这声呐喊。因此那些图表，那些证据，那些日期并没给他带来秩序。他也被历史裹挟，就像我被神话裹挟一般。他从工厂那边的金凤树下走来，他来自金凤树旁边的工厂，而且他还懵然无知……）

那些牵动人心的影子并没有死去，它们只是将灿烂光辉沉淀下来（就像在抵达陆地之前，在触及沙滩上那条精准却又在不断移动的水线之前，大海并没有死去，只是耗尽了全部的力气）。影子通过黄昏时分喷薄而出的红色晚霞大声宣告自己的垂危。塔埃勒和马蒂厄就是这片黄昏炽火的司炉工。

"每当我核实一个具体的日期，就是在核实我自己的荣耀与鲜血，信心与活力。这可不行！毕竟我们不只是一声声呐喊……"

"我有说过呐喊吗？"

"我们不仅仅是暴力，也不仅仅是苦难，也不是回忆。当我们做梦的时候，塔埃勒，谁又能说梦境一无是处呢？除非他们也在苦难中饱受煎熬，除非他们也在人类共通的苦难中窒息而亡。我孤身一人，输掉了属于我的那场战斗，被丢弃在这片漂泊不定的阴影中。轮到你了，塔埃勒。你会干一番事业的，你也会收获爱情……"

（我什么都没对你说，马蒂厄，我什么都没对你说。要是你的灵魂没有哭泣，你能否知道？……）

"你会作出决定，也会收获智慧……你来到这里就是为了做决定的，这点没错。你将萧萧悲鸣的往昔与悲苦心酸的今日联结。欢乐属于你，塔埃勒。什么都不要说，我已经知道了。不过我会留下，依旧呼唤力量！你会需要我的，也会需要我的迷惘。啊！在这愚昧单调的歌声中，我们是唯一的美，无尽的美。没错,一切都模糊不清,现在一切尚且模糊不清。不过我们很快就会看清该如何行动了!河水以崭新的面貌奔腾而下,这就是裂隙河,这就是那条慈悲吉祥的河,人们在大河的支流中嬉闹玩耍。之后,我们的三角洲地带也将不再肮脏不堪!这是裂隙河唯一背叛我们的地方。不过我们会在河上修建堤坝,开凿运河(我们会学到这些技术的)!总有一天,裂隙河在入海口处也能清澈明净。就像一个民族自信而坚定地立于其他民族之前……"

"总的来说,你是个诗人。"塔埃勒总结道。

于是又一次地,他们温和地笑了。"你能做到的,对吧,你能做到吗,塔埃勒?"太阳慢慢落下,光线变暗变红,好像地狱之门正在缓缓打开。终于,夜幕降临,汗水与悸动一并到来。这里有人将会死去。

第二部分　行动

阻断，阻断一切通往罪恶的道路。

——圣茹斯特

1

　　于是，塔埃勒向着河流的源头进发，在见到平原上的城市之前，他对河水源头所在的那片区域就早已了如指掌。当再次看见远处的悬崖峭壁时，他训练有素的眼睛一下子分辨出山涧流淌过的峡谷，还有表面上看起来植被茂密，但实际上会一脚踏空的地方，这些地方的颜色比别处更深，时不时地又会有美人蕉红色的花朵绽放其中。灌木丛间永远不停息的嘈杂声、鸟鸣啁啾声、树叶沙沙声，还有沉重的风声，都用激情将万物包裹得严严实实。人们来到这里便不再敢说话，唯有万分谨慎地行动，似乎天空的每一角都是水面的反射（这没错，人们不都说天空是生命之源的反射吗？），人们在此地停留，在蜕皮的蛇留下的银色皮肤碎片前长久沉思（雍容华贵的鳞片深处栖息着太阳）。人们窥伺着那条凶残的蛇，在包裹着蛇身的那片明亮中感到目眩神迷：只要目睹了这一切便会知道，蛇的一生都在为此而忙碌。树的后面也许有几头野绵羊，它们的祖先是几百年前的羊群里最安静的那几头，它们就是在这里学会了窥伺、突围、奔跑。塔埃勒替他养的两条猎狗感到抱歉，它们被训练如何包围一头动物，如何跳起来咬住那头动物的喉咙，如何让猎物在它们的獠牙下动弹不得。他的嘴巴好像尝到了炖肉的味道。他闻见丁香和百里香的芬芳，辣椒的味道让他的眼睛闪闪发亮。他朝这场盛筵走去（并不是说他想象出了一席盛筵，而是说他周遭充满了诱惑，森林的安逸舒适将他团团围住：热情洋溢的森林里是一场无边无际的盛筵），他离开树荫，穿过一片林中空地（空地是森林粗暴的躯体），向下一片树荫中走去,在突如其来的阳光中他感到一阵眩晕,他据此估计自己的饥饿程度,随后他在一阵精神上的餍足感中踉跄前行,扶着树桩,手掌按进腐朽的树干,树干里白蚁成群,密密麻麻地挤作一团,好像一具枯朽的尸体,有时他也会碰断树枝,树枝折断处散发出一股灰尘被炙烤过后的味道。越过这股气味,他突然又闻见一股煤炉的味道。木头在泥土和枯枝的覆盖下日复一日地燃烧,煤矿工人早已遗忘了这片森林——不过他们总会回来的,来收割他们黑色的果实。那是树木浆液干涸后发出的气味,是死树的芬芳。炉火静静燃烧,被遗忘的煤炉是森林中隐秘的存在,这些炉子缓慢地冒着烟,神秘的树荫装点其上,它们是庄严的幽灵。至于其他一些已经被掏空的炉子,凋敝衰败,好似宏伟的建筑在经历火灾后留下的遗迹,有着黑洞洞的腹部,折断的石柱仿佛代表着某种禁忌。塔埃勒向这些被掏空的炉子挥手致意,它们被剥夺了肉身,只剩下烟雾缭绕的庞大幽灵和被破坏的坟墓,却因此获得了存在意义上的厚重质感。树木燃烧的气味和枯木的气味混在一起,塔埃勒晕头转向地从一根树枝走到另一根树枝,甩掉周围韧性十足的藤蔓,感到一阵天旋地转。这时他发现一小片结满了"苹果核桃"的树林(果实的汁水酸涩呛口,很像苹果,味道和硬度又很像核桃),于是立马将他的盛筵抛诸脑后,这会儿在他看来,那些树叶、植物、草木才是亲切无比。太阳如果实一般饱满,树木如溪水一般潺潺作响,树荫更是清凉温柔。他将肚子填满野果后重新上路,嘴唇火辣辣的(果实坚硬的外皮让口腔感到紧绷僵硬),不过心里倒是柔情缱绻,浑身上下充满了活力,他又感到一阵与方才不同的陶醉和愉悦。塔埃勒继续自己的长途跋涉,"我走路走得几乎神志不清,就差脚后跟朝前走了。"他沿着通往水源的那条幽暗小路向上攀爬,那个命中注定与他相遇的人就在河水发源的地方。他一边朝着山上的水源地走去,一边想着那个他要杀掉的人,那个他不得不找了这么久的人:就好像那条河强迫他找到源头,强迫他在完成行动之前,找到那股温柔甘甜的,充满力量的,丰饶多产的泉水。不过他觉得自己看不到水源。他没有时间去追寻本质上的"存在"了:具体的任务还在等着他完成。他得追寻那头野兽的踪迹,然而一种强烈的担忧始终折磨着他。在森林的幽暗与壮阔之中,塔埃勒首先想到的却是城市。他突然就偏离了脚下那条路(这座城市有种魔力,他自言自语道),不过很快他又走回来了,心里隐隐约约地相信自己很快就能破解城市的奥秘。走吧,现在当务之急是处理加林的事情。加林就是那个叛徒。(此人自小孤苦无依,做过店里的伙计,之后给一个大种植园主开车,很快便无恶不作:曾经为了钱杀人……后来这地方对他来说太危险,他待不下去便离开了。现在这人又回来了,一副胜利者的姿态,居然还替政府做事!)这个粗鄙的人整日颐指气使,敲诈勒索,似乎要让所有人都为他昔日的恐惧付出代价。简直比刚才蜕皮的那条蛇还危险……树叶的阴凉和簌簌声仿佛搭起了一座小教堂,塔埃勒就躺在里面,他有的是时间。他叹了口气,有关瓦莱丽的念头一直在他脑海中盘旋萦绕。她总是出现在醉眼蒙眬里,出现在未来展望里,出现在忧愁百结里。她会明白的,他自言自语地说,她很坚强,她会爱我的,尽管我做过这种事,或者说正是因为我做过这种事。不,还是不要因为流血牺牲什么的才爱我吧,但愿她像以前那样爱我,但愿一切都没变！这时那种强烈的担忧又开始折磨他。因为他实际上并没有像他以为的那样准备好了将刀插进另一个男人的胸膛。等我开始进攻的时候，他肯定会反抗，塔埃勒对自己说。所以他是有机会活命的。瓦莱丽，我是不会死的。至于那条野狗，我会战胜他的。我会和他当面作战，像一名光荣的男子汉那样。塔埃勒躺在蕨类植物投下的阴影里，想着想着，慢慢激动起来。他感觉森林也跟着沸腾起来，树木的汁液、夜晚、闪电纠缠在一起，一直在山间激荡回旋。他仿佛是宇宙之树的一根树枝，在此地繁衍生息，不再与混沌之力相抗衡。只要我不去做那件事，他心想。只要我不把刀插进那个人的胸膛，他心想。这时他闻到筵席上食物的香气中混合着一股血腥味，枯木和燃烧的树木散发出的芬芳中混合着一股祭品的香味。这些味道混在一起，变成一股模糊不清的难闻气味，其间还夹杂着有关瓦莱丽的记忆。天色已晚，夜幕已经遮蔽了整片天空，树林间仍残留着余晖的碎片，在低矮的灌木丛中慵懒徘徊，不肯离去，最终却被一阵风吹散。塔埃勒慢慢睡着了，夜晚如摇篮般轻柔地摇荡，所有气味都退至虚无的边界以外，可是森林仍旧在他心中动荡不安，他突然站起身，喊叫着表达心中的恐惧和仇恨。于是他意识到阴影的力量正将他笼罩。是这样的，这里的昆虫用自己脆弱的萤光装点夜晚（就像一座城市的明明灭灭）。他注意到有什么动物正在匍匐前进，不过他也知道无需担心。只要我听从星宿的指引，他心想。塔埃勒似乎明白过来，米西娅也一定见过这种夜晚的繁重劳作，这一刻他想的是米西娅。他也像她那样成长。不过与米西娅不同，塔埃勒什么都没有忘记。他继续上路，将周遭的沉郁阴暗一并撞翻打碎，却又在另一个隐蔽的角落突然跌倒：他估量着周遭的黑暗究竟向外蔓延开去多远。他也的确没有什么可以被忘记，不过他还是在接连的跳跃中筋疲力尽。他跳过一棵尚且年幼的小树，迅疾地穿过一片林中空地，又沿着一道斜坡飞奔而下，最后他躺在地上睡着了，在看起来离他很近的满天星斗之下。清晨树林发出的第一阵沙沙声将他惊醒，他精力充沛地醒来，此时已经是早上六点了。太阳散发出的强烈光线轻而易举地穿透了早晨清澈通透的空气。昨晚身上感到的那种僵硬紧张消散殆尽，塔埃勒由衷地赞美晨光。他发现自己就睡在一片荆棘旁边，可真是走运！他拨开几丛树枝，暗自思忖听到的声音究竟是不是清泉的浅吟低唱。这是水源的声音吗？他继续往前走，沉浸在如歌的水声带来的希望中。他撕碎几片树叶，闯入一方明净，扯破森林的美貌。终于他看见了那座房子。宏伟庄严，百叶窗紧紧关着：这是加林的房子。塔埃勒暂时忘了水源的事情。

他被那座房子深深吸引。也说不上来为什么，他就是觉得那座房子像怪物一样。可房子本身就是最常见的那种房子，门窗紧闭，缄口不语。塔埃勒一整天都在房子周围转来转去。上午他探索了建筑的背面：四扇落地窗一直开到屋檐，没有阳台。园子里种满了橡胶树，结着一串串香蕉。我起码不会饿死了。塔埃勒用干草搭了一张床，打算之后就在这张床上过夜。现在他冷静下来了，头脑变得有条不紊。他穿过院子，尝试打开笨重的百叶窗，结果没有一扇是能打开的。随后塔埃勒又绕着房子转了一圈，房子右侧有一个大土堆，顶部和最高的窗子齐平，从那里可以直接进到房子的上面那层（"真奇怪，这个房子有两层"），房子的底层显得好像是什么献祭场所一样。有一扇窗户稍微开了一条缝，塔埃勒将它轻轻关上：等会儿就从这里进去，不过现在还是先围着房子转一圈。房子的正面看上去气派得多：墙面的颜色显得明丽活泼，围墙也是精心砌成的。风和雨都从北边来，塔埃勒心想。所以说真正保护着这座房子的是另一侧的墙壁……这时他发现了不寻常的事情，房子的门被加高了，门下面是一块大理石板：石板下面有一条细细的水流通过，水流穿过花园，消失在种着葫芦树的田地后面。剩下的那一面没什么特别之处（和房子的东面一模一样，只是没有土堆），塔埃勒回到那条不同寻常的小溪那里，重新听见了水源发出的声音：声音是从房子里面传来的，似乎带有某种不怀好意的兴奋。他从土坡上爬进一个空旷的房间，房间里落满了灰尘，脚步激起一阵湿漉漉的回声。塔埃勒缓慢吃力前进，一切都很顺利：这间像贮藏室一样的房间门后只有一道水流，一块狭窄的大理石板凌空横跨整个房间。石板一侧靠墙，另一侧没有护栏，塔埃勒沿着石板往前走（他紧紧贴着墙面，不敢四下张望，他感到自己的皮肤正贴着潮湿的石头，石头上还覆着蜘蛛网），直到他看见一道通向地面的斜坡，斜坡上没有台阶。在昏暗的光线下，塔埃勒一步一步往前走。他朝着水流声慢慢走下去，也朝着更凉爽一些的地方走下去。之后他勉勉强强看清了这个有着深井状结构的建筑底部。走到最下面时，他感觉自己身处一个巨大的房间（周围是一圈长廊，支撑着上面的房间），房间的正上方直通到屋顶。长廊在东边被隔断了，那里有一间贮藏室。长廊的其他三面都向中间敞开：

墙壁凹进去的地方摆着桌椅、摇篮、长沙发，看起来像是休息或吃饭的地方。房间中央是空的，一片巨大的空旷，比夜里连一道影子都没有的沙滩还要空旷。空旷且死寂。塔埃勒循着声音走到了房屋正中间，水流就是在这里涌出地面：这就是水源了。这是裂隙河被囚禁的源头，被厚重的围墙包围，被大理石板圈禁，好像一尊穿戴着繁缛服饰的女神像。在房子里面水源的声音小多了。好像房子里的泉水不敢涌出来似的。而那座房子就像一座岛，岛的中心是一片海，冰凉的河水先是打败了白天的暑热，之后才从这里走出去，去向至高无上的太阳俯首称臣。那我还真是在找到水源的同时找到了那个男人，塔埃勒心想。河水在这里发源，他在此地生活，在这片威严雄伟的昏暗中。他就是在这里取水喝，把酒瓶放在水里冰镇。一切都从这里开始。在水流铸成的祭台旁虔诚地等待。不要再想入非非了，赶快止住这些念头，从这里离开吧。忘掉不属于这个时代的神话传说吧，几个世纪以来一切都坍塌溃败，等待我完成的是新的任务。

不过不管怎么说，塔埃勒还是被这栋源泉别墅散发的阴郁魅力所深深吸引。

2

他夜里没睡，顽强地抵挡着困意，站在香蕉树中间，面朝那座房子。晚些时候他看见房子亮起一盏灯，下面一层的百叶窗是开着的。塔埃勒爬到土坡上面，穿过那间贮藏室，在大理石长板上蹲下来，他隐匿在夜色深处，确信自己不会被看到。塔埃勒往下张望，隔着厚重的夜色，他看到对面的那个房间里有两个男人：他们的声音在房间里平静地回响。其中一个人坐着，仪态威严，但是神色既随便又拘谨，既傲慢又谦逊。另一个人在房间里踱步，身材瘦小，当他经过油灯前面的时候看起来好像是透明的。此人似乎是不屑于坐下，他的马就等在大门前。

"加林，你现在也是个人物了，你想做什么就能做什么。"

"是的先生，想做什么就能做什么。"

"事情再简单不过了。就是裂隙河沿岸所有拥有土地的种植园主。总共有二十来个吧。"

"先生，这正是困难的地方。"

"别开玩笑了，加林，颁布一道法令不就完了。河两岸一百米宽的土地收归政府。法令就这么颁布就行。"

"这行得通吗，先生？"

"然后拍卖公共土地。"

"先生，要是他们联合起来呢？"

"拍卖的时候联合起来吗？那就是我的事情了。关键是要征用这些土地。大多数种植园主都自己沿河修了路。这些路也得归我，加林。得让他们接受我开出的条件。"

"可是我有别的计划。"

"你也知道自己总会照办的,我的朋友。"

"先生,您别威胁我。现在我也算是有头有脸,不管怎么说,我也是不会怕您的。"

瘦小男人停下了脚步,对这股突如其来的反对力量产生了兴趣。他权衡了片刻,随后笑了起来。

"你的手段耍得不错啊,加林?"

加林漫不经心地移动了一下油灯的位置。

"还不错,先生。我是合法的。您要想告发我,自己就得先认罪。"

"不过你还是会做的,不是吗?"

"噢!我可不是因为要为您效劳才这么做的。听您吩咐的日子已经结束了。只不过是我自己觉得这个主意还不错……不过我有一个条件。"

"什么条件?"

这个瘦小的男人现在听凭他前任司机的摆布了。

"我要去看看。我沿着河一直走到海边。我要豁免一部分土地,征用其他的。"

"你有朋友在那儿?"

"或许吧。不过不管怎么样您都会得到好处。我不能做得太过了。"

瘦小男人叹了一口气,什么都没说。这个大个子偏得很,他(用他自己的方法)学会了什么是自由。

"就是为了这个我才买了这座房子。"

"为了哪个?"

"为了自由，先生。为了能够支配整条河流。"

另一个人四下里张望了一番（他不可能没看见我，塔埃勒心想）。可他只不过是朝着黑洞洞的大房间投去了空洞的一瞥，其实他并不能真正理解加林。他自己的房子整洁明亮，当然了，他和他的司机一点关系都没有，但是不管怎么说，人怎么能生活在这种潮湿的大笼子里呢？"你这人真有意思。"加林一动不动，反复回味着自己拥有的力量。另一个人说："那好吧。"略作踌躇，之后就头也不回地离开了。

"就这么定了，加林。"

"晚安，先生。那我就沿着河一直走到海边，三天后我回来见您。"

他决定了。他没将客人送至门口：此地民风很讲究待客之道，所以他的举动颇具深意。他待在那里没动弹，身形笨重，超乎常人，他一动没动。随后从土坡上传来那匹马在干涸的泥地上疾跑的声音。之后一切都沉寂下来。水源还在潺潺作响。不过在某种程度上还是可以说一片寂静。永恒的寂静……油灯变得越来越暗，光线再也不能抵达房间中央那片富丽堂皇的黑暗，这时男人站起身来，塔埃勒以迅雷不及掩耳之势跳到一旁。男人走向泉水，两只脚都站到水里去，身体没有一丝颤抖。"一切，一切。"他喃喃自语。他在那里站了很长时间，注视着河水从他的皮靴上流过。他被种在了泉水里：仿佛一棵树，想要篡夺裂隙河的全部生命力，或者至少弄脏点什么东西，河水、田野、人。之后他叹了一口气，转身离开，倒在阴暗处的某个地方。或许是长沙发上？窥视者猜测着。他睡了吗？油灯慢慢熄灭，只剩下泉水的声音，在黑夜里逐渐壮大。

塔埃勒不敢离开，他在大理石桥上躺下来，就这样醒着度过了第二个夜晚（也可能是最后一个，他叹了一口气），像是被接纳入教的信徒为初次仪式做着准备。寒冷令他感觉浑身麻木，意识在头脑中明灭摇曳，他发疯般地想要堕入黑暗，坠向辽阔的土壤和潺潺的泉水。可他还是毫不懈怠地熬着。源泉别墅，他不停地想着，同时也在窥探黑夜，试图发现一点光亮的踪迹。光是等待就足以令他精疲力尽了，更别提还要保持清醒。他看见了茂密的森林，看见几内亚的草原，看见他在香蕉田里用树叶搭的那张床。最终当光线从门缝下面钻进来，微弱地照亮了泉水的时候（光线似乎也饱含水分），塔埃勒第二次由衷地赞美晨光。

3

沿裂隙河的徒步旅行就这样开始了。他们离开源泉处那栋出奇凉爽的房子,在劈啪作响的阳光下感到头晕目眩,他们朝山下走,一个跟着另一个,像是中间连着一条看不见的细线,他们穿过那片葫芦树,树上的果实肉质饱满(饱满到似乎没办法将这些葫芦做成灰色的、干燥的、乏味的瓢),他们始终沿着河水无法预料的走向蜿蜒前行,时不时大声咒骂(至少加林经常这样,因为塔埃勒还是小心翼翼的,他还不知道自己已经被官员发现了。他小心翼翼地躲开干枯的竹子,从一块石头跳到另一块石头,绕开沾满泥浆的草团,小心翼翼地穿过几乎可以称之为河的小溪)。这一路上险象环生(就好像大自然强烈反对这趟通向浩瀚死亡的远足)。他们剧烈地喘息着,汗水直流,仿佛要把太阳的活力都流干似的,在河道颇具讽刺意味的一个转弯处,他们不约而同又绝望地转向了彼此。加林正全神贯注地观察着河岸。他时常翻阅一本笔记,同时也会在上面画些地形图。加林并不想看到那些低矮的可可树,在腐叶铺成的地毯上沉默不语,他不想看见成片的甘薯地,不想看见远处微微战栗的群山,也不想看见要是再往南走走、离开山区就能看见的日渐浓密的甘蔗田。加林并没有屈服于这番景色,他去过低处的那些地方,那里风物依旧。他此刻唯一惦念的事就是让那里的人束手就擒。

"他们不像我,对吧?我倒要看看谁才是真正的叛徒!"

塔埃勒挺喜欢沿着裂隙河走到三角洲这个主意……他觉得自己有力气跟上加林。"我不知道两天能走多少公里。不过下个夜晚肯定会很热！我可能得熬夜，或许也能睡会儿。谁知道他要做什么。"不过加林一点也看不出这个主意好在哪里，他现在就像是个恼怒的聪明人。他从没种过地，不过他能猜到是怎么一回事，他也的确知道是怎么一回事，满腔的仇恨使他确信哪块土地最肥沃，哪块土地将来会成为耕地。他想夺回曾经失去的家园。

"他可能是在标记土地？他想买块地，自己成为庄园主。成为拥有泉水山庄的加林先生。或者成为水源农场的加林先生。或者叫流星庄园的加林先生。"

"土地，土地，我并不想拥有土地。土地总是叫人精疲力竭。我得阻止他们把能耕种的土地卖出去，剩下的地用来修路好了！"

"他买下了水源。他是怎么买得下那么大的房子啊？或许要苦干五年。十年？一百年？我以后永远也不会离开这栋房子的。我们要住进去！不过我有可能活不成了。"

"等下，朋友，蚂蚁要咬到你的脚后跟了。"

"走开，走开。"

（他们彼此交谈着，离得很远，也听不太清楚。）

"试着跑两步吧。"

"你就不能慢慢走路吗，嗯？"

"老天爷啊，这可不是我这个年纪能做的事了，这倒是真的。"

"他看见我了。他知道我认出他了。我可不能怂。跑起来。"

"好吧，那我停下。不过他想干什么呢？欸，小鬼头，你想干什么？"

"你知道我在这里。你不能再像只有你和树林的时候那样跳进河里洗澡了。"

"说到底，这片地不错。除了我，别人都会觉得这里是天堂中的天堂。我通过考试的时候（我的妈呀！那些孩子当中只有我通过了考试）就确信我得完成这样的使命。描述你的童年。木薯，桃花心木。桃花心木可是很坚硬的一种木头。这就是我的童年。我就这么写上去了。"

"……你手里拿着这块石头是想吓唬我吗？"

"你吓坏了吗，伙计？"

他们耐心十足，互相猜疑，但其实他们几乎看不见彼此：他们只能看见水面的倒影，一截折断的树枝，靴子在泥地上留下的几个脚印，还有一个黑点，那是加林的脸。因此是土地、日光，还有诡计多端的河流将他们联系在了一起。

"噢！这太阳可真毒，水源处的夜晚是多么凉爽啊。这里连地面都是热的，热的！"

这时他们又看不见彼此了，只好凭借两人中间那条不存在的细线感知对方。塔埃勒说："幸好还是跟他一起下来了，这样简单多了。"加林嘟囔着说："这里有棵枯树，我倒要看看他想干什么。"——笼罩一切的寂静将两人牢牢禁锢，将他们抛入无尽的等待和慌乱之中，他们在这片难以忍受的寂静中逐渐偃旗息鼓：从他们各自踏入水流中的第一步起就开始了。塔埃勒的期待感染了（或者说搅扰了、征服了）加林，尽管只有加林的死亡才能实现塔埃勒的期待。只不过他还不知道罢了。

"这座房子就像大山一样……我把我的狗带去！"

"来吧来吧，我等着你。"

"那行。我去了！"

他们在河流中间相遇。河水从两人中间流过。塔埃勒细细端详着这个叛徒的脸庞。这人块头很大，胖得出奇。

"你想打一架吗，小孩？"

"不是，我想跟你一起走到海边。"

"谁跟你说的我要去海边？"

"没错，跟你一起去。到那以后，我可是警告过你了，我会试着杀掉你。"

河水从两人中间流过。加林慢慢地抬起脚，在两人中间的一块石头上画了一条线。靴子的皮料发出嘎吱嘎吱的响声，石头被阳光烘烤干燥的表面上因此出现了一道灰色的水迹。

"你要是真有胆量的话就站上来。"

塔埃勒站到了石头上面。加林思考了一会。

"就这么定了，我们一直走到三角洲去。"

他们重新上路，两人都松了一口气。实际上他们也干不了别的。山岗间已是正午时分，热气自平原蒸腾而起，树叶闪闪发光。他们都在裂隙河里喝饱了水。"其他人在干什么呢？起码现在我没事……在我们走到海边之前……"

4

至于米西娅，繁重的农活常常使她筋疲力尽，所以她无暇顾及其他，对发生的一切也全然不知。她常常从远处眺望裂隙河，水流缓慢，水面上有黄色的倒影。这个温柔的年轻姑娘常常登上茅屋旁的高地，久久地凝望河水，心头挂念着远方永远在等待、永远略胜一筹的大海。米西娅寡言少语，很少忆及往事。风中隐隐约约有沙子和葡萄的味道。她看见塔埃勒坐在烈日下。"他该走了，只剩他了。我不应该就这样离开的。我说真的。不过又能怎样呢？塔埃勒会走的。那边没有谁再需要我了。反倒是德西蕾更需要我。"她轻声抽泣起来。随后她又大声喊："骗人。都是骗人的！我不该离开的。"不过她很快又朝高地下面的孩子们跑去。生活可怕而单调。有几次洛梅宣布："今晚我们一起守夜，有个人去世了。"于是就能听见山岗上传来螺号声。总共三声，去世的是个男人：这三声庄重低缓的号声是吹给死者的邻居们听的。"他生前喝起酒来不要命。"洛梅说道，"今晚我们一同哀悼他的离去。他是上帝的好子民，是个真男人。"米西娅很喜欢守夜：大家都很随便，讲些离奇的故事，有时候有点吓人。米西娅一点也不怕走进茅屋，当着过世人的面在胸口上画十字（她并不信仰宗教，只不过有点迷信），然后她往十字架上洒圣水，人们在火把下围坐成一圈，她也加入其中，跟着讲故事的人一起大笑或哭泣。她加入森林众神的行列，为总能复活的巫师担惊受怕，又因为窜出来一条比山还大的狗而瑟瑟发抖。

"从前有两个男人反目成仇，他们之间的仇恨甚至超过了盐对水的仇恨，獴对蛇的仇恨，人类对口渴的仇恨。他们都想杀死对方。没错，他们都想将对方送上天堂，让他和永远在哭泣的天使待在一起，要么就是将对方送下地狱，让他去和蝇王[1]一起玩塞尔比纸牌[2]。我们今天早晨去世的老朋友，勇敢、温柔、善良的西菲尔，现在肯定已经到天神的乐园中去了。他在天堂里吗？在，他在天神的乐园里。老朋友西菲尔，在天神面前帮我们说说好话吧。看在我们今晚在此歌颂你美德的分儿上。就这样那两个男人相遇了，他们都想杀死对方。但死亡就像暴风雨中的彩虹桥，登上彩虹桥的人才能抵达永恒的欢乐王国。其中一个对另一个说：'你坏透了，我会杀掉你，不过我们还是先顺流而下，走完这段路，我希望你在海的见证下死去，我想你死后随海远去，海里的盐会腌透你的皮肤，这样永乐之国的守卫便不会放你进去，因为你的皮肤不洁，双目燃烧。'另一个说：'看来你并不怕我，那我们走吧。'就这样，他们沿河而下，去向无边无际的大海。有什么比大海更宽广？——海面之上的天空比海更宽广……"

用竹子扎成的火把给说书人娓娓道来的故事点缀上几朵火花。听故事的人隐入夜的黑暗中，仿佛是黑夜本身（而不是男人们，不是屏息凝神的女人们，也不是被吓坏了的孩子们），是夜色里团团围坐的一个圆圈在听故事。时间仿佛在此刻凝固，风也缄默不语，似乎在向那些讲给它听的话语致敬。米西娅看见了海，无边无际，无动于衷……听故事的人当中总会有那么一个人，他质疑一切情节，这样的安静时刻就是他选

---

1. 闪米特人神话中的神，众蝇之王。
2. 当地流行的一种赌博类游戏。

中的时刻，就是他一直以来等待的时刻，他会打断正在被讲述的故事，脸庞隐于夜色之中，潜入全神贯注的圆圈，然后放肆大笑。

"瞧瞧，这可能吗？人家给我们热水，却说这是牛奶。我想去刚果，但不要送我到月亮上去。自从安廷公爵的故事以后我们就没再听过这样的故事了。看吧！世界自相残杀，放眼人寰却只有泪水和鲜血，人皮还不如一张牛皮值钱。要是一个人碰到他想杀的那个人，俩人怎么可能一起沿着河道徒步旅行呢！老朋友西菲尔，你头也不回地去了，原谅一个在你的守灵夜讲着天方夜谭的人吧。老朋友西菲尔，原谅这些活着的人，就算他们曾经凌辱过你，也请不要回来折磨他们。你是寿终正寝，你没有敌人。你看天上，那是什么啊！是谁径直走向仇敌？是幼稚愚蠢的人！谁看到了这一切？是谁？……"怀疑论先生装腔作势地大喊大叫，"和战争有关的都是最严肃的事情。可不能把椰子和杏子搞混……"然后……

说书人自我开脱："其实杀掉那个人也并不是他的责任。"

传说就是这样，所有人都可以去和真正经历过那个时代的人们争论一番。那时可真是荒唐，多荒唐啊！不过要是按照传说里讲的，人们正是经历了这样的荒唐才走到了如今的精神境界。没错，要不是这些秘密暴露在光天化日之下，怀疑论先生也不会打断说书人的话了（对啊对啊，说书人还在利用死去的人的灵魂！）。难道不是吗？……

当然了，在别的时代也会有别的方式。管他有多少种拔出杂草的方法呢，关键在于保持土壤的肥沃和漂亮。传说之所以有价值，就在于它能让人明白道理，能让人知晓一些事情，比方说知晓一些国家，一些不一样的事情，还有就是知晓故土的本色……

米西娅大声说："这倒是！"

人群也随声附和："对啊，对啊，说得可太对了……"

（于是声音本身变成了一场盛大的允诺，说书人变成了语词汇聚的火焰，众人要将其点燃，这样的夜晚澄澈空明。）

但这并不是传说。因为一个人可以随时随地牺牲自己的生命，或者将生命安危置之度外，可是对于一个人来说，故土的颜色只有一种，那就是他置身其上的广袤大地的颜色，而人人生来都是为了讲述自己故土上的真相，在真正广袤无边的土地上，用词语讲述，用鲜血讲述，或者用别的什么讲述（人们与土地在一起耐心十足地共同生活，像征服一位情人那样征服土地）。而当一个人试图讲述一点关于他故土的事情时（假如他这样尝试的话，或许他会撞上一堵墙，一切语言在这堵墙面前都苍白无力），我们并不能说他讲了一个传说，不能，尽管这个人讲述的是与晦暗现实慢慢融为一体、难解难分的模糊梦境。这就好像一个人说他看见庄稼在地里开花，我们就不能说这是一个传说：因为土地会和每一个人讲话，就像土地之上的人们口口相传。当一个人说他看见了这个看见了那个的时候，任何人都不能反驳，除非他看见的这个或那个就生长在土地里，深深嵌在土地的肺腑之中。人们讲述的梦境其实是照见土地深处的一面镜子，有着扎进土壤的卷曲根须，而不是火焰熄灭后从火把里生出的一缕轻烟。

无论是从前我还是个孩子的时候，还是到如今我已经是个男人，有一点从来都没变过：我们一直分不清传说和历史。因为火焰从未停止燃烧，夜里在说书人的嗓音四周围成一圈听故事的人群从未散去！不过远山之巅已经现出几缕微光，一个新的清晨似乎要向梦境施以重压，要向黑色的、深邃的、熟悉的土地致以问候。于是新一轮的劳作又将重新开始……

5

道路相交形成的纽结遍布此地，连接过往和未来，连接男人和他心心念念的女人，连接河流和大海！这些道路一副昏暗破败的模样，很快将被废弃不用，到时候这些道路就会像从来不曾存在过一样。当人们真正步入不惑之年，将自己种出的果实拿来分享，开始认识周遭世界的时候，就会离开这些看不见的道路。所有这些道路都会通向同一种焦躁，又都会在抵达终点前始终强行压制这种焦躁燃起的炽焰。塔埃勒、马蒂厄、加林都是一样的：他们都是肩负着使命前行。不仅人是这样，就连整个地区都推崇备至的命运本身也是如此。他们的足迹为土地织成了一件衣裳：不过没人知道。他们自己也不知道，否则他们还怎么活下去呢？人是不能作为偶像活着的。也不能作为命运本身活着！……但无论如何他们都觉得过去的一天不同寻常，或许当晨光终于驱散夜路上浓重的黑暗时，他们会忘记这一切。

就在这时马蒂厄遇见了瓦莱丽。这个年轻人正在回城的路上，他其实没在想山谷里的事。突然间他意识到瓦莱丽就在附近，胸中顿时燃起一股炽焰。就是这样的巧合让人不得不相信命运，相信天数，相信所有这些胡言乱语。马蒂厄努力挤出一个微笑。

"我知道是你，瓦莱丽。出来吧。来吧，我不会伤害你的！"
"那你不能伤害我。"

她走过来，脸上带着全神贯注的神情。她从一道树叶形成的屏障后面试探性地伸出一只脚，像是穿过一道温柔的水帘。

"我是可以伤害你的。"

"不。听我说！没有其他办法了。"

"那你是见过他了？"

"嗯。"

"你知道我说的是谁？"

"嗯。"

"我什么都不能做了？"

"对，你不能了。"

"那是我最好的朋友。他总是听我的，他很信任我。"

"马蒂厄，他在哪？"

"很显然我不能告诉你。"

"你就这么坏吗？"

"也许吧，也许我就是这么坏。我不能说。不过他会回来的。不要担心，他很强大。就像一把火镰。我是他的兄弟。我也想像他一样，你能明白吗？他会回来的。他从来都不会迷路，他走路就像犁沟一样笔直。但是，没错，还有但是，他总是听我的。他相信我知道点东西。但其实我什么都不知道。"

"不，马蒂厄，他很温和，就像教理课本里讲的那样温和。有时候我甚至对自己说：'安静点，不应该这么粗暴地对待他。'他总是看着远方，我却看不到他正在看的东西。"

马蒂厄抬高了音量。

"够了。有没有人说过你操心的事情太多了，好像没了你房子会塌一样！"

"我不想让他那么强大，也不想让他像什么火镰，什么犁沟！"

"闭嘴吧！我恨他，太可怕了。但他明明是最坚强的！……"

"那是因为他一下子就明白了你们的想法。他几乎毫不费力。"

瓦莱丽身后是平原，这个年轻姑娘的脸庞仿佛消融在她身后延伸开去的绿色里。马蒂厄看向远方，但他看到的其实依然是瓦莱丽。远方空无一物。

"你见过他了。直到现在我还心存侥幸。没错，你现在知道他是什么样的了。这就是他消失的方式。要知道他和我们一起洗澡，对我们毫无隐瞒，他什么都不在乎。没有人会注意到他。没有人会看见他。他就是一个幽灵。一个燃烧的幽灵。"

"他不能被人看到吗？"

"不能，绝对不能。"

"马蒂厄，我害怕！"

"我也是，我的姑娘……"

她感到一阵强烈的激动。这些蠢货！整日干些正经事。至于他，马蒂厄，蠢货里的大人物。清晨的苍蝇会担心夜晚吗？（一只苍蝇能担心什么呢？谁又知道呢？）不会的，苍蝇只是活在当下，扇动那对蓝色的翅膀，从一堆厩肥飞向另一堆厩肥。厩肥可不就是苍蝇的乐园吗？我们有翅膀吗？我们会在某个清晨为夜晚感到忧虑吗？

"我们已经失去了清晨……我们还在寻找，烦躁而愤怒！……瓦莱丽，我爱你。"

"你说谎，"她大喊，"要是我告诉你米西娅在哪，你马上就跑去找她了。欢欣鼓舞地去找她！"

"她在哪？"

"狡猾。你可真是只狡猾的羊啊！去问你的警察朋友吧。

他知道上哪儿去找她,他知道。"

"她在哪?"

"她在洛梅家,洛梅一个人就顶得上你们所有人!在西边,那座红色的大山旁边……苦难可真美啊,不是吗?人们都快被压扁了。在我眼里你就是一块木板!"

"你是我梦寐以求……"

"梦寐以求!我根本就不住在城里。这些年你根本就不认识我。真稀罕呐。"

"有些东西正在分崩离析,一棵藤蔓,一片森林,枯燥乏味中的人们发出一阵颤抖,我不知道。"

"现在必须面对的是苦难!"

"逝去的青春岁月啊……"

"行了。别再絮絮叨叨了。我去把塔埃勒找回来。"

"对。就是这样。不可避免!"

"我很喜欢你,你知道的,马蒂厄。"

"在这儿的这座城市就是见证。我们一起走走吧,我魂牵梦萦的姑娘。"

"马蒂厄,我并不相信苦难!很快我就会成为一个强大的女人。没错,没错,不要反驳我,不过这并不能成为理由,我现在像《圣经》里的黛利拉一样瘦弱,但我会成为一个强大的女人,不过要在他身边才能办到。我教母要去南边,她想一个人安静地死去,她也是一个强大的女人,我不相信河水能逆流回到山上,我也不相信夜里的幻象。"

"不过这并不能成为理由,"她接着说道,"这并不能成为挑战命运的理由!什么命运?我们有着共同的命运吗?我觉得这一切都很好笑……马蒂厄，我要是失去他了，他要是有什么事的话，我就吃了你的眼睛，你的心肝！"

他们走到了城镇边上的那几座房子旁边，几个鸡圈里养着瘦弱的鸡，一家商店散发出腌鳕鱼的怪味。城市就是这样，建在低洼处，了无生趣。几道白色的台阶上面有一个巨大的十字架。马蒂厄做了一个表示放弃的动作，重新开口说：

"你啊，你这是在挑战命运！我们没叫他过来，他就过来了。你要是想知道的话：明天我们就会当作一切都没有发生过。怎么才能够说服其他人啊，那些盲目无知的人，他们每天能靠在墙上聊天就心满意足了，就会露出宽厚的笑容，用甜蜜的声音互相问候，在窗户旁边停下来闲聊，怎么才能够说服他们这才是真相啊，怎么才能让他们相信我们徒劳地呐喊然而一事无成，怎么才能让他们相信太阳底下全是谎言，我们再怎么呐喊都没用，因为根须已经深深地扎进我们的生命里！……我们一起走走吧，我魂牵梦萦的姑娘……"

她喃喃自语道："谎言，谎言……"（可是他们已经走到城里了：他们再也说不出话来。）

6

　　塔埃勒和加林于是追寻着他们的命运溯流而下。走到路比较窄的地方，他们当中的一个就跟在另一个身后通过：他俩谁都不会犹豫，也不担心对方趁机干掉自己。他们不再交谈，也不再自言自语：还有什么要紧事呢？他们目前相安无事。这一路上的障碍也显得不是那么难以克服了，塔埃勒帮加林从烂泥浆里爬出来，加林把塔埃勒从沟壑的一边抱到另一边。啊不，也不算是真的把塔埃勒抱过去，只不过是伸手扶了他一把。这个大块头还不习惯如今他拥有的尊严，他从前的罪孽、背叛和无知都一并被涤荡清算，被奔腾而下的河水冲走。就这样他们离彼此越来越近，也渐渐分出一部分注意力给树木和天空。他们谈论起日光的无穷威力，还有日光在正午时分投下的令人难以承受的重量，此时的太阳能够给本就灼热的日光再添一把火，在水面上建造一座海市蜃楼，收割庄稼一般将河里的水掳走，此时的河水在掠夺者面前毫无还手之力，他们也毫无办法。他们惊讶地发现自己一直以来都被这片海岬和山脉团团围住，被这条河团团围住。"人们在受苦。"塔埃勒说，加林冷笑一声。他指着风说："人不过是一阵风而已。"可塔埃勒并不这么觉得。

　　中午他们生火烤香蕉来吃。下午三点钟，他们来到一处不得不翻过去的峭壁下面：一想到要是绕道而行的话得多走三公里，他们愈发觉得有必要直接翻过去。这座小悬崖（实际上不算什么）离河面有五米高。悬崖下面有一条狭长的沙滩，似乎是跳下去时理想的着陆点。悬崖侧面，大约在地面和崖顶中间的地方，有一块凸出来的部分，不过不知道是否结实。"那就是块干掉的黏土，我不会踩着那里下去的。"加林镇定地说。

"难道我们要直接跳下去吗？"塔埃勒嚷嚷着，随后他看着眼前这位官员说道："这不可能，绝对不行。"

"这样好了，你趴在地上，用手抓住我，我站到那块凸出来的黏土上，用刀在崖壁上凿一个台阶出来：顶多花上一刻钟。然后你下到台阶上来，扶着我，我跳下去，然后我再凿一个台阶，这样你就能下到地面上了。"

他们就这样翻过了这座峭壁。塔埃勒浑身沾满了红色的黏土，加林的腿上、胸前和鼻子也蹭上了一道长长的红土。他们都被对方那副模样给逗笑了，之后两人在裂隙河里洗了个澡。五点钟的时候，周遭平静下来，他们心里充盈着一种柔和的快活。从高处看去，日落时分的天色一点也不阴沉，夜晚的到来也没有丝毫夸耀或卖弄的意味。宁静的微风吹向下面的平原地带，缓和了白日里的暑气，周遭平静如镜。于是他们慢慢开始谈论这片宁静的美，谈论与过去有关的事情。

"我早就知道自己会干点大事。可是为什么呢？我凭什么这么觉得呢？要是有个儿子，我就把衣钵传给他，他肯定会比我做得更好。你看，政治其实不是我该做的事。"

"啊？我听说过关于你的事情。"

"我替我喜欢的人做事！我是个叛徒，对吧？"

"没错，就像土地是黑色的一样千真万确。"

"土地是黑色的吗？我觉得土地是红色的，深处是黄色的，再深一点的地方是褐色的，一直到土地最深处都是褐色的。"

"土地是黑色的，千真万确。"

"谁跟你说的？我爷爷的爷爷能这么说。可你能吗？关于土地你能知道什么呢？"

"土地在表面是绿色的，就像森林的颜色一样。"

"没错，那矿石呢？地里有矿石吗？你知道这个吗，关于矿石的事情？"

"是啊，土壤里有金属。"

"对咯！我们没有矿石。就是这样。"

沉默和忧伤。金属的力量，未知而可怖。世界里的微小卑下。贫穷。

七点钟，暮色四合，他们看见阴影自平原缓慢爬升，看见远方的暮色纯净而厚重，不远处的田野还有光线笼罩，忧愁地等待死亡降临，等待夜晚毫不留情的束缚。他们看见黑暗一步步向前推进，战胜草叶上的光亮，消融黄昏时分的凄凉，抚慰万物。他们看见夜色中的裂隙河在一大片黯淡的底色上闪烁，在仅剩的日光里，河水似乎是在他们头顶上空闪烁。他们问对方：你更喜欢哪一个？白天的光线还是夜晚的光线？他们都承认这两者皆无意义。"什么都没发生，什么都没有！"坐下来，迷失在纵横的水道中难道不好吗？夜晚会有一条河流向别的地方吗？"你是来杀我的。"为什么？为什么？人人都只不过为了那一口吃的。"我是来杀你的。"不是因为背叛，也不是因为苦难。仅仅是因为难以想象一个人，一个具体明确的人被当做偶像来对待。因为在这个历史阶段，我们不能容忍对兄弟的仇恨在兄弟之间滋长。你明白吗？

"你看，裂隙河不见了。"加林说。

"裂隙河明天还会在那儿的，第一声鸡叫的时候就在那儿了。河流是永恒的!"

晚上八点了,他们安顿下来准备过夜。他们能理解彼此吗?他们只是躺着,听河水轻柔的声音。河水发源的地方离得多远啊!水流湍急,一去不回。

这时森林里燃起一场大火。塔埃勒和加林一跃而起。火势的规模令人惊愕不已。是森林里的火山在活动。裂隙河变成了一根燃烧的带子,凝滞不动,无比骇人。

两个人朝着火焰升起的方向跑过去。"真漂亮啊,真漂亮。"加林大喊道,不过塔埃勒在想,那里降临的是一场灾殃。他们一边往前跑,火焰一边往后退,最后他们也不知该往何处去,只好停下来。火舌又重新高高跃起,他们又急忙去追。最后他们跑到了森林边缘:一切都很平静,在昏暗之中沉睡着。两人只好气喘吁吁地回到扎营处。他们被夜晚的幻象给骗了。

"有人让我们白跑一场。"

他们在子虚乌有的大火中,在永不熄灭的美丽中沉沉睡去。

7

马蒂厄穿过裂隙河抵达的这片领地平日里几乎不为人知。要不是竞选活动在这里举办，人们才不会到这偏远的山区里来。马蒂厄是自己一个人来的，他总算明白了自己应该干什么。他倒也不是想用青春的光芒点燃人群：人们喜欢年轻人，不过通常会嘲笑年轻人的热情和天真。青春是需要被驯化的对象，年轻人要学着将目光放长远些，要现实一点，不过也要宽厚勇敢。人们总是混淆取得自由这一最终成果和争取解放这一迫切必要。选举集会也是这样：人们将仪式和喧闹混为一谈，搞不清深思熟虑的结果和随后到来的盛筵佳肴哪个更重要。

马蒂厄出现在街角，集会的负责人迎上来。房子的主人、主人的妻子、很有名望的邻居们都十分认真热情地跟他打招呼。主人家其中一个孩子（在人群的片刻安静之后：一些人表现得有些犹豫，另一些人则有些好奇）给他送上一杯朗姆酒，祝酒词说这杯敬人民。人们都等他喝下第一口酒后才开始喝自己手中那杯。之后人群重又开始交谈。要发表演说的人正往自己的演说词里加进去大段和谐工整的排比句。有人提醒他不要忘了这个不要忘了那个。还有这个，还有那个。演说词的语言纤细精巧，像是被二十个演说者精心打磨过。随后房子的主人放下手中的酒杯，开口说道："孩子们，开始吧！我们的朋友不是来听我们说话的，他是来向我们发表演说的。"于是屋子里的人纷纷退向门外，已经出去的人推推搡搡，想要看得更清楚一点。"查理乌斯老爷在吗？"查理乌斯老爷就在那里。人们慢慢走上将要举行集会的那片土地，地面已经被踩实了。屋子的门还敞着，小孩子们留在里面，冒着被大人训斥的风险偷偷舔装过酒的杯子。不过在今天这种日子，他们的父母并不会真的打算惩罚他们。小孩子当中最大胆的几个点燃了一根火把（火把是他们自己偷偷做的），也加入大人的行列当中。仪式在九点钟的时候结束。在场的人都神情庄重，聚精会神，一阵微风搅扰了夜的沉静，那个年轻的男人开始讲话了。"公民们……"

这可不是传说。不过故事的背景有什么不同吗？人们一般不会去追究什么神迹的起源，他们只是弄清楚当下发生的事。难道环坐在说书人身旁的听众有那么不仔细吗？演说持续了多长时间，听众热情饱满的专注就维持了多长时间。演说在听众中间时而激起一阵喧闹，时而掀起一番赞叹，时而又引得人群连连发出"啊！"的惊呼（当时说话的人揭露了一桩滥用职权罪），人群在演讲人发问时齐声回答："你们想要自由吗？""想！""那就应该……"演说里充斥着被认真谈及的希望。演说结束后男人从桌子上跳下来，人们又请他喝酒——去西里安先生家，他是我们忠诚的同志，去圣昂日老爷家，他已经通知过所有人了：于是他走进一家又一家，沿着山路一直走到最高处的那一家，他跟人碰杯，喝酒，他可不是随随便便这么做的，他做这些都是为了团结群众。因此一切都显得严肃庄重，祝酒也郑重其事：他说的话也成了某种仪式。小孩子们也不敢跟着他了……

马蒂厄很累。有人还在跟他说那里离这儿"也就三步远"：此地居民的乐观心态真是漫无边际。"你就走右边那条小路，在水源那里转个弯就到了。"不过他知道这条路至少要走三个小时，而且他要转的绝不只是一个弯。马蒂厄沿着那些泥泞的小路继续走，满脑子想的都是这次启蒙演讲：就像这样，让人们逐渐了解关于土地的真正知识，洞悉隐秘的角落，认识深重的苦难，赞叹或大或小的喜悦，他不得不经历竞选的这段时间，这段时间发生的一切对他来说并不熟悉，某种意义上来说甚至有点抽象，动动嘴皮子就能让一切发生，就能让人头攒动、人声鼎沸。动动嘴皮子说出来的话本身相较于现实生活而言也是陌生的，但是说出来的话能命名生活，能捍卫生活，能定义生活：这一切混沌要等到代表选举结果产生的那天才能得到澄清。马蒂厄想着这条将生活分成两半的裂隙，就像一条河一样，发表的演说是河中的岛屿，还有聚集的人群（是河里的水流），还会突然遇到堤坝：反对者，叛徒，被收买的人。河流的左岸是等待，右岸是欢乐。无论在哪种境地，无论在左岸还是右岸，生活都一如既往。可他就是在横渡河流（参加竞选）的这段时间里学会了丈量自己的土地！"可我不想仅仅只是描述这一切了，我想认清真相，我想开化众生。"马蒂厄心想，他现在总算明白了，自己开化不了任何人。他走向最后一场集会，帕布洛和吉尔在等他。不管怎么说，他们很出色地完成了自己的工作。童年时代已经逝去。天赐的恩惠也渐行渐远。如今土地无比沉重，而这份重担要有人来扛。

可这道路的辉煌该由谁来见证？橙树和盐田发出了怎样的呐喊？诞生于此地、或许直冲云霄的喧闹又在争论什么？马蒂厄心想，塔埃勒就像是他在黑夜里的分身，必不可少的分身：一个潜行于深夜的马蒂厄。现在他想与之会合的人变成了塔埃勒，他想穿越话语汇成的河流前去与他会合。

8

裂隙河的水流渐缓,但依旧坚定有力。河边的泥土涨满黄色的血液,涌进河水厚重的波涛里,波涛中还裹挟着河流分泌的大量淤泥。河边的景象有时候像一道红绿相间的咒语,这是土里的赭石黏在了草叶上。天空高远,隆起的山岗不再能将天幕戳出个洞来,始终对天空围追堵截的群山(主要是从西面和北面)这次也无可奈何,这里的天空沉稳安静地次第铺陈,天空之下是同样沉稳安静的大片绿色。

塔埃勒和加林在清晨的潮湿气息中醒来。有谁能阻止一颗相信未来、相信来日晨光的灵魂呢?有谁能一直躲在镜子后面,除了阻挠他冲出困境的声音以外对一切充耳不闻呢?又有谁能熄灭光明呢?这是平原教人懂得的道理。

"我去过许多地方。"加林说,"我见过那种你甚至都没办法想象的山脉,阳光照在天地间一片白茫茫的雪上,河流比大海还要宽广,船只往来穿梭,平原可怕得令人窒息,所有人都在工作,至死方休。就是这样,我知道我见过世面。"

"所有土地都在我们眼前了,"塔埃勒说,"尽管面积很小,但所有土地都在这里了,还有所有的白云、天空、星斗,都在我们眼前。"

"这里有什么变化吗?还有什么生气吗?人们困在这里已经很久了,这里到处都是像你我一样的傻瓜,唉,这里发生过哪怕一丁点变化吗?河水毫无道理地日夜流淌。芒果熟了就掉下来,谁会去捡呢?"

"有变化啊!这里的傻瓜们永远在吵架打仗。谁认识他们呢？没人，没人认识他们。"

"你可真好笑。政府不允许打架斗殴，除了发薪日可能是个例外。"

"有些暴乱啊，革命啊什么的。"

"那为什么会有暴乱和革命呢，看在上帝和圣母的分上，为什么呢？"

"土地还会发烫。烫到能烤肉呢。土地向我们敞开怀抱，我们都很高兴。你看，土地是会和我们说话的。说真的，加林，放弃你的计划吧。"

"啊，到底年轻啊……"

河水缓慢地打着旋，塔埃勒注视着水面，感到一阵眩晕。他似乎偏离了裂隙河，（他被河水裹挟着，不过他不像稻草，稻草的内心深处毫无力量，河水一个回旋就能将它淹没，他也不像浮木，浮木也是毫无知觉的大块木头罢了，躯体粗壮，毫不留情地劈开水面，河水却不能浸染它分毫——他反倒是像河流本身的脉动，能够感觉到来自大地的拥抱，在泥潭中滑行嬉戏，滑向呼唤他的辽阔远方。他就这样被河水裹挟着，感受着水流在他周身一张一弛，河水潺潺流向岸边，又猛然回旋，向他奔涌而来后又从他身上退去——卷走他——将他抛在地上——抛在全部的土地上——像是满怀希望，又像是完成任务——直到最终黑暗降临，一切话语被寂静吞噬，只剩暑热在喋喋不休），沿着生命之河的岸边大步向前，同时还朝对岸大声呼喊，希望对岸的人能够赞同，能够看见，能够触碰到哪怕一点点这流淌的生命（要是对岸的人自己没有感受到这股生命之流的话）。

曾经独自生活过很长时间的塔埃勒现在知道暴风雨就要来了。他看见天空骤然升起（天空深处好像开出一朵花，云层积压在花冠上，太阳突然射出光芒，鸟群喧嚷着一哄而散，毫无秩序，也不知飞向哪里），苍穹之下的土地仿佛是因为扫除了云层和鸟群而显得比往日更加干净（方才还只有一块厚重的天空、一群拥挤的鸟雀和鸟雀飞过留下的几道青色航迹）。裂隙河已经在最初的一阵雨水撞击下微微战栗了。

此时塔埃勒和加林正在西边的一座大桥上。这座奇特的建筑看起来不是横跨在河上，而是把河流两岸拴在一起（因为拱形桥洞看起来像是在微微隆起的河堤间系着的一条丝带）。从这座桥走下去就是那条通往山里的路（山上的白点是一座雄伟威严的城堡，主人是加林的雇主。从山下看去，这幅场景就好像茫茫雪原上有一座用宽大绿叶搭建起的茅屋那样荒唐滑稽又出人意料），道路发出火焰般耀眼的黑色光芒，将远处的峭壁一分为二，又将眼前的土地铺展开，向左右两边（要是站在桥中间的话）抛出种着庄稼、散发着汗水和死亡味道的平原。这时雨水已经完全挡在了平原之前，他们再也看不清那条黑色缎带一样的路了。塔埃勒和加林赶忙躲到桥洞下面，他们是沿着一条泥泞的小路跑下来的，桥洞下面简直成了香蕉树叶的肮脏巢穴，散发着一股腐臭味，不过好在还算干燥。他们脚下的裂隙河正在以肉眼可见的速度变黄，头顶上雨水拍打桥拱，拱梁下面传来隆隆的回声。他们在藏身的地方看不见外面的暴雨，不过能看见裂隙河的水位在上涨。河水一边往上涨一边争先恐后地通过桥下并不宽敞的河道。河水几分钟前还是浅黄色，现在已经变成了浓重的红色，散发出不祥的气息。加林试探着在桥下喊了几声，听到几声回音，随后他大声说："河里的是土啊，对吧，河水把土地给吃了！"天空传来鼓号般的声音，雷电发出巨响，平原上也传来噼噼啪啪的声响，上涨的河水裹挟着翻滚的淤泥，淤泥囤积着旺盛的生命力，透过桥两侧的雨帘，连一丝光亮都看不到，仿佛阳光逃遁到了比真真切切的黑夜还要遥远的地方。

"天呐，好热。"加林嚷道。

"这雨下了好一会儿了！"

"有半小时了吗？"

"倒也没有，没那么久。"

"你怎么知道的？"

"哎呀！哎呀！……"

加林被惹恼了，弯下腰去查看河水……到了三角洲才能动手！塔埃勒用力驱赶心中的邪念（他轻而易举就能把加林推到河里，不过加林也有可能就此脱身），想象着他自己并不在水里，而只是盯着水流，河水施加的一切暴力都不能伤他分毫，他想象着自己站在地上，紧紧抓着岸边的什么东西，以免被冲走，而加林消失在水中，他眼睁睁地看着旋涡平息下来，河水发出马车一般的声音。

加林思忖良久，终于开口说话了（这个男人在香蕉叶的黑色巢穴中躬着身子，紧张地躲避着外面的狂风暴雨，塔埃勒感到他在斟酌用词）："你似乎挺了解土地的。我们不如就当什么都没发生过，我雇你干活。河水源头处那栋房子归你，你就在那儿种地。最后的收成你拿百分之十，啊不，百分之十五。我是在和你谈生意。不过总得照顾照顾年轻人嘛……"塔埃勒拒绝了。拥有那栋房子的想法让他激动得快要喘不过气来，不过他没有忘记加林是什么样的人。你就连眼睛里都充了血。不过这不是随便抛洒的热血，这血要为了官员准备做的事而流，要为了他引发的不幸而流（好像这片土地从未得到它应得的，或者更甚！），塔埃勒大喊："不行，不行！"（因为把他推进河里的冲动还在，要么马上同意加林的提议，要么一把将他推进河里）。恼火的加林还在将身子倾向他这边，塔埃勒觉得自己马上就要跳开了。

"好吧，好吧。我们还是就事论事！……"

这时雨停了，雨势去得比来时还要快。塔埃勒和加林重新回到桥上，被鲜嫩的草叶和清新的空气晃得睁不开眼睛，他们感到浑身轻松（就好像那场他们什么也没看见，但令他们大吃一惊、将他们一同堵在桥下的暴风雨冲走了两人之间那种模糊不清的、几乎意识不到的友情，使他们最终决定，或者更好一点，直接替他们决定了，将两人之间的感情看作是自他们相识的那一刻起就产生的、由不得他们的兄弟情谊），暴雨也让两人变得比之前更加亲近，他们在刻意疏远中变得更加心照不宣，截然相反的命运将两人紧紧团结在同一缕阳光下（而那个散发着腐臭气味的香蕉叶巢穴，曾经遮蔽了难以抵抗诱惑、险些向彼此妥协的两个人——一个是好不容易活下来、已经与生命达成和解的大块头男人，一个是无所不知、宽宏大量、善解人意的孩子——如今对他们来说更像是一个充斥着尴尬和软弱的黑洞），他们热衷于向对方表现自己的防备：通过做出一些大动作和闹出点大动静。

下午慢慢过去，这股冲动也渐渐平息下来。夜里他们沿着第一道河湾一直走到很晚：还在山上的时候加林就在笔记本上标好了这道河湾附近的所有土地。他催促塔埃勒走快一点，打算走出这道河湾以后再安顿下来过夜。

夜色清朗，蜿蜒曲折的道路将甘蔗田切开，他们就沿着这些路往前走。这些小路是清澈夜色中的幽暗洞穴，是密林中开凿出的隐约巷道，两旁的树木宛如巨大的建筑，细细的水流穿过泥浆，此地的居民喧嚷不休：到处都是癞蛤蟆。塔埃勒和加林倒不觉得害怕，因为一抬头就能看见干净的天空。他们时不时也会从庞大建筑般的森林中脱身，来到一处广场一样的地方（不过周围还是有绿树围成的高墙），就好像他们正在穿过一座沉睡的城市。林子里甚至还有会发光的动物：那是明明灭灭的路灯，邀请他们穿过明亮的门廊，走入夜的世界。这些光亮，还有树叶发出的细密声响，让他们一点点平静下来。

两人来到一处裂隙河冲刷出的小山涧，一块大木板横亘在山涧两岸，加林突然停下，开始咒骂起来。塔埃勒（跟在加林身后）看见木板上有一只狗，体型硕大，卧在那里时比木板还宽。大狗趴在木板上，不过脑袋一动不动：它正盯着他们。

塔埃勒唤道："西庸！……"过了一会："曼多雷！……"因为他觉得这条狗有点像他养的那两条，一会儿像这条，一会儿又像那条。那头畜生一动不动，甚至好像还变大了，塔埃勒揉了揉眼睛：是西庸还是曼多雷？加林上前一步，嘴里喊着："狗东西！"那条狗的喉咙里发出有力的低吼。加林继续往前走：这个男人实在是勇气过人，胆子仿佛和这头动物一般大。

塔埃勒（觉得加林不会善罢甘休）毫不犹豫地介入了这场较量。也许他心里知道没必要害怕这头野兽？他跑到加林前面，跳上那块木板。嘴里喊着:"滚开,让我们过去!"

"它不听你的。"加林说,"昨天那场山火就是它烧的。现在它又想干点别的事情了。"

"滚啊。"塔埃勒一边嘟囔着,一边在木板上前进(木板发出断裂的声音)。

那头野兽最终完全站起来了,他们脚下潮湿的木头因此发出一声长长的呻吟。这头野兽盯着塔埃勒看了一会儿,然后开始后退,动作轻缓。它后退的时候一直没有回头向后看,与此同时塔埃勒也在不断前进。最终它踩上了柔软的泥土,然后一下子跃进了夜色中。

塔埃勒和加林看着那头怪物的身形伴着无声的跳跃忽而和夜色融为一体,忽而又在月色中闪现,像是黑夜中冒出的幽灵,一次又一次投身于神秘的夜色,最终消失不见。除了现在占据他们两个人的恐惧和颤抖,什么都没留下。他们在原地站了好久,搜寻着无尽的夜色,和自己的灵魂对话。

9

  在第二道河湾中间。他们发现了那座城市,城市坐落在高地正中央,任由周围的土地侵袭城墙,城市兀自岿然不动。塔埃勒看见了这座围城,也看见了万般阙如。他凝视着毫无神秘感可言的宽敞道路,城市里的屋顶连成一片,远看仿佛牧场,这条路就在牧场上开出了一道真正意义上的裂隙,成了城市里的一条河,只是并不丰沛。这条路看上去毫无深度可言。塔埃勒想不明白自己是不是看到了什么神迹,否则怎么会相信那片阔大的土地上可能会存在神启。这座城市像耕地一样平整(除了那条通往山上的路),甚至比耕地还要单调。不过他已经对自己说过了:"这座城市有种魔力。"他试图在自己的怀疑和这种说法之间建立某种联系。是啊,这枯燥平庸又显而易见的一切当中怎么会有被神选中的事物呢。他之前不是还担心自己小看了眼皮子底下的火山吗?这不,现在火山就在那里。谁都拿它没办法。他看着城市里的屋顶,在心里暗暗催促着可能被点亮的光明。他一边不再相信神启,一边又在揣测和等待着神启的降临。他一边觉得城市平淡无奇,一边又想探索(这两种心情几乎在同时、以同样的方式存在)城市的深处。这一切都太深奥了!他心里升起一股强烈的怒意,这使他感到筋疲力尽。

  加林说话的语气中带着讽刺。"你觉得城市就像玩具那样吗?像发条玩具那样会到处走,只要拆开就能找到发条?不过这也算不上是一座城市!这就是个黑洞,也不是,也不能说这是个黑洞,这就是一堆东西堆在一起罢了,有土地,但是不能耕种，有房屋，不过风一吹就塌，还有人：人们做什么呢？他们不种地，不开矿，也不采石。这里肮脏不堪，不过到处都是泥土，也没有工具。我见过世面，我懂。"

"好吧，这不是城市，甚至也不是黑洞！好吧，这里丑陋不堪，可比不上你那世面！不过说来听听呀，对吧？说说你为什么这么紧张呀？那我呢？我之前从来没去过城里，一直和清晨的空气还有爱我的牲口一起生活。那为什么有一天我会突然想下山来呢？下山的想法怎么就突然产生了呢？嗯？这不，我下来了，却对自己说：'这不是一座城市。'好吧。水沟边上就有老鼠，弯弯腰就能捉住一只，搞得那里臭不可闻，可不是吗，沼泽边上可不就是臭不可闻吗？还有那条水沟。要说那条路是条大路，宽敞平坦的话，那么那条水沟可不就是叫人心烦意乱吗？他们都是白费口舌，这条大路上什么都没有。没错。甚至不能说那是条水沟，因为它根本就不存在！就是！可我为什么在烧毁的面包店前停下呢？从前这儿除了面包店还有十二栋房子，如今只剩一片烧焦的炭。我又是为什么每次都要讲城里的那场火灾，讲空气中爆炸的油桶，讲吕克一次又一次冲进不同的房子里救火，讲他都救出了什么？马蒂厄当时在消防栓那里，你知道的，每次火山活动前夜都应该检修消防栓，不是吗？为什么我能看到这一切，红色的和黑色的，好像当时我就在现场似的。如今我停在一堆焦炭前面，荨麻长得到处都是，不过我很高兴看到这家伙在原先的地方建了新房子，嗯，我期待着人们重建家园，我告诉自己：'没有这么快。'你看，要是你也建一座房子，就在那里建，我是会很高兴的，为什么不呢？玛格丽塔也离开了，在城里脆弱而温柔地游荡！为什么？

你愿意跟我说说为什么一个姑娘会走进一座由玻璃建造、有过街天桥、污泥不能沾染分毫的城市里吗？她走了，没错，她走了，所以城市随之倾倒，到处是断壁残垣，人们触到的是黑色的木头，邪恶的水泥和钢板，这一切都是因为一个姑娘离开了一个男人！"

"他疯了。"加林大声说。

"疯了，疯了，你呢，你不会疯吗？先生您见过世面。先生您什么都懂。你真的了解你所知道的东西吗？你的肚皮，你知道的只有你自己的肚皮。我告诉你，这个城市有股魔力。我告诉你，这是因为这里其实并不是一座城市。你呢，你自己也说了这话。这座城市像一朵花那样长在土地里。这里挤满了人，他们都自命不凡，觉得自己属于某个特别的阶级，因为他们的房子里有客厅，有人伺候他们，他们周日下午去远足。但其实不是！他们生命的底色也是周围这片泥土，他们了无生气的生活深处也有日光照耀。他们不能真正像在城市里那样生活，他们不再奔跑，不再喊叫，这座城市也是由土地建造的，城市和土地不可分割，城市没有围墙，只不过是一条通道，一处聚集地，然后呢？我告诉你，正因如此城市才容得下我们，而你却憎恨城市，嗯？"

"我谁都不恨！"

"你恨城市。要不是亲眼看见一条条道路涌向广场，谁也无法想象那幅场景。路上到处都是将鞋子拿在手里的人，女人们把进城穿的裙子装在一只包里，有些人在城门口停下来清洗双脚，人们从四面八方赶来，络绎不绝，难道不是这样吗？这是什么？这是土地的子民。道路畅通无阻，泥泞的小路和宽敞的大路之间没有明确的分界线，你看见分界线了吗？你看吧，那里就像一块需要耕种的田地，所有工人都来了，每条路上都有做工的人。这就造成了拥堵，人群像汩汩冒泡的湍流，所以大路才不复存在，它没道理存在。如果人们能想明白这一点的话，那么这里就只会有一条小路，一条狭窄的小径，会有树木，会有沙滩。可你憎恨它，你憎恨这座城市，只因为城市赓续了土地，你看，那就是他，马蒂厄……"

"什么马蒂厄？"

"马蒂厄！我的兄弟。他说一切都混沌不堪，含糊不清。为什么？他也不知道，他的思想很传统，就像一台机器一样，什么都要分个清楚，左边是白昼，右边是黑夜，还有这一切，城市、土地、人群、大海、鱼和木薯，这些都非黑即白，非左即右。你已经说过了，加林。没有城市，只有土地，建造房屋的土地，这不，土地的子民走进房子里。一切都混沌不堪，不过这样更好。一切都含糊不清，不过这样更好！我现在理解你了（塔埃勒冲着那片悲苦的房顶喊道），我理解你了！我看到了你身陷其中的环境，看到了塑造你的一切，看到了你内心的幽微。我看到了在土地上劳作的人，他们明天就会成为农民，成为拥有土地的人，他们将不再吝啬，他们将坠入爱河！你简直就是爱神的箭囊。你是忍耐和菲薄的化身，你是谦逊的美。"

"哎，你看你……"

"天呐（塔埃勒接着说），你让我想起一个人。一个男人，他什么都不相信，不相信热情，也不相信美，他是个特别务实的人，却差点在火灾中送了命。你图什么呢，吕克？为了那些甚至连小资产阶级都算不上的人。"

"'小资产阶级'！你这话说得也太文绉绉了吧！"

"我说：甚至都算不上。不过他确实救出来不少东西，家具啦，刷子啦什么的，全是他们生活里的废物。他身上有种美，这种美不在燃烧的屋墙上，也不在人流涌动的大街上，更不在逼仄狭窄的房子里。"

"美？跟我说说这是什么东西。"

"有人从山上下来到城里，就是我。他碰见一个人，就是马蒂厄。"

"你兄弟。"

"一个和另一个，在同一天。这就是美。"

"为什么？"

"我看见那座城市：什么都没发现。我从城市旁边走过去，又调头往回走：还是什么都没发现。我对自己说：总应该有什么秘密吧，所有这些房子，肯定是凭借什么才凝聚在一起，一定得是这样。就在这时马蒂厄开口说话了，然后我就看见了火焰！"

"什么火焰？"

"你不明白！马蒂厄跟我说：'我看见了，就在那，在话语中间！'好笑的是说出这番豪言壮语的时候他抖得像一棵木麻黄树，我平时说的话顶多算嚎叫，可他是真正在说话，他说的比教民的祈祷词还多，你要知道，我被迷住了。他用那些话改变了我的命运，我开始想见见瓦莱丽，是他让我产生这种想法，他仅凭话语就改变了我的命运，我想见见她，你听好了，当这一天来临的时候，我彻底丧失了理智，我觉得那就是我的灵魂，是我的光明。我爱她，没什么好说的了。这就是美。"

"我还是不明白。有什么问题吗?"

"这段时间我早就知道马蒂厄和米西娅是天造地设的一对。事情美就美在这里。我知道,就像人们知道白天一定会来到,知道死亡总是和夜晚还有爱情混在一起。我对自己说:'好吧。可是这一切是凭借什么凝聚在一起的呢?'究竟凭借什么?然后,有一天,我们都在海边。大家喝醉了,我也喝光了杯中的酒。"

"你会游泳吗?"

"然后我就明白了一件事。立刻就明白了。这里有海,有城市,那是什么把他们连起来的呢?是什么把城市和海连在一起的?"

"裂隙河!"加林大声说。

"裂隙河!河流是怎么连通大海的呢?不是像水沟那样(你要注意到你说的是'裂隙河',而不是'水沟'),不是一条水路从房子中间直接流向沙滩。不是这样的。裂隙河啊,它绕了一大圈。它拢住城市周围的所有土地,它明白这座城市和这片土地同根同源,生死与共,它绕了一圈,将整座城市和整片土地一同带往大海。因为大海就是未来,对吧?大海永远敞开怀抱,任由人们来来去去。城市就留在那里,一直都在,对吧?城里一切逼仄狭隘都呼唤着地平线以外的东西,对吧?裂隙河就是这样,是这条河阻止城市变成一座真正的城市,这条河给城市带来机遇,让黑夜深处的城市能够有点作为。这就是美。"

"这些泥沙也算美?"

"整片海和土地!就好像有某个圣洁的神灵守护着你,你不知道神灵的存在，甚至还瞧不起森林的力量，不过你看，那股力量就在那，你不可能遗忘它！"

"这就是条河。"

"我们心里都清楚，你，加林，还有我！我们沿着河边往下走。为什么这样做？"

"我是个实用主义者。我可不是只有二十岁！"

"可你心里还是清楚！城市缺少什么？看啊。要想绕完整整一圈，大海缺少什么？裂隙河缺少什么？我们又缺少什么？……土地对劳作其上的人们来说多么重要！你一看到这些就能理解裂隙河了。马蒂厄，他说什么来着？'我们会学些技术。'可你想要土地，你想要秩序，想要耐心。你能明白吗，加林，嗯？"

"我不搞政治。再跟我说说马蒂厄，瓦莱丽，我想认识他们。还是跟我聊一聊美是什么更好一点。"

"我会跟你说的！用我的拳头，你听好了！"

塔埃勒继续往前走，他想打一架。

"你说得没错。"加林说，"你说得对！我想把人们都赶到海边去。啊！年轻人啊……"

塔埃勒低下头去。为什么要说这些废话呢？他不能这么做。他不能拉人做垫背，不能这么冷血。真是不幸……

他喃喃说道："那等你了解这一切的时候，你就会明白渺小菲薄其实无关紧要。你向往的是宇宙和浩瀚星河。你了解自己的土地，你永远不会遗忘这片土地。这片土地只不过是宇宙洪荒中的一粒尘埃，可又真真切切地存在着……"

"你说得对，"加林说，"你说得对。"

10

塔埃勒和加林看见林火的那天晚上，城里的集市上举行了一场大型政治集会。这场活动是在人民党的支持下举办的，人民党是唯一一个真正为本地区着想的组织，唯一一个着眼于现实的组织，也是这一切事件的真正起源。当然了，选举活动是大规模事件，无论是吕克和马蒂厄，还是吉尔和帕布洛在其中都只是扮演一个小角色而已。当然了，真正的工作还是在这个党派的领导下由一些吃苦耐劳、经验丰富的人完成的。他们要求建立新的收入机制，想让农民种植粮食作物，呼吁取消户籍制度，这项制度简直是将农民软禁起来，不让他们到别的地方去。他们还要求取得和中央居民同等的权利，甚至要求在当地选举事务上取得比中央居民更高的权利。牵涉到与中央的关系问题时，党派内部也存在一定矛盾。一些人希望保持现状，另一些则更愿意与其他和此地处于同等地位的地区结成联盟。对于由大地主组成的政党——还有该政党各式各样甚至真真假假的各个派别：这都是些小打小闹的小党派——来说，中央则是敌人，有可能插手他们的内部事务。不过这些并不妨碍他们一本正经地宣称自己是"重大党派"。

这里发生的一切打断了裂隙河沿岸道路上一成不变的干旱，成为一个嘈杂喧嚷、五颜六色的斑点，落在我们朋友们的庸常生活里，落在米西娅的隐退事件上，落在心思缜密的瓦莱丽身上，还有在乡下匆匆忙忙赶路的马蒂厄身上。他们知道，对他们来说真正的工作尚未开始，目前还处在准备阶段。出于本能和孩子气的怀疑，这群年轻人对人民党持有一种怀疑和叛逆的态度,并且因此拒绝加入该党,不过他们也认同该党派才是所有人真正的希望。因此必须切断这条通往大海的路,扰乱那种无可救药的单调乏味。就像裂隙河深不可测的河水在城市周围变得通情达理,以至于女人们能在河里浣洗衣物一样,由本地区活跃分子掀起的这场前途叵测的运动也是一样,我们的朋友们耐心十足却又毫不自知的艰苦劳动就此停歇,积蓄能量后遽然爆裂,引发人群中的一片喧闹和尖叫。人们随后大声喊出自己的诉求,应和这些年轻人的声音当然不会消失。

集会开始时是党派里的一位演说家发言。这可是当地的头等大事,从此苦难不再对他们盘剥搜刮。终于没什么好怕的了。他们将我们赶到海上,就像把老鼠关进逼仄的屋子。可我们还是繁殖了整间屋子的后代,用我们的血,我们的汗。是我们的。苦难是位老朋友了。问题一目了然,就像山间的清泉。再没有什么比这更容易被分辨了:这是纯粹的封建主义。难道我们还要眼睁睁地看着他们继续胡作非为又丝毫不受惩罚吗?所有人团结起来吧,为我们的信仰而战。

演说家的声音回荡在整个集市上空。演讲台搭在集市最里面,紧挨着小路和屠宰场。巷子里的房子都门户洞开,女人们都站在阳台上围观,路上挤得水泄不通。人群仿佛一道厚重的巨浪。尽管没有电路通到集市上来,可数不清的火把将这里映照得犹如白昼。人们身上的汗水在火光的映照下闪闪发光。这是凯旋之夜,是欢呼之夜。

后来轮到大地主们组成的政党派出演说者来发表看法。理智重又占据上风。刚才那人提出的策略多么盲目轻率啊!我们这个地区唯一引以为豪的，别人谁也不能夺走的，就是忠诚啊。让我们效忠于那些先于我们来到此地的人们，他们品德高尚，受过良好教育，诚实严谨，不是没有头脑的冒险家，更不是不知被谁雇来干活的地痞流氓。这里是我们永恒的故乡。我们是故乡的儿女。我们怎么能独自生活呢？还有什么是故乡没为我们做的？当然了，确实有些工作还有待完成，谁都不能否认这点，可是谁又能说人民的正当诉求没有被公平合理地对待呢？正在发表演说的人自己也正是因此，受所在政党委托，毫不犹豫地为人民的苦难奔走呼号。是的，公民们，我将象征社会诉求的旗帜交到你们手上，这旗帜将由你们传递。

人群把演说者抬到了会场外面。人们将他从讲台边举起来，又在人群头顶上传递，他重新出现在甘蔗田旁边，途中没有发生任何意外，连一次磕碰都没有。人们微笑着拍拍他的肩膀。路边传来一声冷笑。是那位来自人民党的演说者。

就这样把我们的公民送到甘蔗田边实在太不公平。不过他可能需要泡个澡。

一阵笑声喷涌而出。夜晚爆裂开来。火把劈啪作响，在夜空中盘旋。

严肃点。今晚我们细数人民的一切苦难。他们食不果腹，薪水微薄。甘蔗种植所需投入极大，后期却没有销路。他们一无所有，前途暗淡。与此同时，苦难中的人民赋予了"自由"这个词新的内涵，属于人民的内涵。我们愿意同相邻地区的人民一道，与我们生存环境中千百年来的干旱斗争到底。我们渴望光明，我们期盼开放，我们希望渡过难关。我们的家园山河秀丽。他们却给我们的土地披上死神的斗篷。十年来他们将我们最杰出的保卫者和最能干的兄弟们赶尽杀绝。因此他们才能为非作歹。如今人民已经觉醒，正如拉撒路走出坟墓。可是奇迹不会再有，警惕与反抗才是人间正道。

火把发出阵阵高呼。人群的喊叫声一浪高过一浪。

会议主席宣读了最终决议。人们身上的汗水在炎热的夜晚熠熠闪光。帕布洛和吉尔，吕克和米歇尔。他们全都兴奋不已。

"马蒂厄肯定会后悔没来，肯定的！"

"你看到集市的围栏了，"帕布洛大声说，"中间那条缝顶多也就二十厘米宽吧，估计都没有。我不知道那个旗手是怎么办到的。我都不知道他究竟哪来的本事，可是他的确钻进来了！"

米歇尔什么都没说。一整晚都待在桌子旁边，仔细打量，心里想的全都是这场运动，他惦念着他们，那些初出茅庐的年轻人，想着他们偷偷走过的路，那些路总有一天要汇聚成大路，通往那场所有人的运动。他看见了笼罩夜色的厚重暑气。这样的暑气中孕育着怎样的灾难与动荡，火焰又是怎样地收缩与跳动？灾难与火焰中走出崭新的身影，平原安全可靠，山间阴影遍布。这样一个民族的质朴劳作又会催生怎样的祸福？新生世界在经历粗野与鲜血之后，还将面临怎样的苦难？

他什么都没说。不过他头一次看到了未来全部的机遇：吉兆与灾殃。然后他们都回到帕布洛家前面——在黑夜中很难辨清方向，却还在评论着方才的演讲，他们变成了纯粹的声音，只有声音从虚空中乍现，围成一圈的声音，围住他们看不见的房子，他们此刻双目失明，这是习以为常的黑夜结出的果实——此时米歇尔躺在花园里的草地上，眼前还浮现着方才的一切：尚未平息的运动、水汽氤氲的花朵、人头攒动宛如涌浪、力量，还有，当然了，他甚至还能看见摇摆的笑声和爆裂的欢呼。

11

  他们分成四组行动。沿着四条不同的路。
  往西走的是马蒂厄,身后跟着阿方斯·蒂甘巴。
  往东走的是溯流而下的塔埃勒和加林,虽说沿着河,可他们最终目的地是大海。
  往北走的是被群山吸引的瓦莱丽。帕布洛密切关注着她(他也不知道自己为什么这么做)。
  往南走的就是玛格丽塔和吉尔了,他们不断地打探对方的消息。
  纷纷攘攘中划出四道轨迹。但也有留在原地的人,他们顽固地凝滞在原地,保存着一股战斗力,和一股延续生存的力量:吕克和米歇尔没离开城镇。好像一只罗盘被粗暴地转动,突然间四分五裂。四组行动。还有一朵花孤零零地盛开在地下。一阵风与迎面而来的自己奋力搏斗,却又在对手身上发现了自己长久以来呼号呐喊的唯一意义。植物顽强的根系在扩张时必须先摆脱来自植物本身的束缚,然后才能无拘无束地越过岩石和沙土,奔向呼唤它的松软泥土。
  马蒂厄自娱自乐地吹起口哨:选举在即,事情进展得可以说还算不错,都已经决定好了。他也决定好了,他,马蒂厄。他要去找米西娅,这时土地冲他微笑。一股强烈的喜悦令他感到身体沉重不已,时不时地(当他想到米西娅可能会拒绝他,对他破口大骂,甚至永远诅咒他)他又感到浑身发紧,这让他的身体变得轻飘飘的,似乎没有一丝重量,以至于不得不原地停下,不能再迈出一步。于是他就在红土地上坐下来。随后他又重新上路，喜悦再次压上他的肩头。他觉得前方似乎有一片广阔天地，而他离那里只有一步之遥（可这一步怎么也迈不过去）。那是爱情的广阔天地，那么近又那么远，与他结成一体，又像磁石般将他牢牢吸引……在一条路的转角处，马蒂厄遇到了一位老朋友。

"隆古埃爷爷，愿您一切安好！您到这儿来干什么了？这儿离您家那么远。"

"愿你一切安好，马蒂厄先生。我从北边过来，要到西边去，我要赶去阻止他们。可是没有什么能阻止他们。"

"谁？"

"那个年轻人。我警告过那个年轻的小姑娘了，到最后会有危险的！"

"隆古埃爷爷，我甚至不知道您说的是谁！"

"你知道是谁，马蒂厄先生，你知道……"

没错，什么都不能阻止塔埃勒和加林。他们已经走过了第二道河湾。加林两次做笔记中间隔的时间一次比一次长，因为从第三道，也就是通向大海的那道河湾开始，地面就只是一摊覆盖着厚重水草的水了。没什么特别之处。分不清哪里是河床，哪里是泥泞道路。

瓦莱丽从她头顶上的群山中也没看出什么特别之处（因为她已经快走到那座桥上了，她不由自主地被塔埃勒的世界所吸引，抬头去看那覆盖着深色植被的山坡，此时她已经忘记了草原，河流——那只不过是裂隙河的一条支流而已——忘记了平日里见惯的填土和地上被挖出的黑色犁沟），她面对山体投下的巨大阴影开始怀疑自己。

"我能在那里活下去吗？因为他肯定想回到山上去生活，和他周身笼罩的那种沉默寡言一起。'土地，土地，'他也就是这么说说而已，他还是属于大山。我可能受不了这些高大的树，还有那些藤蔓和夜晚。瓦莱丽啊，瓦莱丽，你真的有这么爱他吗？"

"不！我并不爱他！"玛格丽塔大喊，"我只是担心而已！"

她甩开吉尔，像一根暴怒的树枝，在话语卷起的狂风中猛烈摇动。而他呢，像一棵粗壮而坚挺的大树，在盛怒中最终活了下来。

"你还爱着他。你去见过阿方斯。现在你又在哭……"

"吉尔，请你不要这么想！"

"马蒂厄走的时候你还哭了。你知道他要去西边。你知道他要去找米西娅！"

"我不知道米西娅在哪儿……"

"她就在那边，我们能感觉得到，不是吗？"

"我什么都不知道，隆古埃爷爷，我要去找米西娅……我只知道自己要去找她。"

"会有漫长的黑夜，马蒂厄先生。可是你，你是黑夜里的光明！隆古埃爷爷知道，他知道。我对那个小姑娘说：'要当心狗。'我也对他说：'有一片大海，有危险……'"

"为什么要当心狗呢？我不明白。"

"为什么要当心狗呢，隆古埃爷爷？要是塔埃勒和我在一起，我就什么也不担心。我会说：'是我，瓦莱丽。'然后那些狗就会趴在我脚边。我去哪儿都带着它们，它们会保护我。它们有什么问题吗？我不明白。塔埃勒甚至没告诉过我它们的名字。假如我到山上去，那些狗在后面追我，塔埃勒对我说：'你自己想办法。'这可怎么办，不过他不会这么说的，塔埃勒，你不会这么说的，我看见你的目光远远地注视着一切，看着我，瓦莱丽，我在这儿，你不记得了吗，你不记得了吗，或许这就是爱情，就这么遥远，塔埃勒……"

"我还说过：'有一片大海……'在到达那里之前，是一条到处全是水的路，一切都是灰色的，一切都还活着……"

"这是裂隙河。"马蒂厄说。

"也许还有，也许不是……听好了，狗是后面才会发生的事，可以预见到的事，不过大海是现在就发生的事，隆古埃爷爷试过战胜大海。可是谁又能办得到呢？"

"没人能办得到，爷爷，没人能办得到。"

"别开玩笑了。大海多么强大。"

"没错，"马蒂厄喃喃自语道，"他们将他扔进大海，因为他曾经保卫自己的故乡。大海没有忘记这桩罪行。他们将他绑在一块钢板上，然后把他扔进大海。可是海水又把尸体送回岸边，好让我们知晓这桩罪行……"

"我没听清，马蒂厄先生，啊！我眼神不好了，现在理解力也衰退了……"

"大海！"吕克喊道（可是吕克和米歇尔在小公园的栅栏边，等着那些离开的人回来，去哪了呢？——他们反复问自己），"我满脑子全是大海！"

"你被淹死了吗？"

"不知道从什么时候开始，人们常说疯癫的野兽曾经路过这里。马蒂厄在干什么呢？选举就要开始了，还有这么多事要做,他可倒好,坠入爱河了,好像他从前没时间,以后也不行似的。"

"他有权利这么做。他比我们所有人做的都多。再说了,一切都结束了,这几天只需要等着就行,所以他有权利这么做。"

"我的事情做完了,隆古埃爷爷。"马蒂厄吼道,"我的事情做完了!"

"悲伤。"老人说。

"欢乐,"马蒂厄说,"你没看到欢乐吗,嗯?欢乐就在那儿,此时此地。看啊,到处都洋溢着快乐。明朗透彻。我不干了,爷爷。我要去过安静的生活,日日夜夜。以后马蒂厄就是马蒂厄。不再做什么了!一个男人,一个女人,一起生活。"

"我经历过苦难,马蒂厄先生。如今我活在阴影中,像个乞丐。"

"我受够了您的阴影!人们因为饥饿而死,他们能吃阴影吗?泛青的面包树果实,这也算是阴影吗?带着盐分的海水,这也算是阴影吗?就着水咽下去的木薯,这也算是阴影吗?如今已经有够多的阴影了!抬起头来看看吧!不再有阴影了。哪里都不再有了。哪里还有呢?斗争,要斗争!……"

"安静点,年轻人。你还没走过的路比你走过的可长多了!要听老人劝:'说好的就是说好的!'"

吉尔像一棵不幸却坚韧的大树,渐渐要被大风刮倒,可他依旧一动不动地站着(已经接受了自己的失败),温和地说话。

"好吧。要是你想自己一个人安安静静地哭一会儿,那我就走开。要是你想自己一个人生活,那我就走开。你会自己一个人生活的。一切都将失败，我们做的这一切到最后也不会有什么结果。每个人都会离开，友情会褪色，回忆将黯淡。我们又能做什么呢？"

吉尔转身离开，重新向着城镇走去，一路穿枝拂叶……

（这个方向就剩下米西娅一个人了，她远离路边站着，唱起歌来：

小柠檬说：请给我写信
柠檬树叶：要记得回信，

因为当土地空无一物时，最朴素的歌谣便能直抵人心。）

"我想阻止他们来着，马蒂厄先生。那场山火是我烧的，那条狗是我派过去的，可是我的法力太弱了。我燃起的火焰直抵苍穹，那条狗也是我能创造的块头最大的狗了。可是他们丝毫不惧怕火焰，他们丝毫不惧怕恶犬。那个年轻人真是勇敢，这我不得不承认。"

"我不知道您在说什么，什么都不知道，隆古埃爷爷。再见了！我得接着往上走。"

"当然了，当然了……"

马蒂厄继续前进，既没感觉到喜悦，也没感觉到身体紧绷。他内心笃定。跟在他身后的阿方斯·蒂甘巴在老人身边停下。

塔埃勒说："得让其他人完成这项工作了……"

"什么其他人?"(加林笑了。)

"米歇尔,吕克,吉尔,尤其是帕布洛。等一切都结束以后,他们会得到好处的。他们都很镇定,生性安静。啊!他们还很理智,很会思考,他们会说:这个地区该何去何从?而我只会说:过去如何,深处有什么,土地该怎么用。马蒂厄会说:知识,表达,声音!其他人就什么都不说了,不过他们干活儿,他们会拥有一切的:拥有土地,也拥有发言权!这就是他们进入世界的方式,他们都很平和安静……"

"你比我强。"加林说……

"没错,我会去的!我足够爱他。我会去的,塔埃勒,我会去的。和你在一起,和你在一起!"

"和谁在一起?"帕布洛大声问。

他决定现身,结果瓦莱丽大叫一声,倒把他吓了一跳,真的把他吓到了。

"你监视我?"

"我只是在走路而已。路过这里,就像路过别的地方一样。"

"你是帕布洛,对吗?"

"我是帕布洛。"

"我要到山上去,你看,就是那儿。"

"好吧,我知道了。不过你得回去。你家在完全相反的方向。"

"帕布洛,你在说什么啊。"

"等你碰到麻烦的时候……"

"这个麻烦是你吗?"

"不是,不是!我什么都没干。"

他们心平气和地往回走,朝着城镇的方向。

玛格丽塔跑起来，她跑到吉尔身边，伸出手臂勾住他的脖子，两人一起心平气和地往回走……

"隆古埃爷爷，你跟他说什么了？"蒂甘巴问。

"我说，有几条狗，不过在这之前会有一片大海，有危险……"

"海边会有危险？"

"没错，蒂甘巴先生。"

"一个年轻人，和另一个一起？"

"什么都不能阻止他们。什么都不能！"

蒂甘巴犹豫了。是塔埃勒还是马蒂厄？他选了马蒂厄。我还有时间回去……

他跑起来，重新上路了，隆古埃爷爷自言自语道："这么好这么年轻的孩子，却当了警察！……"

"蠢货！"加林大叫，"谁有钱就对谁毕恭毕敬。谁付钱就把谁踩在脚下。之后可什么都没有了！"

"我什么都没说，我，吕克，可什么都没说！就好像人们几个世纪以来都没见过海似的！游过险滩那次算什么？……蠢货，蠢货！……他们在哪？他们在干什么？……"

"你别激动。很快一切就结束了。他们要是想游过险滩，那就让他们游呗。我们敬他们几杯酒！我们也会去海边的，不会有什么意外。米歇尔向你保证。没错，很快，我们就重新回到海边……"

像树根，像风，最终一切都会结束的。

12

发现大海的那个人嘴里好像突然尝到一股黑面包的味道。他立刻想要喝几口水果奶昔,仿佛咸涩的海水散发的潮湿气息已经将他周身填满。不过与此同时,另外那个人却朝着海边走去,朝着那股腌制品的咸腥气味走去,一阵劲风重重地拍在他的心脏上,他倒并没觉得体力不支,只是仿佛被带到一大片水上,在气流中摇摆颠簸,向着阔大无边的地方飞去。走进温热海水中去的渴望并不十分强烈,只是轻柔地向他袭来。这种渴望对他来说很陌生,他不知道自己是该一个猛子扎进去(贪婪地、身体颤抖着、灵魂委顿着),还是温和地走进去(直到海水漫上膝盖:几乎什么都不做)。他朝着大海缓慢地前进,满腹柔情,耐心十足,有时又使点伎俩:他就这样完成向蔚蓝色的真正献祭,海浪接受的唯一献祭!塔埃勒和加林很早以前就猜到大海就在不远处,他们走在沼泽边时就闻见了大海的厚重芬芳:淤泥散发出一股叫人透不过气来的霉味,还有陆蟹、面包蟹、毛蟹散发的气味,陆蟹的颜色是黄红相间的,毛蟹身上则是黑色和紫色,模样像个小老头。他们也听见了海的召唤,那既不是尖啸声,也不是潮汐声,而是平潮期的大海才会发出的嘘嘘声。塔埃勒和加林穿过裂隙河的一条支流,冰凉清澈的河水刚刚开始和温热咸腥的大片水域交汇。他们越往前走就越能感觉到脚下的土壤变得更加细碎,似乎马上就要变成沙子。沙滩上有着醉人的光芒,空气都豁然开朗,不过两人都小心仔细地推迟着最终步入这个开阔地带的时刻。他们在椰子树组成的天然屏障后面兜着圈子,心照不宣。周遭场地显露出那种只有在大片水域之前才能见到的壮阔景象，他们大着胆子往前走，沿着他们猜测的海岸线走向，在干枯的树叶上走了很久，不过在碰到那棵枝干虬曲挣扎的毒番石榴树时，在看到预兆般的海葡萄和椰子树时，他们又会退回陆地深处。海边的椰子树混在海葡萄树当中，绘成了一幅壁画，给大海戴上一件由蓝绿相间的果实打造的首饰。

发现大海的那个人立刻就知道那里不再是河流（河流是一去不回的，遇到拦路的礁石就一跃而起，掠过时间的轨迹，不舍昼夜，偶尔在景色秀美之地稍作停留），而是一大片的海水，是静止不动的平面，是蛰伏的耐心，时间在此终结，空间也在自身的浩瀚中熄灭最后一丝光亮。另外一个人却在水边笨拙地躺下，他感到一阵忧伤，也许是因为在天空中翱翔的鸟，天上有凤头鹰，有绿蓑鹭，它们的翅膀翼展极大，扇动起来却悄无声息。河流就在这里死去，在淤泥和恶臭气息中死去。前面什么都没有，除了他们在阳光下行走时看到的远处的沙滩。时间在此地静静地窥伺，除了引导你们之外别的什么也不会做。引导你们去向哪里呢？去向无尽的大海。

加林在裂隙河的最后一段河道上耽搁拖延。他尝尝水的味道，然后大声宣布："这里还是淡水。"他这里测量一段，那里估算一番，简直是在为濒死的河水听诊。那边，一条支流仍有四米宽呢（快赶上一个池塘了）。这里，河水把淤泥冲过来，在那边的土地上留下了一个小河湾那么大的裂缝。再往前一点，坚挺的草丛又像河流那样流入几座沙丘形成的壁垒，像一把绿色或黄色的刀切开白色的肌肤。曲折的海岸将裂隙河彻底吞噬，将河流揉捏成一块绿草和淤泥做成的膏药。加林高兴得发狂：真好，太好了。任谁也不能收回这片土地。他抚摸着树叶，跳进水坑，把泥浆溅得到处都是。

"结束了！再没有别处了，没有没到过的地方了！从家里一直到沙滩，我全都看过了。康庄大道，纵横阡陌。过去了就是过去了。飞鸟也不会变成犁牛。黑色的蚂蚁麇集，红色的蚂蚁咬人。加林，我呀，可是走过这些路的人！"

稍远一点的地方，塔埃勒静静地注视着他，神情凝重，行动迟缓……

发现大海的那个人感觉到这样一种严肃庄重。他因此了解大海，毫无悔恨之情地投身其中……可塔埃勒想到的却是土地的另一面，他想到海洋不知疲倦地拍击岸边，想到暗黑的岩石守卫着涌浪！他准备用海洋完成这项任务。大海的咆哮放到这个事件里再合适不过了。夜晚也是如此，夜晚是避难所，是希望。沙滩太明朗了，仿佛一场背叛。身体需要遭受峭壁的折磨。大海，大海，我为什么选中你？你用柔情揭发我，你用静默控诉我。摇摆颠簸。微风吹拂，你的话平静无澜。这样的严肃庄重是出于悔恨，而非镇定。发现大海的那个人必须从一切事务中被清除出局！

最终，他们朝着大海走去。沙子很快就钻进塔埃勒的凉鞋里。加林脱掉了靴子。土壤里的盐分让他们变得步履沉重。两人径直往前走，步履沉重，宛如两只命运的巨轮滚滚向前。这时加林突然转身向后跑，塔埃勒跳起来去追。这是他们俩玩的小把戏罢了。

"我们划个小船吧。"官员说，"我一直都想穿越这片险滩。你会游泳吗？"

"我会。您呢？"

"会一点，游得也就那样。那我们走吧。"

他们从停在附近的小船中随便挑了一艘，加林嘴里嘟嘟囔囔的："你看，这就是你的第一桩罪行，咱俩现在一样了，都有罪，不是吗？"

他们推着小船走过沙滩。沙滩上留下长长的印记，中间是一道裂缝，边缘是溅起的泥浆。又一条裂隙河。第一道浪打来时他俩成功稳住了小船：塔埃勒坐在后面，加林划桨。这时，一个男人出现在沙滩上，远远地注视着他们。加林对他破口大骂。他们已经跟河流打过交道，现在该轮到大海了。裂隙河。大海。必然会发生的故事。

塔埃勒盯着浩瀚的水面，他依然能看见河流入海时形成的黄色斑点。

"现在你失去那条河了。"他开口说道，"你再也不能偷窃、恐吓、杀人了。说实在的，加林，你不得不放弃。我知道你的计划，那天晚上我什么都听见了，在你家里。你动身以前我就把消息传出去了。你不敢轻举妄动的。"

"看来你不光是偷了船，还做了一回间谍。"加林自言自语。

他笨拙而用力地摇桨。塔埃勒等着他开口。

"那不是一条河，而是一条江……我说那是条江……不算太大，不过仍然可以算是一条江……这下你们该满意了！……我，加林，宣布你们的小水沟……是一条江。"

"放弃吧，加林。说真的，别干了。"

"我记得你是想杀我来着？"

塔埃勒等着他开口。

"我以为你和那些小年轻一样……以为自己什么都懂,以为自己是……你们是怎么说的来着,是播种者,要收获……真正的幸福?"

塔埃勒继续等。

"可你们不是……你们的土地!……你们那腐朽的土地……就在那,在我的口袋里……四分五裂!……七零八碎!……谁说我不敢?……你?……瞧瞧……瞧瞧……这该死的险滩!……"

海浪筑起一道紫罗兰色的高墙,清澈的水中横亘着一根白色的马鞭,高耸的悬崖上没有鸟雀筑巢,还有高墙之上的小船(那是一艘多桨快艇),灵魂深处的寂静,悸动和凝滞,另一侧有宽大的城壕,犹豫不决的大海要取一人性命,放另一个人生路!看吧。再看看。看海水刺破虚空。看他们眼神热切。看那弓和箭,还有弓箭手!加林大喊一声(他整个身体都向那道由海浪筑起的高墙压过去,他想越过险滩,冲高墙那边的太阳微笑,他想将塔埃勒嘲弄一番,他还要嘲弄否定一切辛劳的大海,他劈波斩浪,勃然大怒,咒骂无动于衷又激烈狂暴的死亡!),将船桨刺向天空,就在这时,早已不堪重负的小船一头高高翘起,指向辽阔而宁静的日光。就在这时,塔埃勒扑向加林。"都是你自找的,都是你自找的!"小船与大海搏斗,塔埃勒与加林搏斗。当大海发动战斗的时候,只有浪花才能胜利。可是已经没有浪花了,只有嘈杂喧闹拧成的巨大纽结。怎么会如此吵闹!……我不相信他会这么做……两人的所有动作,还有周遭的白色,都沉浸在一派狂热之中……是你逼我的,你逼我这么做的……海藻散发出的臭味,燃烧木头的气味，苦涩鲜血的气味……不要松开小船，要是松开了，可就比被打一顿还要糟糕，我分不清方向，蠢货，加林永远不会被消灭，我，加林！……就是那一秒，时间长河里独一无二的那一秒，被无限拉长、延伸后刺破了大海的肌肤，大海就在那一刻受到了挑战。小船被卷走了，两人陷入赤裸裸的恐惧，动作机械而僵硬……永别了，永别了……那个站在白茫茫沙滩上的男人，一声不吭地注视着一切。

大海最终将两人分开，他们刚联合起来就被分开。加林仍在与那片癫狂的蓝进行着英勇的斗争，可他也只剩下了癫狂而已（癫狂的胳膊和腿），在癫狂中运动，陷入令人恐怖的循环。塔埃勒向东边游去（这能算游泳吗？），东边依然有河水的暗流，默默对抗着险滩的力量。这一切发生得太快，我还没来得及……他不知道大海已经战胜了加林。他在虚空中游动，在灼热的铅液中游动，在绝望和仇恨中游动，在怜悯和泪水中游动。海水在燃烧，没错，在燃烧。河在哪里？裂隙河还有淤泥都在哪里？瓦莱丽跟他一起游，有星星落下来，他们是在天上，在天上……他身体里翻江倒海（大海压在他身上，沉重，窸窣作响，狂热的人群走上集市，带着早熟的果实，叫卖，气味，拥挤，泉眼涌出清甜的水），他不停地翻滚，觉得自己快要死了，现在他是在一张桌子上，在挤成一团蠕动着的人群头顶上，是沙滩，是宁静的沙滩！塔埃勒在沙滩上奋力爬行，昏昏沉沉，头痛欲裂，骂骂咧咧，哭泣不止。黑夜在他的灵魂中降临，比石头还要紧实的黑夜。这时他看见了那个男人，站在他面前，一动不动，一只手指向大海，加林很快就消失在那边的浪花里。

13

"米西娅……"

年轻的姑娘停下来,马蒂厄站在她面前。空气从树枝间流淌而过。那里有片苦瓜田,周围弥漫着被碾碎的树叶的气味。那儿还有棵桃花心木,枝繁叶茂,坚硬挺拔。土壤里残存着暑热的气息,四野间是开阔的光亮。也有几处阴凉,人的声音像是要撞到阴影上去似的。

"马蒂厄!"

(没敢说的话:"我不知道你会来。不过我常常在夜里哭泣,躺在床板上,盖着用布袋子做的床单,我觉得自己能看见星星,能听见芒果落在屋顶上的声音,我哭啊哭啊,然后,你就来了……")

她又喊了一遍:"马蒂厄……"

他俩相处时并不会感到腼腆害羞。他们很早以前就认识对方了,两人曾细细端详过同一轮太阳,在同一束光辉下共同生活,他们了解对方。马蒂厄将米西娅拥入怀中,在至高无上的正午阳光下用力将她高高举起。两人之间暗流涌动的,不仅仅是强烈的欲望,不仅仅是难以言说同时又隆隆作响的情感,也不仅仅是两棵盘根错节、在地表之下相拥的树之间交换的连理誓言,哦!是木材车满载的树木枝叶,更是关于本是同根生的哀哭泣涕,哦!是经年累月生长成的姿态,更是先祖们规定的模样,又在这板结的泥土中重新长成挺拔温柔的面貌。

嘿,女士!呦,先生!发笑吧,发狂吧。这是狂欢节,拿出点力气来。挣脱吧,挣脱吧。我看不到太阳了。树都被砍倒。风，风将我带走。我就是一片树叶，来吧。森林在哪？青草的气息在哪？你说什么，你说什么？我只是你要去往的那片天空。我是一声哭喊。真的，土地。黑色的土地。迷失的土地。在哪里？什么时候？我真的拥有了土地。黑色的黑色的黑色的土地……

她说："我们其实早就结为一体。"日子将会重新开始。

他答："我之前太傻了。就是这么回事！"

他指给她看乡野风景，平静却危机四伏。她懂了。他笑了。"我们做了点事情，一点点。开了几次选举会，读了几本书，比方说我们试图解释什么是工会（大家不是太了解这个，你发现了吗，有很多工会其实组织得并不好），总之就是这一类事情。好了。你知道我其实很虚弱，这场战斗令我疲惫不堪。我喝了太多酒。帕布洛很想你。吕克总是要将拳头砸向所有桌子。我相信，比方说十年后吧，他什么都会接受的。他会遭遇某种'境况'。好吧。我有点咳嗽。米歇尔工作很认真，甚至有点过头了。山里下了几场暴雨。我还在发烧，不过话说得还行！"

"吻我。不然我觉得你好像是在作报告。"

"我就是在作报告。"

"向领导做的那种报告吗？"

"向最高领导做的那种报告。"

"你是说我吗？"

"是你。"

"还是吻我吧。不得不说，你不擅长抒情。"

"那一天就要来了，我其实挺害怕的……我们要是失败了怎么办？现在做的一切就全都白做了！"

"不会的，不会的，种子已经播下了，别人也会继续我们的事业，那些更聪明、更有组织的人。我不是很信任这些选举。我们真的是自愿投票的吗？用那种方式，完全一模一样？没有。说实在的，我反对一切选票政策。事情的本质、灵魂是什么呢，真正必要的是什么呢？"

"米西娅，你一点都没变。"

他们望着前方一直通往那条路的土地。不过现在还看不见那条路，它被淹没在绿树形成的波涛中，波涛汹涌（那里侧面长着几棵刺果番荔枝树，有几块地方长着可可李——那里的土地还没有彻底沦陷，土壤依然斑驳可见——仿佛绿色海面上的一块棕色餐布），那条路仿佛只不过是两处深渊之间的一线天空。再远一点的地方就是堆积在一起的群山和深谷，重重叠叠的小山一会儿呈现甘蔗的浅绿色，一会儿展现雨云堆积的暗沉天色，一会儿又是植被遭修剪后露出的红色，视野可以一直延伸开去——地平线是不存在的，一泻千里的山峰没有尽头，无限就这样铺陈在眼前（比地图册上辽阔的平原还要无穷无尽），还有远处兵营里的比武场。

"塔埃勒离开了。"

"他找到了。"

"我们得下山，米西娅。"

"下山？"

"我应该在城里。"

"你害怕吗？"

"你清楚得很，我从来不会害怕。"他吼道。

"我害怕的是道别的那一分钟。只有那一分钟。哦!但那一定会很可怕的。"

"你?米西娅?"

"到时候我得在孩子们跟前说:'德西蕾,我要走了。'"

"那洛梅呢?"

"我不知道。他一直都是在地里吃饭。"

"你不得不离开。"

"你去哪我就去哪。"

"他也是。"

我们既没有说起玛格丽塔,也没有说起吉尔。为什么?吉尔。玛格丽塔。

这时他们看见了阿方斯·蒂甘巴。警官突然出现在他们面前(简直可以说是突然从地里冒出来的),很费力地朝他们走过来。他最后停在马蒂厄和米西娅旁边,这两个人正躺在草丛里。警官嘴里嚼着一片树叶。他们之间的沉默几乎算得上友好。双方都在等对方开口说话。最后阿方斯发问了,语气严肃:

"你跟她说过瓦莱丽的事吗?"

(好吧,其实他跟我们大家都说过了……)

"没有,我没和她说过。"

"那你还等什么?"

"等你离开。"

"你到底想……"

不过马蒂厄已经将阿方斯扑倒在地了!一个掐住另一个的脖子,另一个向一边倒去,他们在地上滚来滚去,足足有五分钟的时间,只听得到他们喑哑的喘息声,呻吟声,野兽般的咆哮声，震耳欲聋，什么东西开裂的声音，还有刮擦声。米西娅在一旁尖叫。等他们停下后（他们分别打了对方一个耳光后才肯罢休），马蒂厄说："这是我第二次跟人打架。"（他心想，不过第一次还没打过就是了），之后他又加上一句，"我觉得我从前爱瓦莱丽。"

米西娅低声问："是她让你来的吗？"

"没错。她告诉我你在这儿。没有她我也找不到这里。"

"行了，"阿方斯·蒂甘巴说，"你也看到了，米西娅，他是个男人。听好了，我本来能打赢他的，他不知道罢了。不过他刚才说的还算人话。你很幸福，真的。"

像他来时那么突然地，阿方斯离开了，他消失在道路转弯处。米西娅和马蒂厄等着他再次出现。就这么过了一会儿。消失，再出现。他们微笑起来：蒂甘巴，真够朋友。他们觉得他已经走出去很远了，不过这条路转了好几道弯，而且更多的是朝下，而不是朝前延伸。阿方斯就在那儿，在他俩下方六米远的地方。他摘了点什么东西吃起来。"再见了。"他们喊。他转过身来，高举手臂挥了挥。他们觉得他的动作幅度有点太大了，那些挤挤挨挨的小山好像要倒下来压在他身上似的。他是兵营里的指挥官。正午雷鸣。这人是怎么回事？他过来，提几个问题，得到答案，就走了。我爱你，你也爱我，他就挺高兴。这是怎么回事？……或许是因为他感觉阿方斯这次消失后就不会再出现了，又或许是因为他自己身上也有一大堆弱点（他几乎从不流泪，没心没肺，总是感激别人，会突然柔肠百转），马蒂厄大声喊："那你现在去哪？"

"是啊，我要去海边！"阿方斯·蒂甘巴大声喊道。

14

　　塔埃勒重新站起来。一切都恢复了秩序，方才流失的体力现在正逐渐积聚起来。刚才的大海是恶的帮凶，现在就让它成为善的同谋吧！神志不清的塔埃勒跪坐在沙滩上，尝试理清思路，解释究竟发生了什么。人们纷纷向他伸出手，打算拉他一把，人们都看见他了，并且十分敬佩他的勇气，因为他战胜了险滩。他明白自己又活过来了，不过不是作为一个英雄，而是一个被命运赦免的人。他吸引了人群的注意力。警察到的时候他已经被一大群人团团围住了……蒂甘巴看见这里没什么事情要做了，心里感到一阵莫名其妙的苦涩。他拿出笔记本（多么讽刺啊……），拨开围观的渔夫，面朝塔埃勒站定。

"刚才发生了什么？"

"我们划着一条小船，我朋友想穿过险滩。后来船翻了，他没能游回来。"

言语生硬。你把他杀了，但怎么证明这一点呢？要小心了，回答得详细点儿，死者很有权势……他说：

"你朋友叫什么？"

"加林。我之前碰到他，帮他干活：他想勘测河流沿岸的土地。这是个政府项目。"

"你叫什么？"

"拉斐尔·塔尔金。"

拉斐尔·塔尔金，而不是塔埃勒。

"你多大了？"

"十八岁。"

"平时做什么？"

"放牧。"

"在哪放牧？"

"在交界处那边的山上。"

"你认识加林先生很长时间了吗？"

"没有。他想雇我干活，仅此而已。"

我还能再问些什么呢？问这些有什么用呢？

"你靠什么谋生呢？"

"我有些积蓄。前些天我到城里来，想买几头牲口。"

"想买什么牲口？"

"买几只绵羊，再买头牛。"

"找谁买？"

"别人跟我说，有个人有几头牲口。"

"谁？"

"莱诺先生。"

"你见到他了吗？"

"没有。我在等他回来。他出去办事了。"

他失踪了，他失踪了，我发誓这不是我的错！

"你和加林先生在一起待了几天？"

"三天。"

三天。

"你们真的是朋友吗？"

"他想雇我干活。"

"你知道加林先生是谁吗？"

"不知道。只知道他在政府里做事。我听他说什么项目，测绘……"

"他自己跟你说的吗?"

"对,不过我听不太懂。"

你很狡猾,很年轻。不过这还不够。这还不够。

"跟我走吧。我们会弄明白的。不过我可警告你,没人会相信你编的故事。"

这时一个声音宣称道:"有目击者。我什么都看见了,什么都听见了。"这就是那个独自一人出现在沙滩上、被加林破口大骂的男人。

"你是谁?"

"我叫阿勒西德·洛梅。"

"洛梅。"

"没错。"

"我认得你。"

"没错,蒂甘巴先生。"

"叫我警官先生。"

"警官先生。"

"说说看吧?"

"他们找了条船,想穿越险滩,船翻了。你说的那个加林先生没能游回来。找他也没用,大海总这么翻腾,从这儿扔下去块木板,能在十公里开外的地方找到它,警官先生。"

"这我知道,这我知道。你认识这两个人吗?"

"不认识,警官先生。"

"你到这儿来干什么?"

"我来看望老朋友,塞莱斯坦。我总是周六下午来。老朋友每次都给我鱼,我给他带点青菜,警官先生。"

"那你见到他了吗?"

"还没有,警官先生。"

"青菜在哪儿?"

"在那边,第三棵椰子树下,警官先生。"

"塞莱斯坦在这儿吗?"

"塞莱斯坦也在这儿,警官先生。"

"你确认洛梅所言属实吗?"

"我确认,警官先生。"

"他上次是什么时候来的?"

"一周前的周六,警官先生。"

人群都被逗笑了。警官先生太谨慎了。意外就是意外,等着瞧吧,警官先生。蒂甘巴收起笔记本。这就不能怪我了,我尽力了,可是有目击证人呀,这不是我的错,这很正常,别人也不能说什么,尽管我很重视玛格丽塔跟我说的那些话,可也没什么办法指控他。等到最后,等到最后我会干了这杯酒,一滴不剩,我同意了!……心里有说不尽的苦涩。

"行了,"他对塔埃勒说,"你会被传唤的。"随后他转向渔民:"看看能做点什么吧,就算于事无补!"人群慢吞吞地行动起来,有人拖过来一条船(人们都认识加林。他是个杀人犯。)

大海好像很满意。人们觉得险滩似乎是偃旗息鼓了(这可是自从险滩出现在这里以来的头一回),好像那个人的死将险滩填平了。谁能说加林在生命的最后一刻是什么样的呢?他自己不也是一片蓝色的大海吗,喝够了也就平静了。阿方斯·蒂甘巴朝着亘古不朽的险滩做了个模模糊糊的手势，这时阿勒西德·洛梅还在一群妇女听众面前宣称：

"我什么都看见了，我什么都听见了。没错，警官先生！我来看我的老朋友塞莱斯坦。我每周六都来。没错，警官先生……我是亲眼所见、亲耳所闻的目击者！……"

女人们和孩子们盯着他，全神贯注，险滩兀自痛不欲生，一动不动。沙滩，大海，海风，椰子树，全都在阳光下凝滞不动。这凝滞不动的酷暑中，渔民们的骚动显得微不足道。他们奋力地划船，弄出很大动静，好像在试图驱散死亡。

15

积蓄已久的倦意全部向塔埃勒袭来……

慢慢地,慢慢地,他走回城里。平原。沼泽。工厂。平坦的桥。"啊对,那些水蛭,清晨的沐浴,谎言,全都是谎言!"塔埃勒走进城里。不再有秘密。一切都很平静,陷入沉睡。心脏缓慢地跳动。塔埃勒咒骂这沉睡中的单调。他将大山、鲜血与土地统统忘却。慢慢地,慢慢地。他在小公园旁边看见了他们,不过并没有停下来:马蒂厄,米西娅(哦!米西娅),还有其他人。这个时刻令人窒息,整座城市陷入一片死寂,懵然无知。百叶窗都关着。众人深陷在悲苦的午睡之中。

这个年轻人继续往前走,其他人远远地跟着。他们在荒凉的街道上走成一条奇怪的队列。好像塔埃勒在暑热中开垦出一条路。他们就这样走到了米西娅家里。"就这样,"塔埃勒说,"我开个价吧。"

他们都聚在第一个房间里,门窗紧闭。不过阳光还是穿过百叶窗的缝隙,在昏暗的房间里投下柔和的光芒,像平息下来的噪声。

"这是一场意外。"马蒂厄反复说,没有人会知道的。

"大家都知道了!蒂甘巴知道,没错,他知道,我从他的眼睛里看出来的!洛梅知道,他还为我作证。沙滩上的人都知道!"

"不会的!这次不会再有什么传奇发生了。故事很简单:就是一场意外。这是我们应该做的。是你应该做的。"

不会再有传奇了。只有日复一日的现实。忘掉不属于这个时代的故事吧……远方突然传来一个男人的尖叫声。他们在一片寂静中好像听见了回声。他们甚至希望能够再次听见这个声音。米西娅问："这段时间你的狗都吃什么呢?"——"有邻居喂它们,"塔埃勒回答。马蒂厄吼了一声:"米西娅!"他们都想说点什么,他们喜欢喧闹,手舞足蹈的人群,还有厚重的吵嚷声。马蒂厄还在喃喃自语:"为什么,他为什么想划船呢?"可屋内的黑夜里只有太阳的寂静光芒。与此同时,加林的尸体浮出水面,漂泊在大海的荒野之上。

第三部分　选举

传说他们见过整个世界，世界与他们的生命同在……

1

星期六是开庭的日子。帕雷尔法官一大早就把他老婆、孩子，还有家里其他人全都骂了一个遍。他十分讨厌这些平淡无聊的庭审，因为要花掉一整个上午的时间给那些不怎么开窍，却又一个比一个狡猾的老乡们做裁决。法官咆哮着说："一根拴着牛的铁链和地上随便捡来的绳子不一样，你连这都不知道吗？"随后法官会开出罚金，他老婆在一旁听得胆战心惊，那些乡下人没什么心眼似的，就在法庭上，在众目睽睽之下，从包里掏出一只母鸡或者一只兔子，露出狡黠的微笑："味道很好的，我保证，法官大人，我用嫩草喂大的……"法官低声抱怨两句后喊道："艾米丽，把这个拿到厨房去，罚金五法郎，下一位！"

可是这周竟然发生了一起溺亡案！……这些人怎么老爱到海里去呢，他，帕雷尔，最高法官，也会到海里去吗？已经有人吩咐过他了，事关当局的时候一定要尽力办好。这次的命令是不惜一切代价弄清事情真相，决不能轻易放过这个男孩，死掉的那个加林是位重要人物。法官其实很讨厌那些重要人物。他们有什么权力干涉法官的裁决呢？更何况是为了一个不会游泳的黑鬼！警察，宪兵，到处都是人，帕雷尔法官讨厌人群。他最喜欢空荡荡的房间，整个周六只需审判两起小盗窃罪的那种房间。这种时候他就喜欢把袍子卷到膝盖上，或者干脆脱掉，盯着可怜的书记官在他那堆一文不名的废纸堆里翻来找去，变得越来越狂躁。

此刻小房间里热得透不过气来，听众都挤在长椅上，法官倒是让人们把中间的过道给腾出来了，不过他应该让窗户开着的，墙上的两个窗洞里也塞满了人。

塔埃勒声称自己不需要律师，不过还是给他指派了一个。要是没有律师的话，法官会深感挫败。对于倾巢而出的人群和法庭上的一整套仪式，塔埃勒深感震惊。这个年轻人倒是一点都不害怕，他只是等待着一切都结束。他的证词语气简洁，细节翔实，给人留下很深刻的印象，这些事情不可能是编造出来的，毕竟他那么真诚。法官详细询问了加林的笔记，西边的那座大桥，还有加林答应把水源处那座房子给他的事情。加林声称自己会游泳，不过很显然，他上了年纪。事情一目了然。轮到蒂甘巴出庭作证了，他的证词谨慎中立。法官将他称赞了一番。塞莱斯坦和洛梅走上证人席的时候人群爆发出一阵大笑。他俩解释洛梅如何为塞莱斯坦的长子行洗礼，塞莱斯坦又如何为洛梅的长子行洗礼。他俩之间可是有三重关系，两重来自宗教，还有一重来自世俗友谊。法官大为光火。塔埃勒的律师没什么要补充的，只表示自己同意法庭的裁决，这位律师可是出了名的谨慎。法官说了几句干巴巴的话，对这起令一名本地才俊不幸丧生的意外表示惋惜。既然是意外，塔埃勒也就被宣布无罪释放。

人群爆发出一阵狂热的欢呼。"法官大人万岁。"人们纷纷喊着这句话，帕雷尔几乎快要露出微笑了。欣喜若狂的人群抓住塔埃勒不放，人们都请他喝两杯，不过他很友好地一一回绝。这种不同寻常的欢欣气氛一直持续了整个上午，直到中午吃饭的时候。欢腾的人群时不时会遇上几个面露愠色的过路人，很显然他们是被这种集体的欢乐给冒犯到了。不过没人注意到他们。警察撤走了。宪兵也在人群中狂欢,直到下午才离开。清澈的日光照耀城市的大街小巷,每一家小酒馆里都挤满了人。就像有选举活动的星期日似的,或者说更像选举日前一天的总彩排。帕雷尔法官最后也不明白自己怎么就放过了这个年轻人,尽管他自己也认为应该将这起事件推定为一场意外。很难相信这个年轻男孩杀了加林,除非很有想象力,不然编不出这种故事。加林活着的时候在某种程度上是法官的同盟,不过这也没用,法官一点也不为他的死感到惋惜。他觉得在街上狂欢的人们愈发可爱了。第二天就是主保瞻礼节,或许人们提前预支了一点节日的愉快吧。这么想法官就放心了。没错,他们就是借着节日的气氛乐一乐,此刻躁动不安的人群只不过是等不及吃吃喝喝说说笑笑了。没什么别的更重大的意义。这个民族都像孩子一样,总是很吵闹,不过终归是善良的。他们不怎么想以后的事情。法官突然又烦躁起来:

"艾米丽,把那只鸡喂得肥一点再吃吧?"

艾米丽拍了拍她的锅。

当时我也在街上,跟着人群边跑边喊。后来我走进小酒馆,想找到那位逃过海滩上的重重险阻、活着回来的英雄。我想认识马蒂厄和他的朋友们,跟他们说我懂(我懂什么呢?),让他们知道我也在,我是他们的战友,是他们的兄弟。

塔埃勒终于从一座房子里走出来了。他很高,皮肤在阳光下闪闪发光(他最后应该还是喝了点酒),被汗水打湿的衬衫紧紧贴着他的前胸和后背。他看起来像是个煤炭工人,刚刚砍倒了一棵树,眼睛因为劳作闪烁着光芒。那双眼睛看什么都带着一股亲切劲儿。他看起来很温和，步伐稳健（甚至可以说是轻盈优雅），有种果决的力量。至少那天在我看来他就是这样的。

街道上的人群逐渐散去，塔埃勒也能毫无阻碍地走到广场上去了。在那里他终于见到了马蒂厄，米西娅，吉尔。大家都来了，就待在那条环绕着广场的运河旁边。他们没人想去吃饭，也毫不在意令人窒息的暑热，就坐在桥栏杆上，身后是那条通往北面山上的路，脚下是铁锈色的河水，面前是工厂的铁路，从屠宰场和墓地后面延伸过来，在此处穿过广场，显得孤零零的。铁路另一边，灰色的水泥地上，是用还没来得及长叶子的竹竿搭成的小型脚手架，明天这里要搭起节日庆典的棚屋。这些绿色的木架子在日光底下像幽灵一样，忧伤地等待着用树枝做成的墙壁、花花绿绿的地毯、桌子、朗姆酒，还有杏仁糖浆的香味、插在瓶子里的蜡烛，或者冒烟的火把，这一切会在第二天晚上将幽灵般的木架子变成一座座生机勃勃的壁龛，镶嵌在浓重的夜色和喧嚣中。不过现在，在午后的寂静和毒辣的太阳光下只有一副副骨架，比废墟还要死气沉沉。

"快点过节吧。"米西娅自言自语。

棚屋左边矗立着一副旋转木马的骨架，方形的马鞍还没跟支架铆合在一起。圆形的底座也没固定，拖在地上。考虑到成群结队的孩子们可能在星期天到来之前就被旋转木马吸引过来，这也不失为一种明智的防范措施。夺彩竿的情况也一样，模样凄惨，光秃秃的，奖品还没被放上去，也没被固定在广场的水泥地上。人们总是在节后第二天怀念节日，可谁知道节日前一天，阳光下的广场上竟是这般凄凉景象呢。

我跟着塔埃勒走到离他们不远的地方。

"没错,这一切真是太不幸了。"马蒂厄说。

"是啊,不幸……"(我不假思索地回答:像是一阵回声。)

一阵寂静从街道上空重重落下,落在桥上,落在路上,落在那边。他们就以这种方式(用这两个字和这阵寂静)允许我加入他们。

"好吧,"这回说话的还是马蒂厄,"要看看我们是不是成长了,对吧,米西娅?"

"二十岁还是一百岁又有什么要紧呢?一切都会结束,一切都会开始。"

"你想起来了吗?"

"我早就说过,你很会说话!简直就是话语的指挥官。"

"青春啊,青春……"

热度逐渐退去。水面上有星星点点的光斑在追逐嬉戏,淤泥的味道愈发浓烈,这个时间可真是潮湿啊。太阳隐在红树果后面,很快变成一小团黄色的炽焰。

米西娅给了塔埃勒一个拥抱。"瓦莱丽在哪?"没人说话。塔埃勒笑了。

"她一会儿就来,你们互相会认识的,会的。"

"我知道她。"帕布洛说。

大家都嚷嚷起来:"我也知道她!"然后又是一阵起哄……感伤的气氛一击而碎,悲伤不再。人们不知不觉就过完了下午,男人们,女人们,成群结队的孩子们,他们从一个棚屋走到另一个棚屋,对这些设施评头论足。不过他们都在悄悄注视着远处那一小撮人,由于塔埃勒的冒险经历而不敢接近他们。降临的夜色唤醒了整座城市，广场上那些孱弱的建筑在新生的夜色里获得了存在的意义。路上开过一辆载满宪兵的卡车，他们叫着，唱着，呼朋引伴，人们一动不动，注视着他们经过。

当卡车在笔直的道路尽头转弯时，吕克（也可能是米歇尔，或者是帕布洛，或者是吉尔，我分不清楚）说："晚安！"

"现在他们在木棉树下面。洛梅，呦！洛梅，给他们点颜色瞧瞧！"

"洛梅就是个种地的农民，他也会赞美好天气，会做人们通常做的那些事。他和木棉树的故事一点关系都没有。放过他吧。"

"是你说的。"

"你们就是群猴子，汪达尔强盗，斯巴鲁野人！我和他一起生活过，我了解他。"

"别急嘛……他来了。"

洛梅和他的好朋友一起穿过广场。两人都喝得很尽兴。

"你们好呀，同志们。"他喊道，"向塔尔金同志致敬。向朋友们致敬。马蒂厄同志，下周日我们该给谁投票呢？我是这么跟我的老朋友塞莱斯特说的：伙计，咱们得去问问那些有学问的年轻人，因为知识就是武器，年轻就是希望。我那位此刻就在这儿的老朋友塞莱斯特冲我大声说：你说得对，小伙子。这不，我们很快就来了，也就花了喝一小杯的工夫，不过注意了，要是一杯接一杯地喝，那时间可就长了，生命迷人啊，可是迷人的东西都短暂！行了，我再问一遍：马蒂厄同志，我们该给谁投票？"

"永远投给人民，不是吗？"

"同志，谁是人民？"

"我觉得我们的代表就是人民。"马蒂厄说。

"我也是这么想的，马蒂厄先生！"

洛梅一下子严肃起来……

"永远不要忘记，"他说，"永远不要忘记你们的人民遭受的苦难，因为是人民将你们养大，就算每天只吃面包树果实，就算没有大鱼大肉。而你的人民苦难深重，真的。"

这个男人手中握有多大的权力？生命涌动着怎样的激情？真相有多大的力量？洛梅不再说话，陷入了沉思。大家都在等他重新开口。

"裂隙河泛滥了。今天早上我下山的时候所有路都被拦住了。水一直涨到膝盖。仅凭蛮力是不够的，还要小心。蹚过浑水的时候得确保脚下踩稳。是这样的。我就是说着玩玩。就算杀掉野兽也会留下气味，有气味就会引起发热。你不相信我说的话。是吧，塔尔金同志？在海里游泳挺好的，对吧？但以后最好还是去池塘里。没错。轮到你们登上舞台了，你们有知识，有文化。对你们来说舞台的大幕正徐徐打开。对我们这些老人来说就太晚了，有些好事我们肯定是看不到了。不过我们也算帮过忙。你们可能不知道，因为我们是不发声的人，不过我们帮过忙，真的，请你们记得。"

从旁边经过的人似乎都在纳闷洛梅这么严肃是在说些什么。运河里流动着红色的河水。除了洛梅，马蒂厄和其他人什么也看不见。

"去吧，"最后他大声喊道，"要让你们的声音被好好听见！节日就在明天。今晚战鼓已经敲响。洛梅也加入你们。给我腾个地方。我可是一家之主。河水决堤了！再见了，大家！老朋友，咱们该走了。你往海边走，我往山上去，裂隙河泛滥了。向同志们致敬！"

他就这样走了，拽着佯装要和他打架的塞莱斯坦。过路的人们（因为目睹这样一场集会的结束而感到窃喜）笑着冲他喊："晚上好呀，洛梅！……"马蒂厄轻声说：

"我们还需要成长……"

他们看见了（我也看见了）从山上下来的瓦莱丽，她迎着最后一抹红色的夕阳，向着运河的方向走来。

2

第二天，城市在枪声中醒来：猎鸭比赛很早就开始了。射击手们聚在桥上，端着笨重的猎枪，神色有点自豪，又有点尴尬，纷纷向彼此发出挑战。运河上，两百米开外的地方，放了一只漂浮的木桶，两岸是沼泽地，木桶就被拴在沼泽里稍微结实一点的树桩上。一只鸭子被绑在这只木桶上，不过鸭子还是能把头伸出来或是缩回去。这次比赛由市政工程的工程师指挥。实际上并没有多少人来参加射击活动，只有那些想赢的人来了，也没有父母亲友同行，比赛总共设置了三只鸭子，赢了就可以把其中一只带回家。为了射击方便，他们都靠在桥栏杆上。木桶那边有个观察员，以便在有人射中猎物的时候发出信号。他小心翼翼地站在沼泽地的淤泥里，按照事先约定好的方式挥舞手中的小旗子。我喜欢这种场面，因为城市的寂静中仿佛突然浮现出一座由喧嚣和躁动凝聚成的小岛，因为清晨总是凉爽又新鲜，也因为参赛者在没能伤到鸭子分毫的时候总会说些狠狠沮丧的话。不过这场比赛只能算是主要的节庆活动之外的一场小开幕式。射击结束后还要再过两个小时，将要持续一整天的主要庆祝活动才算真正开始。总之早上的这个活动是为那些不愿意跟大家一起快活的怪人们准备的，他们的天性甚至还有可能危及现场的欢乐气氛（他们简直会在人群中燃起一簇招致分裂和对立的火焰），因此预先在大清早组织这样一场消遣活动算得上是明智之举。

不一会儿，教堂里的钟奏响了人们耳熟能详的旋律，宣布庆祝本市主保圣人节的弥撒活动开始。这场弥撒庄严而隆重，这次男人们没再停在教堂前的台阶上等待走在后面的女人和孩子，他们跟在市长和市政官员后面，神情肃穆地走进教堂。

神父讲了讲那位曾经是这座城市的守护者，后来在火刑架上死去的圣人的事迹。随后仪仗队走下台阶，来到广场上（人们假装没看见节日棚屋、旋转木马和夺彩竿，不过玩塞尔比纸牌和巴卡拉纸牌的桌子，还有荷官坐的凳子都已经摆放妥当），取道大路，又重新返回教堂。在这之后，不管议事司铎怎么努力让大家保持专注，人们还是潦潦草草地完成了仪式的尾声部分。这倒也不是因为大家缺乏宗教信仰，他们只不过是想快点完成那些不属于节庆活动的部分。大家已经把整整两个小时的时间都贡献给宗教信仰了，所以现在，他们脑子里除了待会儿要举办节庆活动的广场，其他的什么也没有。人们走出教堂时已经能听见旋转木马那边传来的低沉而缓慢的鼓声了，不过在战争纪念碑那里还有一场仪式，最后在市政厅那里还有一场冷餐会。其实这些都只不过是节日狂欢的幌子和借口罢了。就连午餐（在这天可谓是节日盛筵）也没能赢得它本应获得的关注和欣赏。人们得一直忙活着，等到太阳下山，夜幕笼罩棚屋，点燃蜡烛和火把，旋转木马才会在夜色的笼罩下加速转动。

下午四点钟，旋转木马中央的乐队里，鼓和木管乐器开始有规律地摇摆，不过还没到狂乱的地步。现在还是属于小孩子们的时间。鼓手和推木马的人都还很谨慎，没敢使出全力。父母们围成一圈，留心着这边的情况，他们绝不允许喧嚣声、击鼓声和狂热的气氛如脱缰野马般失控。不过随着孩子们渐渐离开广场和旋转木马，乐队也逐渐加快了音乐的节奏，推木马的人也兴奋起来。木马似乎重新焕发生机,那是躁动不安的、独属于夜间的生机。不过没一会儿,大概在五点到七点之间,人们就对旋转木马失去了兴趣,转而被夺彩竿吸引过去,男人们(身上沾着的面粉和沙与竿上涂的油混在一起,闪闪发亮)都想试着把绑在顶端的火腿、母鸡或其他一些食物取下来。每当有人想去试试的时候,鼓手们就敲一阵鼓。在旋转木马那边忙活的人群就用这种略带炫耀(其实就是嫉妒)的方式跟夺彩竿的竞争者们起哄玩闹。人群的热情渐渐高涨,其实也不完全只是热情,还有一种在黑夜里渐渐融化开来的兴奋,随着时间的流逝愈发明朗、厚重、意味深长。玩塞尔比纸牌和巴卡拉纸牌的桌边传来第一阵欢呼,广场上燃起第一束火光,夜晚的第一乐章终于奏响。

  塔埃勒被周遭洋溢的欢乐彻底迷住了。他从来没见过这种节日庆典,很显然他过往的全部生活经验仅限于养牲畜和狗。于是他就像是一条在未知海域被卸下桅杆的小船那样到处乱走。现在大家都认识他了,人们也觉得他总是和马蒂厄那帮人待在一起这件事没什么好奇怪的:年轻人总是会互相吸引的。没有人会(也没有人愿意或试图)将马蒂厄、塔埃勒、加林三个人联系到一起。不管怎么说,秘密肯定是秘密了,没人细细品味官方的裁决是否合理。塔埃勒从大路上跳下来,又爬回去,如此反复十几次。药剂师,大惊小怪、身材高大、容貌平庸、心地善良的布料店老板娘,还有人们不怎么常见(他有点害怕阳光和"室外的空气")、总要趁人多的时候多做几笔生意的面包店老板,这些人都待在自己店铺最里面,安静地观察着塔埃勒的一举一动,嘴上说着:"一看就知道他是从乡下来的。"塔埃勒一开始想去玩旋转木马，不过他觉得自己被朋友们戏弄了，他们早就知道更晚一点的时候气氛会更加令人激动，却还是任由他在一群小孩子中间大喊大叫，笑个不停。六点钟的时候，他宣布自己想去夺彩竿那里碰碰运气。米西娅不太赞成他的这个愿望。吕克嘟囔着说他们净做些傻事。帕布洛倒是赞成，自告奋勇要去找些沙子和面粉过来。马蒂厄大笑。米西娅生气了，说她要去找瓦莱丽。于是塔埃勒很快就放弃了这个念头。为了安慰他，他们把他带到一张玩塞尔比纸牌的桌子前（人们还没开始玩，不过荷官已经就位了，一边在木头桌板上摆弄骰子，一边喊着"十一点！"，以此吸引围观的路人），这种游戏在这一带很流行，塔埃勒很快掌握了游戏规则。他输输赢赢（赌注是五法郎），不过心思明显不在这里。

后来他们又全都回到运河那边的桥上，像前一晚那样注视着人群，这次他们面朝那条通往山上的小路，背后是工厂的铁轨，右手边是渐次隐去的夕阳。一列工厂的火车缓缓驶过（载着一台千斤顶），发出嘎吱嘎吱的声音，震耳欲聋，又有点滑稽可笑，仿佛生活的全部重量都落在了这台千斤顶头上。节庆活动因为这列火车被迫中断了两分钟。也许是这块被搁在轮子上的丑陋不堪又毫无奇特之处的铁板突然让他们看到了赤裸裸的真相，也许是现实突然发起猛攻，不管怎么说，他们开始玩起了那种奇怪的画像游戏，玩这种游戏的时候，比起真正需要被描述的模特，人们总是会更多地描述他们自己。在这场关于现实的游戏里（现实忽明忽暗，被各种符号和话语遮盖又揭示），或许是出于某种心照不宣的巧合，他们轮流充当被描述的那一个。

米歇尔：

"她是最受人尊重的那种女士。要是明智的话，我就会娶她。她的神情简直可以说是忧伤又温和，像是下了一场雨。仿佛只要起风了，她就会流眼泪。尽管不是玫瑰，也是一朵花。不行，不能把她当做一朵只可远观的花，要天天都能见到她才行。大家都很喜欢她。"

他们几乎是立刻就猜出来这人是玛格丽塔。

吉尔：

"火山火是你屋子里的萤光！借我一股熔岩，我将在静水中入睡。哦！轻轻的一个吻，哦！你是荆棘！你轻拂过欢愉，你又掠过怨怒。安静点，安静点。火山火笑了。可是静水深爱着火焰！那火焰是个女人，她无所不知……"

"坏蛋！"米西娅嚷道，"假如你描述的是我的话，还是拜托你说得更明白一点吧。到我了！"

米西娅：

"别人都微笑的时候他也微笑，别人都开玩笑的时候他嘟嘟囔囔。长得比他再黑点的话，那可就真是漆黑一片了。我看起来什么都不在乎，但其实我比人们以为的要严肃很多。总是赤着一双脚，走路像个乡巴佬。干什么都慢吞吞的，但总是叫人很放心……"

"不用再说了，"马蒂厄说，"这局我赢了。你说的是帕布洛。"

"可算是说到我了！"帕布洛长舒一口气。"塔埃勒啊，你看这个游戏就是这样，永远都不会客观公正……"

吕克：

"到我了。我要说的这个人很聪明。很有头脑,学识渊博。他总要逆流而上,但是没有人能真的逆流而上。他生了一副好面孔,却不怎么遵守诺言。他的话值得听一听。我再多说点,过去的就过去了,不要在苦难里搜寻翻找了,苦难是留待人们瞻仰的。不要在神秘中找寻,虽说要找的东西确实在神秘之中。他不知道什么才是最重要的。最重要的是劳工们的斗争。我们都是些普通人,可是他与众不同。"

"你说的绝对不是马蒂厄。"米西娅怒气冲冲地说。

"是。"帕布洛答道,"他说的是马蒂厄,只不过把各种特征混在一起,做了些调整罢了。"

"目前谁猜中的次数最多?"

"帕布洛。"

"米西娅。"

"他俩猜中的次数一样多。"

"我们第一次这么正经地玩这个游戏。"帕布洛向塔埃勒解释道,"现在轮到我了。"

帕布洛:

"假如我看见一只蜜蜂,我不会想到蜂蜜。假如我看见一道伤口,我也不会想到一把刀。当我注视着我的皮肤,我也不会想到我的故乡。当我饿了,我不会愿意叫嚷着说我饿了。我像骡子一样善妒,像煎过的蛋清一样苍白,可我一本正经。我是谁呢?"

他们都笑了起来。

玛格丽塔说,"是吕克,是吕克……帕布洛,你可真不友好。"
大家都鼓起掌来。

"你从来都不饿。"吕克反唇相讥。

接下来是马蒂厄:

"他像晴朗的天气一样单纯直爽。像白面包一样朴素谦逊。他不太认路,却总是走得最远。"

"米歇尔。"

"帕布洛猜中了。"

"米西娅猜中三次,帕布洛猜中三次,玛格丽塔和马蒂厄各猜中两次,其他人分别猜中一次。"

"帕布洛,我敢打赌最后是我赢。"

"目前看来没什么难度。"

"我赢定了!塔埃勒,该你了。"

塔埃勒:

"我在一片温柔乡中寻找,然而找到的只有暴力。我凝望生命,却无意中撞见死亡。你问我为何如此复杂?因为我的故土就是这般。当我想要流泪的时候,泪水却嘲笑我。我从低处向上生长,然而高处却狂风大作。若是细细追究起来,一切都徒劳无益。"

"你说的是吉尔吗?"

"不是,是他自己,我赢了。"米西娅大声说。

玛格丽塔出声抗议了:"这不公平,现在才轮到我,但是只剩一个人没有被描述了,所以……"

"还剩谁?"帕布洛问道。

"你就开始吧,玛格丽塔!!"

玛格丽塔:

"他的魅力来源于温柔,可不要小看质地柔软的木头,这种木头最有韧性。我就差直接说出来他是谁了，真好笑……不行不行，我不说了，你们会讨厌我的！"

"好啊，好啊！"

"吉尔，你说的是吉尔！"

"米西娅赢了，总共猜中五次。"

"早就知道。"

"真给女士们争光啊……"

众人心头还有一缕挥之不去的疑虑……不过他们都将这缕疑惑留到了最后。筋疲力尽，沉痛忧伤。

不过突然之间，节日庆典又重新夺取了主导权！没错，这是因为夜幕已经彻底降临，喧嚣声像浓烈的香水味那样直冲头顶，干木材做成的旋转木马一拥而上，在裂隙河河床的碎石上奔腾驰骋，有人扬起一把稻米，像鸟群冲上如洗长空，乐池里时不时传来沉重的鼓声，仿佛洪水顷刻间漫过劈啪作响的庄稼穗，人们的注意力一下子被吸引过去（听啊！鼓声！），推动旋转木马的人更加卖力，他们弓着腰，脑袋几乎要碰到地面，肩膀抵住铁制的推杆，用力推上一圈，然后下一圈就冒着被卷进齿轮里粉身碎骨的危险，吊在推杆上休息一阵，任凭自己被惯性带走，旋转木马的老板骂起这些人来要比骂那些不肯出力的人还要凶，老板的咒骂声构成了木马脚下喧闹和骚乱的第二声部，乐队演奏的声音已经彻底爆裂开来——咚咚哒咚咚哒咚咚咚咚——人们在咚咚作响的旋律和鼓声中徜徉，在激情与喧嚷声中逆流而上（旋转木马底部的圆盘不怎么牢靠，摇摇晃晃地与木马呈反方向转动，于是木马上的人便好像真的是漂浮在逆流之上),当一轮游戏快结束时,木马上的每个人都得跳到周围的人群当中去,人群等的就是这个时候,得躲开跳下来的人,于是人群就像一团团泡沫向四下里涌去,人们好像喝醉酒一样疯疯癫癫的,从一张牌桌上下来,又坐到另一张牌桌上去,等待着时来运转,寻找着风水最好的牌桌,通过跟玩家打赌来打破连输的霉运(他输得只剩下最后五个法郎了,再也找不出第六个来),可是这笔不停易主、速度之快令人眼花缭乱的钱又是打哪儿来的呢?有人喊道:"拼上你这把老骨头吧。"连赢几局之后人们又都涌向卖猪血香肠的商店(这一晚大家都是有钱人),又涌向广场上的那家小酒馆,今晚大家想喝多少朗姆酒就能喝多少(不过老板娘一直留意着量酒器,酒出来一点儿都不行),小酒馆里的客人们要么是在津津有味地吃着开心果,要么就是一口吞下杯中的酒,在这一点上小酒馆倒是挺好(因为节日棚屋里的气氛确实有点过于私密了,甚至有点矫揉造作之嫌,棚屋里装点了过多的树叶、地毯和煤油灯,屋内空间又极狭小,因而显得附庸风雅,不过上了年纪的人、生性谨慎的人或是盛装打扮一番的人倒是挺喜欢那里),这会儿塔埃勒正陷入一场塞尔比纸牌的酣战中不可自拔,他已经连赢了四局,一开始就用七法郎下注,然后是十一个法郎、十二个半法郎,他的对手们都输急了眼:"赢光他!来呀,赢光他。"马蒂厄和米西娅在集市的顶棚底下跳舞,在木头和黑色大理石做成的硕大桌子间来回穿梭。马蒂厄汗流浃背,"随他们去吧,要等他们出来那还早着呢,"米歇尔说,所以我们出来(没错,我跟他们在一块),又重新回到广场上,米歇尔刚去推了一个小时的木马,吉尔也去了,玛格丽塔因此玩了好多轮旋转木马。我回去找塔埃勒，他还在赢，帕布洛在他旁边大喊大叫，高声欢呼，有时候也会感叹一番（"我有勇气玩的时候却没运气，等我有运气的时候却又没勇气去玩了。"），塔埃勒输了一局，险些和另一个玩家打起来，那个人还想掏出刀来："不可能，他偷换骰子了。""我没有，就该归我，骰子就是这个点数，这我还能不知道吗。"要不是瓦莱丽突然出现，把手搭在他胳膊上，将他拉到一边（拉他朝着人们跳舞的集市走去），他才不会离开牌桌呢（狂热的赌徒们总想翻盘），其他玩家们也没敢起哄。这时帕布洛不见了，至少直到这一晚结束也没人看见他，吕克这里逛逛，那里瞧瞧，到处都是烟，有人卖炸鳕鱼、炸洋葱、浇了红酱的米饭和朗姆酒，到处都是汗味儿，叫嚷声，夜的黑暗和火的光亮，他孤身一人（心想："他们玩得挺开心，心满意足，一样也没落下，又吃又喝，又笑又跳，可是现实才不会善罢甘休，他们玩个画像游戏，写两句诗，确实把我给逗乐了，可唯一真实的画像就只有耻辱和赤贫，真正的诗歌是起义和愤怒。他们怎么能忘记这一切呢，他们假装自己很有学问，与众不同，思想深刻，但其实只不过是滑稽的猴戏罢了，纯粹的、令人难过的猴戏，只需要想一想，想一想我们是谁就够了，我们这整个民族都是甘蔗地里的牲口，人家瞧不起我们，驱逐我们，而我们呢，心满意足，自命不凡，怡然自得，一个个的都跟小国王似的，我们当中谁能说：'我吃过苦'？没人，没人能这么说，就连马蒂厄也没资格这么说，母亲们牺牲了一切，包括生命和健康，兄弟姐妹替我们承担本该属于我们的命运，好让我们进学校学习，而我们呢，嗯，我们想要与众不同，独一无二，我们这个民族想要与众不同吗？这个民族只是想要在太阳底下站稳脚跟，想要能够抵御外族入侵，想要自由，世界上多的是受苦受难的民族，我们一点也不特别，天下各民族都是兄弟，世界上只有两种人，剥削者和受剥削者。看到一只蜜蜂我就想起整个蜂巢，生活在中央的人民也受苦受难，天下命运休戚与共，大家都一样，这种想法很危险，我们交谈，我们做梦，我们在海上起高楼，然而海浪将一切都抹去，海浪从不停留，一切都坍塌倾倒，啊！他竟然为此杀了一个人，他把那个人杀了，好吧，那人是个杀人犯，是强盗，是剥削者，是叛徒，他甚至比这些罪名所定义的还要坏，坏得多，人尽伐之，人尽诛之，没错，米西娅，不过要是仅仅为了玩肖像游戏，那倒大可不必如此，我们有责任这么做，要知道这点，要知道这点……"）。吕克一边想一边绕着桌子走，马蒂厄和米西娅一起从他身边经过时说："吕克总得想点什么事情，他就不能好好享受一下节日气氛。"米西娅回答说："他总想着意外，想着我们应该做什么，他总觉得我们进展太快，觉得我们净做些幼稚的事情，觉得我们什么都不懂，马蒂厄，他脑袋里装了太多事，心里却什么都没有，他觉得我们什么都忘了。""别信他的。"马蒂厄说，然后他几乎是用喊的声音说，"我知道他这个人，他对我们很真诚……"之后我就被米歇尔和吉尔招呼过去了，他们喊我去坐几圈旋转木马，整个广场都在围着篝火打转，篝火在海上呼喊，大海隆隆作响，惊涛拍岸，海上似有楼阁，喧嚣声中有一股气味，像藤蔓一样盘旋环绕，藤蔓不断地蒸腾，蒸腾，我想塔埃勒应该是和瓦莱丽一起在集市上跳舞，吉尔在推旋转木马的推杆，浑身上下的汗水都在反光，他铆足了劲儿，一声不吭，他在认真工作，长裤的裤脚卷起来（老板肯定希望他还是喊上两嗓子），不肯被惯性带着走上哪怕半圈，我想塔埃勒应该在和瓦莱丽跳舞，没错，在有顶棚的集市上，在人潮形成的旋涡中间，在海上的房子里，像夜色里的一根藤蔓，而我当时不知道的，是他们在谈论水源处的那栋房子。"噢！"塔埃勒说（用只有瓦莱丽能听见的声音低声说），"噢！你肯定没见过那样的房子，像一座教堂一样，不过里面倒不会叫人觉得害怕，有大片的阴凉，大片的阴凉，到处都是大理石，啊不，在里面也不会觉得冷，简直就是梦里才有的房子（那要是裂隙河涨水的时候，泉水也跟着丰沛起来，那样才美呢，瓦莱丽这么想），我跟你说，我看到那座房子的时候就想：总有一天我们会回到这里的，不过现在不可能了，哦！再也不可能了（你会跟我说的，你会跟我说你到底有没有杀他，或者那真的是场意外，塔埃勒，我知道你杀了他，不过你要亲口跟我说，求求你了，瓦莱丽心想），我跟你说，我总是为那座房子感到惋惜，因为现在我更了解裂隙河了，我爱这条河，这很奇怪，对吧？瓦莱丽，噢！瓦莱丽，你在哪？"美得不可方物的瓦莱丽对他说："下周六你来我家，我教母想认识你。"然后他们在无边无际的大海中紧紧拥抱在一起，这时白天已经宣告来临，人们在空气中闻到了一丝明亮的味道，那是光明特有的清爽，人群的狂热令陡峭的山峰和广袤的沙滩重新焕发生机，不过这生机却伴随着一阵阵抽搐和颠簸，喧闹声变得沉重起来，广场上只剩下最后的激烈，卖猪血香肠的人走了，集市上的乐队在准备演奏清晨五点的玛迪亚纳舞曲，这是玩巴卡拉纸牌游戏所需的仪式（这种游戏比较温和，输赢都不会太过分，和塞尔比纸牌相比更需要一点狡猾和耐心，总之是适合清晨玩的游戏），此刻大家都陷入了一种半睡半醒的状态，昏昏沉沉地走到海边捕捞蜘蛛螺的地方，脑袋耷拉在胸前，左右摇晃着，又突然一下子抬起头来，试图抗拒睡意，单簧管的声音轻柔又忧伤，像海上的月亮，人们注意到地面上有一堆又一堆五颜六色的纸屑，好像人们刚才呼吸的、吃的、喝的都是这些碎纸屑，到处都是，铺成了一条厚地毯，和城市的草木青葱还有大海的泡沫混在一起，走吧，该回家了，结束了，于是他们在桥上集合，米歇尔、重新现身的帕布洛、吕克、玛格丽塔和吉尔，他们互相倚靠在一起，昏昏欲睡，却突然不可思议地看到，塔埃勒和马蒂厄在伐木工厂旁边的大路上用尽最后一丝力厮厮打在一起，尽管马蒂厄明显瘦弱许多，但他防守很好，其他人冲向两位斗士，完全不明白这场毫无征兆的荒谬打斗是怎么一回事，好像要在宁静祥和的清晨给节日做个疯狂的总结似的，不过在其他人掺和进来以前塔埃勒和马蒂厄就分开了，两个人都流着血，衣服也破破烂烂，可他们几乎是在微笑，好像在说从今往后两人之间的旧账一笔勾销，两人之间的兄弟情谊从此纯洁无瑕，他们从此生死与共，其他人越来越摸不着头脑了（除了帕布洛，当然了，他有种处变不惊的本事，几乎能马上预料到接下来会发生的事），他们看看马蒂厄，又看看塔埃勒，前者比后者状况还要惨烈，不过他俩都屏息凝神，竭力保持体面，瓦莱丽和米西娅一动不动地站着，好像被冻住了一样（没人知道究竟是什么让他们聚在这里——他们四个——就在此地，没人知道这究竟是机缘还是巧合），他们就这么一动不动地站着，玛格丽塔都快疯了，马蒂厄和塔埃勒假装一切与自己无关，就像两个观众一样，甚至连目击者都算不上，要不是这时阿方斯·蒂甘巴出现在路上，从北边走过来（他本应该待在城里，处理口角和纷争），他们就会像雕塑那样站着，直到时间尽头。阿方斯·蒂甘巴走到他们身边停下，就像太阳在群山之巅现身那样，甚至没注意到塔埃勒和马蒂厄有什么不对劲，他说："不好了，不好了，隆古埃爷爷快要不行了。"

3

塔埃勒（再一次）奔跑在南边的那条路上，不过这次他有了目标，一个在更高处的目的地，他要去和自己的生活交手。塔埃勒走在那条长长的笔直道路上，跟工厂里刚下夜班的女工们打招呼（"你这么着急是去哪儿呀，塔尔金先生？去海里泡澡吗？……"紧接着她们就都大笑起来）。他路过那座平缓的桥，裂隙河的河水已经漫过最下面那根生铁铸成的栏杆。他不得不拖着脚步从水里蹚过去，这样才不会弄湿长裤。整片平原都被河水淹没，时不时地会有一团绿草露出水面，像黯然失色的花冠。

塔埃勒想到自己在平原上的经历，觉得是某种奇怪的命运使然，似乎有一股他也不明就里的力量推动他非这么做不可，还在山上时，他的灵魂中就冒出一股新生的激情，山上的寂静、单调、安宁又滋养了这股激情，于是他决定下山，也因此得以了解自己的故乡，看到海市蜃楼般的景象，目睹或是丑陋不堪，或是光彩夺目的事物，见证伟大而非凡的、日复一日的艰苦劳作，还有那些笑声，河流，沙滩，苦难，希望，狂怒，汗水，鲜血，所有这些揉在一起，塑造了他的故乡。于是他也得以见识蛮横的爱情和狡诈的死亡，不过他并无意弄清爱情如何终结，或是激情如何熄灭，他也无意探究死亡如何平静地降临。他看见阳光下被水漫过的平原，觉得裂隙河就像淹没这片土地那样漫过了自己的灵魂。他再也无法生活在平原上，与别人一起分担那条河带来的充斥周遭的失望与挫败。他得重新回到山上去，就像拒绝闲散度日、自绝于安稳生活的修士那样，他要教导自己的孩子争取言说和选择的权利。不过他很快就感到一阵难以承受的孤寂,感到自己永远也无法忘记平原教给他的东西,斗争刻不容缓,他的同胞们满怀憧憬,艰苦劳作,这也正是他自己的品质。他既感受到自己强烈渴望着孤独,亟待远离那条河流(那条河见证了他的悔恨,见证了他试图引诱劝说加林的多番尝试),同时又感受到一股强大的力量迫使他留在毫无树荫遮蔽的岸边,留在人们辛苦耕作的田埂间。于是他明白,在自己灵魂的深处,有某种力量正在渐渐孕育成型,有某种联结爱与恨的戏剧性张力正在伸展蔓延,日益壮大,他慢慢变得勇敢从容,思路清晰。他的同胞们正在经历一场意识的分娩,不过这般四分五裂的场景仅仅存在于他的意识之中,并没有给他带来身体上的伤害。这场分娩的完成必然会将同一个愿景分裂成许多个,让马蒂厄和塔埃勒和吕克和其他所有人都反目,但他们谁都没错,谁都有道理:因为每个人都只看到了整体利益的一个局部,所以他们每个人也不过是象征或是代表着其中的一个局部而已。

塔埃勒走在路上,在甘蔗被阳光炙烤后散发出的气味中感受到了这一切,他没有其他办法,只能在脑海中想念瓦莱丽。只有她能将他从这片混沌芜杂中拯救出来,他现在已经知道了,只有瓦莱丽才是这片土地真正的女儿,她温柔又傲慢,欢乐而无邪,现实中那些互相冲突的力量在他身上挥之不去,而在她那里却能稳固地连接在一起。只有在饮尽了生活的苦水后他才思念瓦莱丽,或许她有点看不起乡下人,看不起生活在那片被她大大低估了的土地上的那群人?可是谁又能指责她呢?她一直生活在自命不凡的城里人中间,他们迫不及待地以为自己高人一等（急切地摆脱掉自己身上有过时之嫌的成分，时刻准备着扬起他们那七头蛇般的骇人头颅），满脑子都是有关自己优越性的嘈杂声音，而她却始终保持简单纯洁的心地。塔埃勒觉得他们的孩子应该会既像瓦莱丽又像他自己：像瓦莱丽一样坚强开朗，毫不在意眼下刚刚拉开序幕的惨剧和悲苦，同时又像从大山里走出来的塔埃勒一样专注清醒。明天属于他们，瓦莱丽会把他们养大。她不像那些城里（或附近城镇里）的年轻姑娘，她们愚蠢而天真，只贪图一点安逸和舒适，觉得自己跟生活在中央地区的人没什么两样，并因此洋洋自得，她也不像其他那些年轻人，他们可怜的生活里除了买辆车再没有别的奔头，多么愚蠢的快乐啊，无知得不可救药，只在乎虚假的荣华富贵。塔埃勒继续想，除非一个地区能够通过这样或那样适合自身实际情况的组织办法自由地选择财富的来源形式，否则就没有真正的财富可言。对于试图捍卫他们可怜的权力、地位和处境的走投无路的人们来说，政治就不再是一场空洞的游戏：而是会成为有关悲剧的具体想象，成为人民的力量，成为一幅徐徐展开的图景，终将呈现真正的、唯一的财富。没错，瓦莱丽身上既有山脉的庄严，又有平原的力量。

塔埃勒（再一次）一头钻进甘蔗田间的小路中，钻进甜蜜的汗水、种植园主的股利分红、劳工微薄的薪水，以及青山脚下发生的所有耻辱和剥削共同围成的囚牢里，当他看到年轻的姑娘正在那里等着他时并不感到惊讶，很显然他会走这条小路，而不是那条大路（也许吧，他心想，我刚刚可是与理智做了一番斗争，也许仅仅是因为这里有爱情的回忆，噢！我的爱情和理智竟然同根同源），他看见瓦莱丽站在他们第一次见面时的那片空地上。瓦莱丽久久地拥抱他,然后牵起他的手:就这样,两人一句话都没说,就朝着那边的房子走去……

瓦莱丽的教母,特吕斯女士,是那种特别动人的女人,就像人们经常会遇到的那个年代的人一样,她在从前那种讲究礼数的氛围和这个地区自古以来的和蔼亲切气氛中长大。特吕斯女士的思想有一点保守老旧,她穿着饰有花边的长裙,裙摆宽大,色彩鲜艳明丽,面露微笑,是那种热情待客的老妇人脸上常有的慈祥笑意。

"瓦莱丽,亲爱的,去给这位年轻人准备一点潘趣酒,他肯定渴得要命。塔尔金先生,我的教女在家里张口闭口都是您。要是她继续这么干的话,您的家可就没人操持了。多嘴的女人不做事。"

特吕斯女士就这样用一种巧妙的方式让塔埃勒一下子放松下来,塔埃勒根本用不上他那套事先准备好后又在心里排演许多遍的提亲说辞。

"请允许我称呼您拉斐尔,我知道他们都叫您塔埃勒,但我实在不习惯这种叫法。瞧瞧,您的朋友保罗·巴索被叫成帕布洛,玛丽·策莱被你们叫成米西娅,玛格丽特·阿多蕾又被叫成玛格丽塔。他们的妈妈会怎么想啊?"

"您认识我的朋友们呀。"

"是呀,我认识他们,我是看着他们出生的。他们的父母从前和我是朋友,或许现在依然是。不过您不怎么提及您的父母,对吧?"

"我是孤儿,女士。"

"噢！对不起，对不起……现在要是您愿意的话，我就是您的母亲了。您愿意吗，拉斐尔？"

这位老妇人的魅力简直叫人无法抗拒。塔埃勒几乎是不知不觉间就将关于未来的计划和盘托出（一开始他们先住到他在山上的房子里去，"没错，妻子跟着丈夫总是好的。"他继续养牲口，等攒下一点钱后就和瓦莱丽到城里生活，"实际上年轻姑娘也受不了没完没了地过隐居生活，他们有的是机会，未来就在他们眼前，不过对她来说生活可就是这样了，她已经油尽灯枯。"也许他们会买栋房子，当然是在乡下买），这位年轻人也几乎没有察觉到特吕斯女士流露出的一丝迟疑。瓦莱丽端来潘趣酒，他们一起在游廊上吃了午饭。这一餐饭吃得既拘束又随便，餐桌上有葡萄酒奶油辣汤汁炖的红鲤鱼和应季的蔬菜，菜肴的味道令人赞不绝口，总之是很愉快的一顿饭。等到甜品（用基拉西岛的李子做的果酱）端上来的时候，他们已经决定好三个月后举办婚礼了。瓦莱丽和她的未婚夫一起去山上，好提前做些准备。

"等选举结束后就办婚礼。"塔埃勒说。

"您参与政治吗？"

"我关心政治。"

"拉斐尔，让那些小流氓去做这种事吧。因为搞政治就是耍流氓，我跟你说！政治总是把这个地方变成一片废墟。啊！至少在我们那个年代，人们都忠诚老实地作斗争。如今人们净搞些阴谋，总是在筹谋什么，互相诽谤污蔑。"

"他们不是那样的。"塔埃勒说，"他们不搞什么阴谋诡计，他们什么也没做。他们有的是力量，做这些都是为了人民。"

"抱歉，孩子们，我活得像个老古董！可是拉斐尔，他们想要做什么呢？"

"他们想活下去，他们想活得有尊严。"

"生命，尊严，我们改变不了什么的。"

瓦莱丽一动不动，什么都没说。

"天呐！没人能说尽这地方的母亲们经受的苦难，她们为了孩子几乎丢掉自己的性命，用自己身上的肉给孩子一具躯体，然后看着这个孩子离自己越来越远，孩子离开家，离开母亲，对母亲之所爱一无所知，难道母亲命该如此吗？"

"我不知道，女士，我是个孤儿。"

现在轮到特吕斯女士难以抵挡这种崇高尊严了。她拭去一滴泪，止住滔滔不绝的话头，任由沉默像一条温驯的河般静静流淌。瓦莱丽和塔埃勒都是孤儿，只不过瓦莱丽还有教母（是她父亲的姐姐），而塔埃勒全凭自己长大，像山里的树一样。他们三个人都这么想。

"拉斐尔，得承认我们心爱的瓦莱丽和你一样，这不要紧，年轻人总有新想法。"

"这和是不是年轻人无关，我相信这关乎整个地区的希望。我坚信！"

"老天，他说话的样子真像个政治家。"

"啊！人民在受苦受难，女士，他们正在死去，他们正在被剥削殆尽。"

"叫我教母吧，我很高兴听你这么叫。"

"我们要和苦难共同生活，不能忘记苦难，不能就这么算了。我们都受到一股力量的感召。不过我没什么文化，说不好。"

"他想到马蒂厄了。"瓦莱丽补充说。

"是马蒂厄·贝吕兹吗?玛丽-罗斯女士的儿子,她是我那位已故姐姐的丈夫的表亲。我们是亲戚,尽管我从没见过他。这个小伙子很不错。听说他要继续学业。玛丽-罗斯女士为了儿子什么都肯做。不过他现在只关心选举的事情,他还那么年轻,那么年轻啊。"

"我不知道我们是亲戚。"瓦莱丽说。

"啊,现在关系疏远了。"

"会找回来的,"塔埃勒喊道,"关系再远的亲戚也能找到!我们要一直追溯到家族的起源。马蒂厄在做这件事。"

"好吧。真是疯了。不过没关系,我们邀请马蒂厄来参加婚礼。"

塔埃勒和瓦莱丽都打了个哆嗦。

"你知道吗,瓦莱丽去做过占卜。是的是的,亲爱的,我知道这件事。你去见过隆古埃爷爷。不管怎么说,总得回到过去才能看清未来。"

"隆古埃爷爷快要不行了。"

"可怜的人啊,可怜,真是可怜……"

然后瓦莱丽出乎意料地来了这么一句:"最后的记忆也要飘散了。我们很难找到根源的。新事物倒是有几样。"听她这么说,塔埃勒简直惊呆了。归根结底,他并不了解她。特吕斯教母在她播放的催眠曲中慢慢睡着了。塔埃勒和瓦莱丽朝着那片水田芥走去,他们肩并肩躺下来,长久地谛听着夜晚的降临,心里想着那会将隆古埃爷爷永远带走的黑夜。

一个礼拜以来,巫医一直躺在他的茅屋里,发出嘶哑的喘气声。人们不明白他怎么还能坚持。他衰老瘦弱的黑色躯体僵硬地卧在用肥料袋铺成的床上,这具僵尸一样的身体将一只手举到脸上,那是一只紫色的手,似乎是要将周围的人赶走,在他自己和世界之间拉上一道帘子。这一个礼拜一直是邻居家的女人们照看他,喂他几勺牛奶,里面掺点碾碎的蔬菜。隆古埃爷爷几乎什么也咽不下去,只喝了一两口掺了朗姆酒的水,但他一直坚持着。

他看见一片广袤无边的森林,在遥远的国度,在他童年生活过的地方。祖父在跟他说话,他觉得森林里的树、树桩间的夜色、树叶的簌簌声,还有这片森林发出的所有声响,都是祖先在说话。他就在这些话语间穿行,重新找回一种他永远也忘不掉的味道。还是个孩子的隆古埃爷爷在这片国度里漫步,伴随着达姆达姆鼓的节奏唱歌起舞,自由自在地生活,没有饥馑和炎热,是话语创造了饥饿,话语就是太阳。不过有股力量在暗暗牵引他,一只硬木做成的手,头上罩着一张粗藤编的网,隆古埃爷爷被这股力量拽走,祖父的话变成了埋怨和嘶哑的喘息,他闻见大海的腥臭味,船只的颠簸折磨着他的身体(他好像变成了个孩子,能感觉到骨骼和肌肉正以不可思议的速度生长,思绪也陷入一股不受控制的湍流),后来隆古埃爷爷就到了一个全新的地方,乡愁令他心碎。他清清楚楚地看见了自己的祖父,一名年迈的黑奴,身上有烙铁做的记号(是这样的,是这样的),还有整个家族的历史,森林里的东躲西藏,以灵魂为代价的交易,每日朝向那边的呼唤,朝向那饥饿的奢靡的森林,儿子的儿子的儿子在回忆里日夜兼程,远道而来,为了疾病，为了苦难，为了仇恨，为了爱，而他们不知道的是，在他们内心深处发出呼喊的正是那片森林。隆古埃爷爷亲眼见证了这个地方如何繁荣壮大，这一切又是如何发生转变，他眼睁睁地看着人们不再念及森林，他大声呼喊，把手放在嘴巴前面，发出那声"呜欬——哦！"，他不停地喊，可是没人回应：时间已经停止了流逝。他对他们说："要回到森林里去。"可他看到的只不过是一张蜡做成的脸孔，面露微笑，有一副美髯，这个脸孔轻柔地呼唤他，不停地劝说他：来吧，来吧，你是我的仆人，我是你的主人。隆古埃爷爷奋力抗争，不想跟这个甜美的脸孔离去，总觉得这张脸背后肯定藏着奸诈。

茅屋里的老妇人们纷纷向濒死者弯下腰。垂死之人还看见了一位年轻的姑娘（毋庸置疑，她内心深处有一片森林），他大声呼喊，因为那两只狗也在，平静又狰狞。隆古埃爷爷盯着他的邻居们：她们什么也不懂，她们什么也看不见，她们在一个巨大的漩涡中（肯定是裂隙河，他想，裂隙河决堤了），她们跟他说话，小心翼翼地行动，丝毫听不见他的喊叫。老人最后一次将手举到嘴边，想要发出一声长号，可是透过用力分开的手指，他看到的还是那张甜美的脸孔，那么苍白，仿佛将老人的呐喊全部吸走。他想到旅程终于结束，没错，就在这里，死亡最终降临。他放弃挣扎，最终妥协，于是他的手指再次合拢，仿佛一张面具。

老妇人们在茅屋里席地而坐，开始等待。

4

1945年9月的第一个星期日,生活在整片地区上的人们都将自己的生活重心转移向了城市。选举日终于来了。战争在人们的生活里楔入连年的阴霾与不公,如今终于从战争的黑洞中走出来的人们欣喜若狂地发现自己的确获得了新生。这场选举运动的重要性超过了日常生活里的一切,它不仅仅是选出一位代表那么简单,还决定了黑夜是否终结,黎明是否终于到来。这场选举决定着广袤的世界是否真的会向渴望了解它的人敞开,也将决定长久以来被抹杀、被压抑的爱意与柔情是否最终得以宁静滋长。

男人们和女人们从四面八方汇集而来。有的人从贝勒姆过来,那里的山脉隐没在深邃的森林中,住在那里的人往往矮小壮实,像他们的森林投下的阴影那样神秘莫测,沉默寡言。有的人从几个地区的交界处过来,那块地方就顺着殖民者修建的马路延伸开来,当地的居民习惯了看着一切往来穿梭,那里视野开阔,环境嘈杂,所以人们总是用喊的方式说话。有的人从西边的山里过来,山上是那座白色城堡:这里的人生性坚忍,习惯了每天爬山,不过他们再也不想终日生活在城堡塔楼下面了。有的人从魔鬼山上过来,洛梅家就在那里,那边的土地上遍布松脆的土壤和岩石,还有深重的思考和轻快的玩笑。还有人从加利福尼亚湾过来:砂砾和大海整日浸泡他们的灵魂和身体,也给了他们虬结的肌肉和倔强的脾气。

这些人在城里举行盛大的集会。他们穿着白色的套装和衬衫,打着红色领带,上衣翻领上的饰孔里插着一小束花。花落谁家已不必多言。十点钟的时候所有人就都知道将会发生什么了。人们看见这些领带和花束走进投票间：用不着给投票箱动手脚，也用不着事先准备候选人名单，这样一群人赢定了。投票间里秩序井然，每个人都拥有绝对自由的投票权，这就保证了票选的合法性，手握兵权的最高统治者也无权干涉。人们互相提醒：要冷静，要冷静，不要回应挑衅，不要制造事端，除了投票别的什么也别干。大部分选民都在街上来来往往，很明显他们都在着意控制自己，避免情绪爆发，大嚷大叫以表示热情和喜悦。对于一个毫不知情的观察者来说，此时的场面或许十分怪异，这群人出乎意料地恪守规则，他们老实谨慎，有节制，懂分寸，不过多多少少还是能看到人群正因为激动而微微战栗。

马蒂厄被分到其中一个投票间工作，吕克在另外一个。吉尔、米歇尔和帕布洛从市政厅走到法院，从女子学校走到邮局，估算着每位候选人的得票百分比。

下午四点钟的时候发生了一起事故：在市政厅，有一名男子试图打碎投票箱，该男子高声叫嚷着说选举都是假的，群众都被愚弄了。不过在宪兵介入之前人们就让他恢复了理智。在邮局，另一名男子受人指使，企图偷走名单，不过他也没能得逞。看得出来投票现场的人们都严阵以待。

马蒂厄和其他人都是头一次被这种集体力量团结起来。他们承担的选民义务（确切来说是马蒂厄和吕克承担的义务）仿佛是对他们多个星期以来所付出努力的认可。对于他们这种只在真正选举运动的边缘活动的人来说，选民义务就是他们的存在和行动的最直接确证，说明努力都没有白费。他们在朗朗乾坤之下的盛大场面中证实，人们的确给予了他们充分的信心。

这一刻他们真正拥有了一片可以培植希望的土地，一片可以将散落的树枝种在里面的森林。对他们来讲，这一天比整整一年的讨论都要值得。

马蒂厄坐在长桌后面，检查着选票上的姓名，在选民名单上的名字后面打钩，他觉得身体里充斥着一股突如其来但安静平和的力量，并且随着时间的推进，他变得越来越平静。趁着短暂的空当（前来投票的人群变稀疏时），他盯着大厅里的摆钟，觉得时钟的两根指针仿佛在厚重的生活里凿出一个洞，向他宣示着某种新生。他抽出一点时间去母亲家里吃了顿丰盛的午餐。玛丽-罗斯女士看着他吃完，然后对他说（就在他准备冲出门的时候）："我不知道你为什么要做这些，不过我会把票投给人民党的代表，尽管他反对宗教。最近不常见你，不过我知道你是个好孩子。我也知道人民党的代表会保护穷人。"马蒂厄特别高兴，紧紧抱住他妈妈，终于妈妈不再觉得他们会把教堂改成舞厅，这一局他总算赢了。"去吧去吧，"玛丽-罗斯女士说，"不用再假装有心思拥抱我了，你肯定等不及要跑去市政厅。"马蒂厄觉得这一天简直不能更幸福了。他母亲独自一人在家，想到除了一个她搞不懂的儿子以外，她在这个世界上便什么都没有了，不过她信任自己的儿子。

塔埃勒还没到可以投票的年龄，不过他也参与到这场全民欢庆中来。"我一直以来等待的就是这个，"他心想，"我到这儿来就是为了这个，为了光明，在山里的时候我就觉得缺了点儿什么。从前我只是自导自演，当时我想，虽然意识不到，但是我想说话，想和其他人待在一块，当时我就是这么想的，也是因为这个我才到这儿来，这才是我心之所向。我觉得心脏变得丰沛饱满，身体却越来越轻盈。我能感觉到，我能感觉到如果我们在一起，我就能走遍世界的每一个角落。我们可以租几条船，组一支大型船队，就我们几个，去拜访你们的家园，就像这样，去往临近的地区，从这里去中国，去巴西，去刚果都很近，啊！刚果，我们刚刚拥抱了土地，欢迎我们吧，我们远道而来，旅途艰辛多舛。看看我们眼底的风尘，还有路上死去的尸骨，如果只是去见见我们的邻居，去拥抱我们的兄弟，那这条路未免太过凶险。森林里、大海上遍布白骨。但我们还是会去的，就像今天这样。我们所有人，我们知晓一个共同的秘密。我们所有人，我们嘴里说着相同的语言……"

"山里人，你做什么美梦呢！"

"马蒂厄，马蒂厄，太美了。"

"开始了，这才刚刚开始。"

"你就是我的兄弟。"

"我们都是。我们所有人都是兄弟。我当然是你的兄弟。"

马蒂厄朝着市政厅跑去，他瘦削的身躯清晰地印在天幕之上，马蒂厄脚下的那条路就开在悬崖上，通向下面的平原，往下能看到绿色的庄稼，往上能看见蓝色的苍穹。没有人会相信这么晴朗的天气会下雨，不会的，大自然不会这么干的。而阳光下的马蒂厄就像一根一眼望不到头的桅杆，直指苍穹。

五点钟的时候，结果已经毫无悬念了。马蒂厄走出来，到市政厅的院子里，现在他完全可以丢下工作，因为现在任凭什么也改变不了结果。他坐在花坛的水泥窄边上，像个流浪汉，或是游牧民，把玩着花园小径上的石子，什么也不说，什么也不想。空虚。瘦了十公斤。喝了太多朗姆酒。一阵干咳。塔埃勒挨着马蒂厄坐下（他早已学会用这种安静的方式陪伴在忧心忡忡的朋友身边）。一名年轻女士走进小花园，她走得很急，石子在她鞋底滚来滚去。她身上有种不可一世的气焰，头高高地扬起，挑衅意味十足。她在两人身旁停下来。

"你高兴了吧，马蒂厄？你觉得很自豪，对不对？终于啊！属于你自己的小成功！"

"其实我们什么也做不了，我不过是无足轻重的小人物。"马蒂厄说。

"现在你可以发号施令了，他们都听你的。你现在还有多少朋友？"

"我无足轻重。"马蒂厄说。

"你那些朋友们都是一群没本事的家伙。如今他们要做领导了！我要服从这些蠢货的指挥！"

这位年轻的女士长得很美，穿着轻薄的连衣裙，脚踏一双白鞋，肩挎一只白包（裙摆很宽大，不过胸部收紧，露出肩膀，她的皮肤十分柔嫩，富有光泽，像人心果的外皮）。她几乎是在颤抖。

"我要投反对票，你听好了，我要投反对票！一张选票、一个人的声音无法改变什么，但这样我就满意了！"

"不要这样，"马蒂厄说，"你也知道这样不对。我这是为你好，你会后悔的。"

"为了这一天，我已经等了很久了，马蒂厄。这么长时间以来我一直跟自己说：把选票放进信封，再把信封从投递口塞进去就行了，要是他们能被一个声音，一个单薄微弱的声音打败，那我该有多高兴啊！"

"一个声音是不算数的。"塔埃勒说。

"但我还是要做,你听好了,我还是会做的!这是我最后一次同你讲话,我要说的就是这句:我要投反对票!"

她走进市政厅。他们在外面等着。马蒂厄神情沮丧,什么都不放在眼里。咳嗽。疲惫。死亡,死亡。塔埃勒盯着他,他备受打击,一蹶不振。为什么,马蒂厄,为什么?这一天终于来了,唯一要紧的这一天终于来了。我们赢了。大家赢了。不再虚无缥缈,不再含糊不清。啊!马蒂厄,你在替一切事物都模糊难辨的那段时光感到惋惜吗,你在哀悼充斥着欲念和黑夜的时光吗?

那位女士重新走出来,经过他们俩,他俩都没抬头,谁也没动弹,听着她的脚步落在碎石子路上,落在人行道的水泥上,落在柏油马路上,落在远方,落入寂静,落入空无,落入终结的终结。

"米尔塔。"马蒂厄说。

塔埃勒想起来了:他的第一个女人,也是一个危险的女人……他回忆起了最初的那段时光,在大海平静的嘈杂中吐露的心声。高烧,冲动,胸中的烈火,还有那个荒唐的决定。加林。

"你可能见过他,"他说,"胖男人,头发茂密,讨人喜欢,矮矮胖胖,使不完的力气。我没想到自己打得过他。我敢肯定他口袋里藏着一把刀,甚至有可能是一把剃刀。你看到他抢来的东西吗?他表现得倒像个无名小卒。不过其实可以说是他赢了,毕竟他没有做出丝毫改变。我还买了把刀呢。"

马蒂厄笑了起来。塔埃勒从口袋里拿出那把刀,把它插在地上，插在灰蓝色的碎石中间。

"他一门心思想要挑衅我。甚至可以说他在故意找我。"

"他觉得自己可以指挥一切。"

"我还以为我们能放他一条生路呢。"塔埃勒冷冰冰地说。

最后投票的几位选民从市政厅走出来。他们本想跟马蒂厄和塔埃勒说说话，不过这两个人像是被隔绝在一个圆圈或是一间牢房里，就那么坐着，像小孩或是流浪汉，丝毫不顾忌这么做是否合乎礼节。

"你净说些胡话，"马蒂厄最终回答道，"这场选举是很大的胜利，我们现在已经知道了。不过实际结果也就是一半一半，就像一半朗姆酒一半塔菲亚酒那样。他轻易就能扭转乾坤，我们选出来的人没什么实权。我们的众议员要去那边。总督和其他那些特派员有的是办法。"

"选举之后不会再有什么总督了，他们不得不离开。"

"你倒是很有野心。其实有没有总督都是一个样，实际情况也不会发生改变。"

"你怎么看？"

"还太早，现在还太早。要利用时机进行反击。也许二十年后吧。"

"你变了。"

"我累了。"马蒂厄说。

"你变了。变得更强硬了。"

"我们都成长了。"

"无论如何，苦难也不会更加深重了。我想过了：我们需要的是土地。可是无论有没有他，我们都会千方百计地争取土地，我们会争取到土地的。"

"如果苦难来自人民内部，来自与你们相似的人，来自逼迫你们的兄弟，那苦难就会变得更加深重！要想获得土地，必须齐心协力，少一个都不行！"

阿方斯·蒂甘巴从他们身边经过。警官刚刚投了票（他们没看见他进去），他几乎是最后一个投票的人。警官放慢脚步，慢得几乎停下来，不过最终他还是接着往前走了。他也没跟他们打招呼。

"你觉得他把票投给谁了？"

"他投给我们了。"马蒂厄说……

庄严神圣的封箱时刻终于来了。马蒂厄重新回到座位上去，开始对选票进行统计和整理。塔埃勒遇见了其他人，他们都欣喜若狂。他们看到米西娅、玛格丽塔和瓦莱丽从沙滩那边往回走，她们三个看起来已经认识彼此了。接下来就是等待。大街小巷到处人潮汹涌。"刚才邮局那边就有将近两千人投票，这还没完。""市政厅这边也差不多。""他们在哪呢，那些投反对票的人？""他们不敢出现了！"

阿方斯·蒂甘巴下午和帕布洛一起待了一会儿。他跟帕布洛关系不错。帕布洛能理解阿方斯的犹豫，能理解他对于没能参与重大事件的担忧，以及他想帮助年轻朋友们的愿望。帕布洛已经习惯了在警官那间阴冷的办公室里陪着他。这个周日，从下午三点到五点，他们一直在说话。

"然后呢？他们会当选的，这点不用怀疑。不过这会改变什么呢？"

"对我们来说这算是个改变。"

"你们那些没完没了的说辞。"

"阿方斯,你没得选。"

"不,我有得选。我内心深处的某些东西已经为我做出了选择。有的时候我会做梦,梦里看见几座岛环绕在我们周围,我告诉自己:不能这样,这些看起来一模一样的岛分布在两片海域里,得把它们连起来。"

"那你为什么在警察局里工作?"

"我知道,我知道。我不会在这里待很久的。不过之后我做什么好呢?"

"来和我一起干吧。"

"去哪呢,帕布洛,我们去哪?"

"我有个计划。听我说,首先需要一块地,我们种点水果,养点牲畜。一点一点慢慢来。"

"行不通的。"

"行得通。就像合作社那样。"

阿方斯做起梦来。好啊,好啊,好啊。

"我跟马蒂厄吵了一架。"

"马蒂厄,他跟谁都吵。"

"他为什么不喜欢我呢?我是他的好朋友啊。"

"他是你的朋友。"

"我觉得我更喜欢塔埃勒。"

"谁知道呢。他俩不一样,不过又很像。一个像白天,一个像夜晚。"

"谁是白天?"

"马蒂厄。塔埃勒是夜晚。马蒂厄总是领导我们的那一个,连他自己也没意识到。他想的最多,总是试图纵览全局。我们需要他。塔埃勒嘛,就那样来到我们中间了,像突然冒出来似的。"

"就像夜晚那样。"

"我们也需要夜晚。我的意思是说,谁也不知道真相是什么,只能猜测。或许我们也需要偶尔犯点小错,反思一下自己的错误。需要想想隆古埃爷爷说过的话。那些被我们遗忘的一切。非洲。大海。旅途。我们不应该那么冷漠。或许我们也能够狂热地谈论一些事情。我也不知道。就像喊出来一样,不过是想清楚了以后再那样。可能这就是为什么塔埃勒和马蒂厄要打一架。不过他俩都很清楚,他们各有各的道理。"

"没想到你知道的这么多。"

"其实也没有。我是跟这俩人学的,马蒂厄和塔埃勒。"

大街上人群的喧闹声一直传到他们耳朵里。就好像他俩也坐在大街上似的。

"帕布洛,"蒂甘巴说,"帕布洛,我依然爱她。可我不能,我不能……"

"人人都可以爱她,这是当然的。不过她是马蒂厄的。另一个是塔埃勒的。"

"我知道,我清楚得很!……"

过了一会儿,蒂甘巴动身前往市政厅,他从马蒂厄和塔埃勒身边经过。"为什么是他们,"他问自己,"为什么不是我,不是帕布洛,不是吉尔?我们真的需要选举吗?我们是平等的……"然后天色就暗下来了,除了等待结果没有其他事要做(此时选举结果依然悬而未决,具体数字仍未公布,所以城市还按捺着翻涌的兴奋。这一晚像笼罩在城市上空的贪婪之花,等待着城市的爆发,或许还会以城市的激情为食),他看见了米西娅,和瓦莱丽还有玛格丽塔一起。他看见了帕布洛、吉尔、米歇尔、塔埃勒。阿方斯·蒂甘巴看见了他们,他需要和他们在一起。

"阿方斯,你可不仅仅是我们的兄弟。"米西娅嚷道。

"是啊,"他心想,"该做的我都做了。你是知道的,对吧,米西娅?"他微笑着,最终把手伸给了塔埃勒。

九点钟的时候,整座城市像炸裂开一般。结束了,官方结果公布了。压倒性的优势。巨大轰动。市政厅后面,有一群人已经行动起来,他们正在准备火把。马蒂厄走进黑夜中,拖着沉重的身躯走向朋友们,他感到一阵深深的疲惫。街上是喧闹的人群。所有人都在大喊大叫。马蒂厄觉得很疼。吕克过来了。所有人都在大喊大叫。马蒂厄走得跟跟跄跄。有人在跳舞。马蒂厄倒在地上。"他们没看见我要晕倒了吗?"米西娅扶着他,将他带到围栏旁边,好让他靠着栏杆坐下。米西娅是他的女人,她用手捧着他的头,不停地问他怎么了,她哭了。洛梅也来了,他看起来相当平静。马蒂厄看见了其他人,瓦莱丽和塔埃勒,玛格丽塔和吉尔,吕克,米歇尔,还有洛梅那羞涩的妻子,帕布洛,蒂甘巴,所有人,他们沉默着,周围是扫荡整条街道的喧嚣,旋涡,猛冲,征服。生命多美好。

"马蒂厄,结束了。"洛梅说。

"是的,阿勒西德,是的,我们赢了。"

慢慢地,他们互相拥抱在一起。

5

周日下午,年轻的姑娘们在工厂的铁路上相遇,她们商量着决定一起去沙滩,打算在那里待到太阳落山。显然对她们来说这只不过是权宜之计,用这个法子避开城里熙熙攘攘、群情激荡的人群再方便不过,况且(特别是对米西娅来说)也能缓和她们自己的焦躁不安。不过这场向沙滩撤退的行动(铁路上的相遇作为序曲)不只是完成一项协商好的计划那么简单,更是为了响应同一种召唤,也是为了达成她们各自的心愿。米西娅、玛格丽塔和瓦莱丽都希望能够了解彼此,弄清楚究竟是什么让她们之间突然产生联结。于是,尽管这种联结并不容易达成,她们谁也没有抛下彼此单独行动。

海边空荡荡的。能看见几个游客,沙滩上突如其来的清静让他们有点摸不着头脑,不太确定自己的旅行计划是否妥当,只好在白花花的沙滩上四处游荡。年轻姑娘们躲在椰子树下一处阴凉的角落里,躺在被晒干的树叶上,眼睛望着大海的方向,海边的峭壁在海面投下巨大的阴影,覆盖住比布满泡沫的险滩更远的海域。

米西娅有点害怕,马蒂厄看起来疲惫不堪。她也不知道自己究竟应该同什么做抗争……她盯着浅滩,试着把眼睛眯成一条缝,她知道眼前这片海一定是暗流涌动、凶险万分。她想玛格丽塔应该为吉尔感到自豪,只有吉尔和帕布洛能征服这片险滩。还有塔埃勒也能。瓦莱丽也应该感到骄傲。米西娅一边盯着险滩,一边思考那个道德审判意味十足的问题:"加林的死是不是只与塔埃勒有关呢?"不是。这个问题真蠢。是他们一起决定的。比方说她自己就应该比塔埃勒承担更多责任。她似乎还能听见自己说："是我们，是我们一起杀掉的！"况且能参与一项这么有用的工作也不错：这可是除掉了一个内奸。这个内奸杀过人，还准备盘剥同胞。她又想到如果换成马蒂厄，他绝对游不过险滩，不过从某种程度上来说她也为他感到自豪。马蒂厄在几个人当中是最瘦弱的，他不得不先征服自己的身体，他却从不曾退缩。要是没有他的话，他们什么也干不成。不过米西娅又想到马蒂厄现在病恹恹的，筋疲力尽，可她又不知道该怎么做才能让他好起来。米西娅的眼睛里很快溢满了晶莹闪烁的泪水，将太阳折射出好几道光芒，泪眼蒙眬中那片险滩好像张皇跌落的星辰散发的熠熠光辉。

玛格丽塔躺在米西娅和瓦莱丽中间，像她俩一样一动不动，用自己的身体在马蒂厄的女人和塔埃勒的女人中间隔出一条中立地带，她将身体摊成柔软的一团，迟钝麻木，昏昏欲睡，与周遭仿佛有重量一般的明亮光线融为一体，在阳光之下劈啪作响。她仿佛逃遁至一片混沌之中，灵与肉不再截然分明，不过时不时地，一些思想的碎片和一闪而过的灵光，抑或是神的启示和明明灭灭的预感，还是会穿透她刻意营造的温柔乡。她觉得（同时又懒懒地懊悔不已，因为自己没能再坚持抵抗一会儿，就这样听任思绪飘飞）米西娅变得越来越强大了，一开始的时候，米西娅就告诉她，马蒂厄总有一天会因为爱上她——米西娅——而抛弃她——玛格丽塔。米西娅为此还特意让她——玛格丽塔——看见她——米西娅——被马蒂厄搂在怀里（不过现在她——玛格丽塔——确信当时自己看到的只是某种兄长般的爱抚）。米西娅还让她——玛格丽塔——相信自己爱的是吉尔。米西娅不停地向她列举吉尔的优点，说他心地善良，体魄强健，柔情万丈，直到她——玛格丽塔——让步才肯罢休。于是她就变成了那位阴郁美人指间的一块面团，任凭揉捏。玛格丽塔觉得最令人惊讶的是，米西娅居然是对的。归根结底，马蒂厄爱的是米西娅，而玛格丽塔爱的是吉尔。这一切围成一个圆圈，形成一个旋涡，飞速旋转。她——玛格丽塔——乐见如此。一切都开诚布公、干脆利索、显而易见，同时又模糊不清、转弯抹角、反复无常，她觉得这没什么不好。再说了，她也尝试介入过，但每次，每次都是无功而返。塔埃勒真的见到了瓦莱丽，也真的找到了加林。一切事物都在既定的轨道上运行，对于她——玛格丽塔，则毫不关心。她不是那种强势的人，说服不了任何人。她也从来不觉得现实会愿意考虑一下她的意愿。她没有任性的权利，她不像米西娅，米西娅就敢。"马蒂厄·贝吕兹，你愿意此时此地，在上帝和众人面前，娶玛丽·策莱为妻吗？"他们肯定会在教堂里结婚，尽管有各式各样的理由反对他们这么做，尽管大家的观念都革新了。可在教堂里结婚还是当地的传统……

玛格丽塔迷失在纷飞的思绪中。她待在阴凉里，却也渐渐感觉酷热难当，周遭一片暑热，为了逃离这些思绪所做的努力也让她感觉头晕眼花。米西娅突然用手臂支撑起身体，越过玛格丽塔摊开的身体盯着瓦莱丽看了很长时间。

"跟我说说你家的房子吧。"

瓦莱丽坐起来，她们两个面面相觑。

"凭什么？又没什么好说的。你提的这是什么问题嘛！"

"我跟你说，我们这地方周围全是山，平原都是被海冲出来的，很狭窄，气候炎热，直到土壤深处都是热的。所以我们这里和温柔宁静半点关系都没有，处处惹人焦心。天气永远不会不好，没有半点温柔和宁静。可是你住的地方在海湾深处，离大海很远，没什么人路过，也听不见人声。到处是静悄悄的绿色。种了很多甜橙树和水田芥。树荫倒是清凉，仙境一样。不过好笑的是那地方叫焦坑。"

"那里叫什么？"

玛格丽塔闭着眼睛趴在地上，一动不动，感觉她们说的话好像是从她背上飘过去，一来一回。

"没错，就是那个梦一样的地方。一派祥和。去到那儿好像就能忘掉一切。那里似乎永远也不会有悲剧发生，没有钻营算计，没有苦楚悲伤。在那儿你能听见大海的声音，但不会觉得吵，能晒到太阳，但不会觉得光线刺目。那种地方却叫焦坑，是不是很好笑？"

"确实好笑。"瓦莱丽说。

"所以说还是得让老学究来起名，老学究从别的地方来，一来就宣布这里是山谷。"

"山谷。"瓦莱丽说。

"山谷里还有什么呀？娇艳花朵和新鲜空气中间生活着谁呀？是另一朵花，最漂亮的那朵，就像一整片甘蔗田里最高的那一根顶上的穗子一样惹眼。我跟你说，那是一位高个子的漂亮姑娘，她高额丰胸，不过不会太夸张，脚踝纤细，那么纤细以至于走起路来轻盈得像是在飘荡。像纤细的棕色植物那样惹人怜爱。她住在一栋白色的房子里，你看，就是有宽敞游廊的那栋，房子里传出摇篮曲的轻柔乐声。她平日里就做做果酱，纺纺丝线，烤烤蛋糕。这才叫生活。不过房子四周却是一番破败景象。"

"你说的可真美，"瓦莱丽说，"不过你看到那里的破败了？"

"四周全都沉浸在苦难之中！奴隶们有的被折磨致死，有的被砍去手足，有的忍饥挨饿。人们把奴隶圈禁起来，强迫他们昼夜不停地劳作。整片土地都被抛掷进黑夜之中，长达几个世纪之久。可是山谷还有山谷中不可亵玩的花朵却兀自美丽！"

"你怎么知道我家的房子是什么样？"

"我去过！……当时我就想去看看。"

她们盯着彼此看了很久。玛格丽塔受不了了，她翻了个身，变成平躺的姿势，睁开眼睛，目不转睛地盯着椰子树上一动不动的叶子，像一根刚直的天平横梁。

"我可全都听见了。"她插了一句嘴。

瓦莱丽和米西娅之间的紧张气氛一下子缓和下来。她们都笑起来，笑作一团。

"我要和塔埃勒一起到山上去。"瓦莱丽说，"也不是非得吃一番苦才能明白事理、做好准备。女人们如今都懂得这个道理。我们不着急，一点都不急。因为我们内心都很笃定。漫长的黑夜已经过去了。"

"塔埃勒教给你不少东西嘛！"

这下轮到瓦莱丽嚷嚷起来了："我自己想明白的！"

"好吧好吧。"玛格丽塔说。

这地方就是这样。人们汇聚在这里，让这里变成一只盛满了噪音的瓮。米西娅和瓦莱丽一向合不来，可她俩现在情同姐妹。这片土地难道也要纵身一跃跳进大海的浪花中大声呼告吗？马蒂厄生病了，不过他的确尝到了成功的滋味。但问题就是事情的千头万绪还没理清楚。遗留问题还是很复杂。仍然有不同意见的声音试图加以阻挠。谁能最终将这些反对声音排除出去呢？唯有太阳，太阳是唯一清晰的象征。那个孩子依旧没有长大。这地方就是这样。

不过还有一件事情是可以确定的，那就是今后人们无论能不能达成一致意见都不再要紧。人们度过的不仅是漫漫长夜，还有昼夜交替之际的一场战斗。米歇尔什么也没说，不过他确信自己实现了毕生的追求。帕布洛好动爱闹，吕克心思缜密，马蒂厄满怀激情，至于塔埃勒，他身上有股阴险的狠劲。

这地方就是这样，像一只酿酒桶，一口大锅炉，永远在沸腾翻滚！是啊，大海奔流不息，岛屿是它的渣滓。陆地露出一抹微笑，迎接无数个白昼中独一无二的那个，就像迎接一场新生。与这场新生相伴而来的啼哭最初并不嘹亮，声音含混不清，不过很快就响彻寰宇，像种子撒向大地。我曾听见那番话语，它深深楔入我的生命，长出庞大的根系。我曾结识马蒂厄和塔埃勒，还有他们的朋友们，他们也成为我的朋友，在我朝着世界与真相攀登时担任我的导师。我还结识了瓦莱丽，我想将身体里的根须拔出，可它扎得那么深，我力不能及。我本应该将手掌覆于粗粝的身体之上，我本应该用尽洪荒之力将根系拔出。如此一来宁静有力的回忆便会散落在词语中间，回味悠长；如此一来这地方就会原原本本地显现在我眼前，还有数不尽道不完的苦难，以及一切在迫不得已进行的抗争和随之而来的新生中饱受摧残的美丽事物，所有这一切都将呈现在广袤世界的沙滩上，像汁液饱满的树叶轻轻抽芽，像榕树的枝条包围大海。

瓦莱丽心里想的是大海。她盯着险滩看了好久，突然大声说道，原来他就是在这里采取的行动，原来他就是在这里朝着加林扑过去，在白花花的浪涛和大海的隆隆声中。他和小船一起颠簸摇晃，加林肯定与狂怒的大海进行了一番搏斗（过了多长时间？），塔埃勒在险滩中浮浮沉沉，不过最终还是被水流带到了裂隙河的入海口（瓦莱丽盯着那团了无生机的黄色浑水，泥浆似的水在海滩上冲出了一个贫瘠荒芜的大洞，她注意到大张着的空荡荡的洞口周围，沙子的颜色是那么黑，黑到发亮，黑得彻底，黑得令人难以承受），他就是从这里被冲上沙滩的，打鱼归来的人们有一次在此地从海里拖上来一根橡胶树的木头。这地方远离暴怒的险滩，浪花轻柔地舔舐着沙滩，附近有渔民的渔网和他们丢下的椰子壳，这一切构成一幅劳作的安宁图景。瓦莱丽没动弹，想到了自家住的那栋房子。险滩让她不由自主地联想起她家：这边的海水腰肢款摆，那边的浓荫遮风挡雨，这边的小船在浪尖上航行，就像那边的山谷坐落在稀树草原之上。她想到实际上米西娅说的没错，她对这片土地，以及对于土地上熊熊燃烧的力量之火究竟意味着什么一无所知。她在无忧无虑中长大，有些事情光是知道还不作数，得喊出来才行。瓦莱丽一动不动，尝试着让思绪进入险滩，让险滩占据她的整个心脏和胸膛，用心感受那股暴力和每一丝细节。海边峭壁投下的影子慢慢倒向大海，她越来越能看清海面上的泡沫，像植物宽阔舒展的根部，可是根部发出的声音刺破空气，一直传到她耳中。

这时米西娅打破了凝滞的气氛。

"快六点了……"

于是她们决定回到城里去，裂隙河的水漫上平原，仿佛是一面镜子，河水溅到她们身上，惹出一阵阵大叫。不过她们每个人心里想的都是塔埃勒曾经沿着这条河一直走到海边，没放过沿途的任何一个河湾。

在市政厅前面，她和男孩子们一起等着。蒂甘巴从他们身边经过，米西娅冲他喊："阿方斯，你可不仅仅是我们的兄弟。"一直等到晚上九点才公布结果。不过最初的那阵兴高采烈过后，他们就意识到得将马蒂厄送到米西娅家中去（"什么都别跟我妈说。"他不停地嘟囔）。大家到了米西娅家中，在第一间房间里等着，房间的窗户正开向纷乱熙攘的街道。意外发生的那天他们也是在这个房间里。当时他们渴望听到的嘈杂、话语和喧闹在眼下这个胜利时刻全都听到了。然而突如其来的病痛面前却是一片寂静。马蒂厄被带到楼上的房间里去。

"米西娅继承到这栋房子真是走了大运。"吕克小声说。

他们都在房间里等着。可是不一会儿，心思就被火把游行的队伍带走了，火把游行的吸引力超过了他们对朋友的担心和友情。

"我理解，"马蒂厄对米西娅说，"我理解。跟他们说去参加游行吧。今天是值得好好庆祝一下。你也去。"

"我才不去呢！"米西娅大声说，"我就待在你身边，永远。"

于是其他人都朝市政厅的方向走去，人们在那儿集合。他们几个突然一下子全都离开了马蒂厄，成群结队的，好像这样做就更有勇气了似的。不过瓦莱丽和塔埃勒还是在马蒂厄身边多待了一会儿，之后才去找其他人会合。

"你看，我们相当于是白干一场，到头来还是只有我们几个。"马蒂厄说。

米西娅笑了起来。她还是那么爱嘲弄人。

"你才不是一个人。马蒂尔，马蒂尔。我总还在的，对吧？"

听到米西娅这么说，他们才离开马蒂厄，这样他们也不至于觉得特别辛酸难过。

可是火把游行过后，塔埃勒和瓦莱丽却没有勇气重新回到米西娅家中去。塔埃勒送瓦莱丽回家（这位年轻的姑娘头一次在外面待到这么晚，尽管她教母把选票投给了人民党代表，可她也不一定会赞成瓦莱丽晚归）。不过他们在通往瓦莱丽家的那个岔路口并没有走上应该走的那条路，而是心照不宣地继续慢慢向前走，这条路一直通到海边。这是属于他们的夜晚，是日复一日的琐碎生活来临前最后一段不确定的时光。两个人在夜色下的大海里融为一体，不再记得来路与去向，不再记得漫长焦躁的等待，也不再记得盘根错节的愤怒。他们轮流扬起温柔的帆，鼓起有力的浪，在幸福中震颤。他们似乎已在这片海滩上生活了千年，从爱情降临的那一刻起，到不可逃避的审判来临，一直生活在这里。他们也看见隆古埃爷爷的家乡，令人本能般地想要逃离的岩洞送出阵阵微风（塔埃勒在半梦半醒之际甚至还想起马蒂厄曾经劝他要"站在岸边"），他们在时间之河里徜徉，河流波澜不起，一直通到他们脚下。他们在海上漂泊，参加起义，在森林中逃亡，尝遍野果的滋味，然后他们一起回到当下，明亮的，几乎是柔和的当下，他们知道自己仍在因为白天的疲惫而兴奋颤抖,大汗淋漓,皮肤上还有火把游行后留下的气味,那是走街串巷的狂热游行留下的烟熏火燎的味道,他们紧紧挨着彼此,终于能够自由地相爱(有关险滩的记忆一次也没跳出来打扰他们,他们谁也没有忆起那次可怕的泗水,从中幸存下来的塔埃勒没有,想象那番场景的瓦莱丽也没有),终于能平静而笃定地将自己托付给对方。

"哇呀呀,我教母该不高兴了。"

"她肯定都睡了,放心吧。"

"这位先生,你是想害死我吗!"

他们站起身来,就要走了,可这时大海又将他们留下。他们听见大海在喃喃低语。两人试探着海床的深浅,海水发出时而蓝色时而绿色的闪光,忽而又有一道耀眼的白光划过,在海面上划下一道条纹。塔埃勒想在浪里走。瓦莱丽往前面跑去,她是土地上的波涛,她沐浴在土地之中。

"加勒比海!加勒比海……你不觉得这个名字有点太长了吗?应该起个更吸引人一点的名字……"

"但是这个名字比较公道。他们在这里遭到屠杀……至少大海还保留着他们的记忆……"

"好吧,"塔埃勒说,"等我们到月亮后面去的时候,大海也会保留我们的记忆,但愿如此!"

6

你坐着，两腿和身体止不住地发抖：火把游行！你待在那儿，在米西娅家门前，不知该何去何从。你听见长号和单簧管奏出的第一串音符：长号的声音颤抖而嘶哑，流露出一股虚假的柔情，又像是人的笑声，单簧管的声音突兀而诙谐。偶尔传来一声震颤灵魂的沉重鼓声，似乎鼓声也想保存体力，又似乎鼓声仍有顾虑，因此不能放开手脚发出打铁或骑兵行进般富有节奏的召唤。你和帕布洛、玛格丽塔，还有吉尔在一起，像他们一样绕着被疾病阴影笼罩的房子兜圈子。你不明白瓦莱丽和塔埃勒怎么还不出来。他们在干什么？马蒂厄在说什么？

在这之前你一直跟着他们，时不时地搭把手。你甚至还和吉尔一起移动了床的位置，好让马蒂厄离窗户远一点：也就是说你也进入了那个房间，嗅到了疾病不由分说的味道。他们把药拿来以前这种味道给你留下很强烈的印象。当时你做了什么？当时你做了些什么？

（我扪心自问，答案很快浮现。其实答案就在那儿，镌刻在过去当中，不可磨灭。再怎么组织语言、花言巧语都没用，时间的巨轮总是将那些镌刻在一成不变的话语里的相同回忆再次带回来……让我来告诉你，你当时做了些什么。）

你就在那儿，坐在土地边上，离房子不远。你不敢离开，可是你浑身发抖。人群的喊声穿过大街小巷慢慢膨胀，长号拖长了音符，单簧管的乐声在跳跃摇摆，你的心跳得像擂鼓。火把游行！

你还在想：瓦莱丽和塔埃勒，他们在做什么？马蒂厄在说什么？房子里有股力量试图将你拉回去。你浑身颤抖，尽管你想到马蒂厄病了，独自一人，他为你们所有人做了一切，眼下的欢乐会令他感到沮丧，你们的离开又会将他抛入更深重的孤寂（没错，尽管米西娅陪着他，尽管米西娅爱他，可他还是身处孤寂之中），但你还是突然跑出去，像是要将内心的悔恨和犹豫一扫而光。你穿过大街小巷，向着市政厅烟火缭绕的花园跑去。你将马蒂厄忘在脑后（尽管你之前问过：他在做什么？——多么伪善的问题，因为你明知道他会这样说：孤独是留给他的，欢乐属于朋友们……他说这话的时候无欲无求，无怨无恨）。你一跃而起，其他人跟在你身后。或许他们会很高兴，因为除了跟着你别的什么都不用做，你这个淘气包已经做好了一切决定。这时你终于赶上他们，成了名副其实的头儿。于是你的第一次倡议、第一次指挥被打上了抛弃朋友和鲁莽行事的烙印。

噢！欸噢！火把游行！队伍最前面是乐队。长号和单簧管在鼓声组成的背景音上一唱一和。跟在乐队后面的是本地的当选者，肩上披挂着绶带。再往后就是沉浸在喧闹和歌声中的人群。同一段铿锵顿挫的旋律被他们没完没了地演奏着，传入家家户户，从四面八方追堵截那些整日待在塞满了软垫子的卧室里、思想正统保守的人。人群的狂热也没完没了。

火把环绕在你周围，在你脸上刻下火焰的痕迹。人群总算从花园里蜂拥而出，你跟着人流往街巷深处走去，此刻你也幻化成一阵喧嚷，一阵达姆达姆鼓声，随着节奏左右摇摆。

行进中的人流秩序井然。人们都穿上了节日的盛装，裤脚挽起，衬衫敞开，这副装扮似乎已经成为惯例。种地的人带着他们的镰刀，打鱼的人头戴宽大的巴库瓦草帽，被海水浸泡过的草叶极硬，若是经过时不小心碰到，便能将人的皮肤勾住甚至划伤。人群缓缓唱起歌来，舍尔歇大街（从前的圣罗兰大街）才走了一半，人群的喊声就已经震天响了。

你是否想起舍尔歇？他生活在一个世纪以前，却捍卫着生活在未来的你。

街边的屋舍千篇一律，铁皮屋顶一直延伸到人行道上方，人潮就在屋舍之间涌动。兴奋到几近发狂的人群勾肩搭背，一直走到巴亚丁大街（我知道你总在想这位巴亚丁先生究竟是位什么样的人物，可能是从前的某位市长），从天堂电影院门前经过，你总把这地方的名字说成是"天宫电影院"，这次路过你连瞧都没瞧上一眼，这里总在上映警匪片，那些"代表作"里，演员们掏枪的动作都很快，拳头都很硬，你常和三年级的同学们一块来看，在离屏幕很近的地方兴奋地跺脚，就好像你们也属于电影中的正义一方似的。

巴亚丁大街与舍尔歇大街平行，你一边大声喊着一边穿过巴亚丁大街，一会儿与人流同向而行，一会儿又与人潮相向而行（因为离开此地的人流敌不过汹涌的人潮），你经过一条街巷，街巷的地面由水泥浇铸而成，巷子最深处就是马蒂厄的母亲住的地方，她还没睡，独自一人待在她那只有两个阴暗小房间的公寓里（公寓活脱脱就是一间用铁皮搭成的茅屋）。只在那么一瞬间，在瞥向巷子深处的时候，你才想起了马蒂厄的母亲，她躺在搁板下面，搁板上摆着圣母像和带耶稣的十字架，她听着外面传来的喧闹声，不知道自己该不该出去庆祝，又或许她在徒劳地试图从喧闹声中分辨出他的声音，在无边无际的声音海洋中，分辨出她那远方的儿子的声音。

终于你看见了瓦莱丽，被塔埃勒搂在怀里，她紧紧攀着塔埃勒的臂膀，差不多快要被举起来。当时你听见她大声说："我教母会生气的！"不过仅凭瓦莱丽自己还不能让你从游行的群情振奋和音乐节奏中分心。你甚至没再看她第二眼，尽管瓦莱丽在火把明明灭灭的磷光中显得光芒四射，格外耀眼。孩子们在游行队伍周围飞奔，像一个旋涡，又像是果实松软易变形的果肉，而队伍里大喊大叫的男男女女们就是这果实的果核。

栅栏街（不过街上并没有栅栏）横亘在主街尽头，主街慢慢变窄，在尽头处几乎变成一条小径，通往宪兵队总部、医院、体育场和乡下。

你是否想起了乡下的甘蔗，想起了那片被人们称作"体育场"的难以名状、荒凉芜杂的土地，想起了破破烂烂、外表斑驳、摇摇欲坠的医院？

宪兵队总部（楼体被刷成黑色，百叶窗都关着，人们能看到过道最深处的马厩，里面有几匹马，臀部闪闪发亮）门前，每个人都在喜气洋洋地合着音乐打拍子，人潮涌上栅栏街，一直蔓延到栅栏街与通向广场的屠宰场街交汇的路口。那里的场面更加壮观，人流更加汹涌，屠宰场街两侧有小径一样的夹道，夹道上和行道树中间也全都是人。那条街上没什么房子，隐匿在街道深处繁密树叶间的只有黑暗。火把因而显得更加奇幻，让人们想到传说故事，还有故事里的巫师。地势较高的地方有些开阔地带，黑压压的人群蜂拥而入，随后到达广场（经过散发着浑浊气味的屠宰场），人群旋即铺展开来，也像是被一下子稀释了，在广场上犹豫不知所终。就这样，人群先是坠入漆黑一片的神话和传说，而后最终抵达澄明开阔的葫芦树广场，那里天地广阔，景致平庸得令人安心。

你可曾想起过，在栅栏街和屠宰场街交会的路口，你可曾想起过远在乡下的米西娅家的房子？你可曾想过你的朋友，你的兄弟？他也听见隆隆的回声，觉得自己看见了火把。当你急匆匆地奔走在林间的小路上，被身边的人推搡裹挟的时候，脑袋里想的是什么？你还要问那伪善的问题吗？你还要问"马蒂厄说什么，他说什么"吗？

让我来告诉你马蒂厄独自在房间里说了什么：

"现如今我的研究没办法再继续开展，我病得太严重，身体太虚弱。得好好养养身体。或许研究进行不下去也是因为对过去的细致研究与当前的任务无关？可我确信它们密切相关。问题出在我自己身上。"

"米西娅，米西娅。过去那么长的时间里我怎会如此盲目？为什么？为什么这股荒谬绝伦的力量总想将我拉走？"

"似乎夜晚的整支华尔兹都是我对自我的追寻，与旁人所有的剑拔弩张最终都会将我剔骨剥皮。"

"告诉我，女人，我的女人，一个男人难道不应该享受工作，然后在曙光来临之际与兄弟欢笑跳舞吗？"

"是不是有一面屏障，在我们的父辈与我们之间是不是横亘着一面屏障？既然我们决定每一天都要活得明明白白、遵从内心，那是不是说一切都应该做个了结？不是的，不是的。我们什么决定都没做。是人民在领导斗争。是人民将我们这群孩子带上征程。我们是谁？旷野上的几块标识，洪流中的几座方位标罢了。绝不是什么领导者，不过是留心的客旅人罢了。因此，马蒂厄，不必悲伤。无论在这儿还是在那儿，无论是在这张床上还是在大街上，洪流不曾改变，你也置身其中。听吧，听那喧闹。他们现在在十字路口，马上要沿着屠宰场街走下去。他们会想起我吗？应该没这工夫。他们正大喊大叫着呢。这很好。马蒂厄，让他们去叫唤吧。待在那儿别动，躺在床上。这就是你的小花园，不是吗？现在这里就是你的公共花园。这里是你常坐的那把长椅，在左手边最里面。属于你和米西娅的长椅。他们会绕着花园游行。那时候他们或许能想起你。他们会说：'看呀，马蒂厄在花园里，我们过去看看，他在最里面的那把长椅上。不，不，不是那把，在另一边，左边的那把。他在哪儿？马蒂厄，你在哪儿？'他们到处找我。我就在那儿，和你们在一起。听吧，你们听，我什么都放弃了。会有别人来继续工作，会有别人继续研究。我之前做到1788年大起义。伯爵将军杀了不少人，他把幸存者流放到北方大岛上去。我的研究就停在这儿。这一年（为了重新增加人口）有一大批人从几内亚过来，新来的这批人当中有许多逃到森林里去，过上了逃亡生活。我的研究就停在这儿。会有人继续这项研究的。我太虚弱了，精疲力竭。"

"亲爱的米西娅，我们该走了。我得好好休养身体。我们也没做多少事。不过总算结束了。也就是说我们如今能够畅所欲言，不必再说些支离破碎的语句，不必再悄声低语，再也不必了，我们说的话不再会随风飘散，我们能高高兴兴地谈论许多事物，甚至还能合辙押韵，滔滔不绝，我们能以'我说的是'这样的句子开头，我们能跟任何人讲话，任何人。"

"我能听见他们的吵闹声，就好像我自己也在那儿一样。孤独终于结束了。用力敲响鼓点吧，鼓手们！这不，我又重新变成了抒情诗人，我情不自禁。可我又是那么疲惫。帕布洛，不要忘记我。塔埃勒，不要忘记你的兄弟！我还拥有什么呢？米西娅很快就回来了，带着药回来。她会让我喝下那些散发着难闻味道又苦涩无比的草药。医生过来以前她也没什么别的办法。这些草药会流进我的血液里。她会伸出援手，也会尽情自嘲。她会在看过火把游行后回来，愁眉不展，满腹忧伤。"

"我心里很平静。"马蒂厄如是说。

此时你跟着人流再度出发。你可曾想起过马蒂厄？

在广场上游荡片刻后，人潮现在涌上了主街。这条街的坡度很陡，人行道都被砌成了阶梯，孩子们在台阶上跳来跳去，人潮往来时的方向退回去，重新涌上数不清的台阶。人行道和沥青路面中间有很深的排水沟，得当心不要掉下去。你走在塔埃勒和瓦莱丽身边。

你可曾想过，塔埃勒第一次到这条街上来时见到的景象同现在一样？商店都关着门，百叶窗从墙面上凸出来，都快要伸到马路上去。街边的深沟，运送货物的滑梯，不过这儿没有甘蔗！塔埃勒望向高处，火灾过后那里的地面被烧成焦炭。现在他感到一阵高兴：有人在那儿新建了一栋房子。

没必要再沿着主街往上走到栅栏街了，最好是拐进前面这条小胡同，小胡同的一侧有着四米高的围墙。围墙后面是什么？花园，泳池，泳池跟胡同一般长，花园一端有座房子，车库、厨房、马厩什么的在花园另一端。房子是加洛特的,他从前是市长,当时人们最讨厌的就是他,这人几乎是剥削的化身。四米高的围墙简直是座碉堡。人们总说墙内有花园和泳池,可除了女仆、奶妈和长工,谁又亲眼见过呢?谁又认识里面的奶妈和长工呢?

单簧管在这堵围墙前吹奏出尖锐的乐音。你可曾想到,这堵被漆成明丽黄色、占据了一整条胡同的四米高混凝土围墙象征着怎样冰冷漆黑的边界线?你可曾想到那愚蠢的区隔?你可曾想到加洛特一家,还有同他们一样的那些人就这样被流放?你可曾想过,究竟需要怎样的努力、抗争和骁勇才能推倒这条边界线?你可曾想过,世界上的其他地方是否也有这样的边界线?

吕克喊的声音最响,人潮在宪兵队总部前面停下,喊声震天,火光在监狱的外墙上投下奇幻的影子。随后人流走上教堂旁边的街道,绕过公共花园:那是两条由石砖铺砌路面的小街,十分狭窄,花园后面有青铜做的喷水池。队伍很快转了个弯,队首的人们兜了一个圈子,斩断人流,惹来一片骚乱。舍尔歇大街又重新被人潮扫荡。人流停在市政厅前面,逡巡不前。人们不知该怎样作结,不知该怎样标记路途的终点,出发的命令在夜色里绚烂的火光中得到圆满执行。

你可曾想过,这条流经城市大街小巷,最终停在市政厅前,冲击出一片喧闹三角洲的人流真的象征着彻底的解放?你可曾想过,这条河经历了同语言一样的进程:最初紧绷僵硬,讲究礼数,神秘莫测,随后变得平静,再之后清晰可辨,最后发出沉重的喧哗嘈杂?

你可曾想起裂隙河，想起它泛滥的话语？你可曾想起侵占整片平原，几乎包围城市的大水？周日夜晚的这座城市，是夜色里黄色的河水中央仅有的红色光斑，是欢乐与欢愉的应召之地。

你看见米西娅从旁边走过：她径直劈开人流，根本没有停下脚步，也没看见火把，毫不客气地从朋友中间，从不认识的人中间，从孩子中间穿过。她匆匆忙忙地跑着去给马蒂厄找些草药。也许这时，当你看见年轻的姑娘全神贯注，步履匆忙，穿过叫声、歌声、节奏和光明（从前她是那么喜欢这种欢乐气氛，喜欢分享众人的快乐），你总算能从兴奋和狂热中回过神来？你知道（倒也不是确切无疑地知道，只是在你内心最深处隐约知道）自己什么都记得。你知道，此刻歌声中的激昂与狂暴不仅仅是一种致敬，更是一连串的感激与颂赞，献给成就了你、塑造了你的人（就像人们用黑土泥团建造雕像，加上胳膊，加上腿，用刺槐树的刺画上脑袋、眼睛、嘴巴），也不仅仅是你，不，绝不仅仅是你，还有街上的整个人群。

你没有遗忘，你也在歌唱。

解放者舍尔歇，森林里的逃亡者，被鞭子抽打的人，被杀害的人。总想安抚和结盟的将军们。满脑子只想着复仇的决策者们。做着不切实际的平等梦，却没有发言权的上当受骗者。还有你的母亲，你的兄弟马蒂厄，你的姐妹米西娅。

你突然间明白过来，这段历史只不过是提供了一股凶狠的推力，推着人们逃离被强加给这个地区的狭隘，逃离压垮整个民族、滋生仇恨与苦难的琐碎不堪。为了夺回那棵金凤树，那棵张牙舞爪的木棉树，还有那片闪闪发光的险滩，人们付出了全部的努力。你终于明白为什么马蒂厄、米歇尔、塔埃勒都没有细数和丈量苦难，没有追究难以穷尽的细节。你终于明白为什么对他们来说，一时间认清苦难的本质、晦涩以及给人们带来的侮辱就足够了。你也终于明白他们为什么会在烈火熊熊燃烧的时候期盼某一簇火焰能够窜出这片伤心之地。你看见火急火燎的米西娅在城市似火的热情中奔走，你终于明白他们找到了长出金枝的神树，见识了雄伟壮丽、无边无际的大海，他们（还有你，还有整个民族）再也受不了慢慢收紧的钳子和凶残的表象。你也终于明白，与此同时，在突然获得的自由中，或者说突然为人所知、突然从黑暗中浮现、光芒万丈的自由中，现实已经以崭新的方式站稳了脚跟。疾病，草药。现如今应当以卓越战士和获胜者的骁勇，以耐心和坚韧，一一清点伤口。就像米西娅一下子劈开人群，对夜晚的绚丽视若无睹一样。不过可以肯定，绚丽的正是她自己。

就这样，纽结被解开，语言被解放。市政厅前有一场演讲：你跑得太快、喊得太厉害，以至于没办法凝神定思好好理解那些词语的意思。词语飘浮在表面，为永恒的歌唱、舞蹈和节奏作证。人们需要词语，要认真谛听。不过有些时候也没必要急着去听。等到只剩下回声，等到只剩下凝结的存在，词语自然会从心底苏醒。他们终于能做个总结：总结绝不是冷冰冰的逻辑，而是热情的抚慰。

人群慢慢散去，所有人都回去面对自己的生活。阿方斯·蒂甘巴也在那儿，这位年轻的警官也参加了火把游行！瓦莱丽对塔埃勒说："我跟你说，她肯定希望我们住到她家里去，她会去南方的。"还有帕布洛，吉尔，吕克，玛格丽塔，米歇尔。他们决定回到米西娅家中去。"马蒂厄或许已经睡了。"吕克说。瓦莱丽和塔埃勒不愿跟他们一起。该进去了。

（我就这样跟自己说话，这一天快要结束时的图景在我眼前原原本本地迅速浮现……）

就在我们要分别的时候，一个消息传遍了大街小巷。谁也不知道消息是被谁传出来的。"他走了，那个老黑人，他离开我们了！"

纽结的最后一个结。

"他走了，我们的几内亚黑人！"

然而在最后突然爆发的活跃又证明他并未离开。他前所未有地存在着，他从山上的森林里走出来，从大屠杀和1788年移民潮那时起，他就住在山林里。因着他，祖先的土地才最终嵌入人们共同的灵魂。再也没有奥秘，再也没有传说，再也没有关于夜晚的学问，土地剥落殆尽，但依然活着。人们纷纷将目光投向森林里那座在此地并不能望见的茅屋（尤其是年轻人，因为上了年纪的人已经如此习惯于遗忘，他们内心深处只能隐隐约约感受到一阵不可名状的忧伤）。人们站着不动，逡巡不知所终，颤抖的声音传遍大街小巷。可以说他打赢了属于他的战斗，那位年迈的巫医，年迈的逃亡者（没错，就是在那个被选定的时刻，过去终于同前所未有的当下勾连）。因而可以认为他从未像此刻这般鲜活，此刻仍因呐喊与热情而震颤的人群动弹不得，在火把行将熄灭的火光中，有人反复说着："他走了，那个老黑人！隆古埃爷爷这次真的死了。"

7

我想塔埃勒和瓦莱丽要离开的那天应该就是他们所有人最后一次聚在一起。马蒂厄还在生病（不过医生允许他下楼到院子里走走），人们觉得他可能是得了心病，这才日渐衰弱，无精打采。他患上了一种难以理解的忧郁症，尤其是当所有人都感叹他对米西娅的爱有多强烈时，人们更是这么觉得。而那位年轻女士则放肆地抵抗这种爱（有时她的奚落太猛烈，以至于惹得马蒂厄生气），同时不顾一切地想要治愈他。塔埃勒的母亲被悲伤和忧虑折磨得几乎丢了半条性命，不过她明白米西娅才是最有资格照顾她儿子的那个人。整座城的人都知道马蒂厄现在住在米西娅家里，并且丝毫不感到意外。他俩在一起已经很久了，只是此前从未公开过。米西娅的父母尽管埋怨他俩就这样随随便便地生活在一起，可也认得马蒂厄，并且十分器重这个年轻人。他们自己也是在女儿出生后才结的婚。帕布洛说，在这个地方，多的是非婚生子，那些在合法婚姻关系中诞生的孩子反倒更特殊。他总对吕克说：

"闭嘴吧，你的出生只是义务罢了。我们才是爱情的结晶！"

本堂神父想了点法子，让米西娅和马蒂厄成为教理书所规定的"合法夫妻"。两个年轻人的政治观点反而没让本堂神父觉得有多要紧。看着他们坐在教堂里的扶手椅上，向他们发表关于基督徒义务的真挚演讲，这已经算是漂亮的胜利了。本堂神父挺喜欢这两个活泼好动的孩子。

没错，我觉得这是他们整个小团体最后一次聚在一起。选举那晚过后他们就接纳了我，不过在某种程度上我还是游离在整个团体之外。在火把游行的喧闹中那个孩子已经长大了。

"隆古埃爷爷死了，"马蒂厄激动地说道，"多么可惜！不过这个老家伙的确活了很长时间。现在整个昔日的非洲也一并离去。隆古埃爷爷万岁。不过除了往昔的非洲以外，毕竟还有很多别的事情！这就是他的不对了，他不知道还有很多别的事情。"

"不过他希望留下的记忆倒是真的留下了。尽管我们曾用尽一切办法想要忘记。"

这就是那个温柔的午后。炎热中夹杂着一丝忧伤。我已经记不清当时是谁在说话，又是谁在沉默。我们所有人都有点心不在焉，昏昏欲睡（或许除了吕克和马蒂厄）。我还记得当时只要稍微抬抬眼就能清楚地看见远处的山巅，不过我们都目不转睛地盯着花园里的花，当时大家都沉浸在宁静的忧伤中。

"隆古埃爷爷，还有其他事情。"

"其他事情，也包括隆古埃爷爷在内。"

"其他事情，不过这些都有赖于隆古埃爷爷才存在。"

"哎呀呀！你们还没完没了了。"

"我说完了，"米歇尔说，"我要到那边去，去法国，接着念书。"

"欸！你要做工程师啊，到时候给我们建几座结实的桥。"

"到时候你一定要治理裂隙河。一定一定。以后海边的土地就可以耕作了。对吧？"

"我呀，我要到洛梅家那边去。我在那儿有块地。我真是受够了随处可见的甘蔗。我要种上十公顷地，再养点牲口。"

"你根本不懂种地和养牲口。"

"我和阿方斯一起去。"

"没错。"阿方斯说。

"我们也拉了洛梅入伙,他同意了。我们三个一起干。"

"不知道的还以为我们这是在做散伙清算呢,"米西娅嚷嚷道,"你们不会快乐的。"

"我们做个约定吧,二十年后再见,你看怎么样?"

"我有个预感。"玛格丽塔开口说。

"你闭嘴!"吉尔大声说。

"你俩打算做什么?"

"吉尔会接替我的研究工作。他会在市政厅拥有一间漂亮的办公室,就在图书馆里面。"

"图书馆是我们大家的。是我们一起办起来的。我无权独占。"

"所以说你得好好利用它。"

"我就开家书店吧。再加上吉尔工作的收入,日子应该过得下去。"

"什么时候办婚礼?"

"走之前得好好宰你们一顿啊。"

"大家都要走吗?"

"一定要在我上船之前办婚礼,我可不想错过。"

"一个月以后吧。"

"我也要走。"吕克说。

"你们不会快乐的,不会的。"

"总得先活下去啊。"

"是咯。总得先活下去。看吧,塔埃勒,如今你认清我们的真面目了。我们的父亲、母亲，侨居于此的世世代代都是这样。"

"马蒂厄，你知道咱俩是表亲吗？"

"瓦莱丽是我表妹，我知道。"

"对啦，就是这样。"

"我们全部的心愿，"马蒂厄说，"我们想做的一切事情，都是为了揭示三个真理。"

"我可真是自以为是。"帕布洛用夸张的语气说。

"你觉得我们会是第一代人吗？我们唯一的优势就在于继承了全部的精神遗产。"

"这点倒是很重要。"

"的确。但我们想要达成的伟大目标呢？还有我们做决定的方式，毫不客气地说，我们做决定的方式就好像我们什么都知道一样。我们满腔热情地投入工作，这很好。不过火焰就是我们自己发明出来的东西了。"

"火焰是真实存在的。"

"我举个例子吧。我们总是说城市如何如何。真是笑话，这算什么？总共两万居民，顶多算是个大乡镇罢了。可算不上什么首府城市。那可都是有几百万几千万人口的大城市，绝不是什么乡镇。不过我们还是说城市如何如何。差得远呐，这就好像茫茫大海中的一瓢土，而我们就生活在这一瓢土上。"

"自从生病以后他就是这副德行。"

可我们没人明白米西娅经受的痛苦。我们当时都围在马蒂厄身边，像往常那样听他说话，尽管并没有随声附和。

"我们做的事情绝对有意义，这是肯定的。而且是对我们整个民族来说都意义非凡。甚至是对所有在此地相遇的世界各族人民来说都意义深远。而且意义绝不仅仅体现在当下，而是会持续几个世纪。对安的列斯人来说是这样，对我们的非洲父辈们，对布列塔尼战士们，对印度苦力们，对中国商人们来说都是这样。好吧，他们想让我们忘记非洲，可我们从不曾忘记。这很好，很好。可是这能够成为我们如此相信自己的理由吗？我们的人民从不相信自己。"

"没错，这里就是个乡镇罢了。我们也只不过是无垠宇宙中的一个小点，马蒂厄，可是我们已经竭尽全力了。还记得吗，你跟我说：'你完全是出于自愿才来的。'我们所做的事情，伟大之处就在于向全世界发出了呐喊。我们这个民族，在那么逼仄的岛上生活，被整个世界遗弃，终日活在别人的蔑视和忽视之中，可就是这样的民族却走向了世界。"

"说得好。"米西娅说。

"所以，你怎么指望我们能不被冲昏头脑？我们是第一批走向世界的人，第一代接受开放思想的人，是我们的祖先默默付出了巨大的艰辛努力后最终受益的第一代人。我们完全是出于自愿才来的。"

"一说起道德什么的我就会觉得自己还在学校里。现在谁是这里的校长？"

"可是详细说来呢？"马蒂厄说，"关于苦难，我们已经谈论得够多了，以至于苦难如今变成了一个没有实体的怪物。我们甚至不知道苦难究竟在哪里。我们谈论的只是一种纯粹的精神罢了。"

"可是人们都经历过苦难，因此也在内心最深处了解苦难。我觉得现如今我们能够与苦难相抗衡，甚至能够正面迎击。要知道我们是谁，不是吗？要摆脱这片令人窒息的黑夜，不是吗？如今可以说是时不我待。今天是 1945 年 9 月 14 日，我们是一个崭新的、认真的民族。看看我们的伤口吧，看看我们的病痛吧。"

"你能说清楚黑夜究竟是什么吗？"

"我知道要摆脱的是什么。我们要摆脱战火，要摆脱不肯放过一切的光亮，要摆脱狂热的人群。"

"那我们摆脱黑夜了吗？"

"我们不是早就讨论过了吗？"

"不言不语，毫无益处。"

"清算，我跟你们说，这简直就是场散伙清算！可是你们都有什么？"

马蒂厄转过身来，面向我。

"你和米歇尔一起去，你也去法国。你不要去修桥，你的任务是把这一切都讲出来。"

"对，你的任务是写作。"

"编个故事，"马蒂厄说，"你是年纪最小的，你还记得小时候听过的故事都是什么样的。不是用我们编故事，那样一点也不好玩。也不必描述细节，塔埃勒说得没错，我们都经历过，我们都经历过细节。关键是要在书里灌注你的热情，全部热情。那些令你如痴如醉的热情，令你满怀忧伤的热情。那些保佑你、滋养你的热情。书里还要写写太阳，写我们不知道该哭泣还是该呐喊，写生养万物的太阳，我们永恒的保护神。书中要写日复一日，写太阳落山，写人声依旧，写长夜漫漫。"

"对，让他写给你，这是你用词语写就的书。"

"用这本书作为证据,"吕克说,"这样人们好看清我们的愚蠢,也好理解我们选择的道路。千万别忘了,别忘了说,我们的所作所为并不正当,正当的是这个地区。语言要简洁,直击要害。"

塔埃勒露出悲伤的微笑。

"要让这本书像一条河那样缓缓流淌,娓娓道来。就像裂隙河。有跳跃、回旋、停顿、细流,你要一点一点收集土地,就像裂隙河那样,你收集所到之处周围的土地,一点一点。就像保守秘密的河流那样,最后你安静地投入大海。"

"去吧,你有任务在身。"

"要写得像首诗。"帕布洛小声说。

我不知道该说些什么,在这群朋友中间我显得有点滑稽可笑。他们稍微催促了我一番,似乎以此为乐。所有人都能感觉到夜色很快就要降临到花园中。当时我们内心是那么嘈杂,有那么多蓬勃的冲动,我们竭尽全力想要躲过次第展开的夜色,躲过狡诈的夜晚带来的隐忧。我们不停地说话,然而话语空洞,毫无意义,只是像发射弹珠那样一刻不停。

这肯定是他们最后一次聚在一起,他们心里也清楚这件事,不过没人敢承认。

"是啊,青春结束了,该要面对生活了。"

"我也要走。"吕克说。

"我们怎么就一无是处了?天生我材必有用。"

"所有你们的故事,所有你们的故事。"

洛梅到了。他一如既往地精力充沛,身手矫健。洛梅真了不起。

"所以你们在干什么？举办平民的葬礼吗？得了吧！我是来找我那两位合伙人的。"

他浑身散发着活力与欢乐，一来就震动了整个花园。他手里拿着镰刀，抡得团团转。一头鬈发被修剪得很短，有些地方已经变白了。他的草帽就挂在镰刀柄上，也跟着团团转。

"啊！你们这些城里长大的年轻人，早就都忘了达姆达姆鼓长什么样儿了，对吧？所以我要给小懒汉和小警察做一面鼓，就放在院子正中间儿！用木桶做就行。一敲就发出天雷般的声音，弄点这些小玩意挺好的。十公顷啊，你瞧瞧，这个帕布洛有点东西啊。当时我说：'德西蕾，我们要给自己干活儿了。'你们不知道她的眼睛瞪得有多大！'洛梅先生怕不是疯了吧，他疯了！太阳还是太阳啊，太阳也没从西边升起来啊！'我说：'老婆子，先别操心太阳了。快去收拾行李吧。我们今后和那个大学生还有大警官一块干活。'她问：'干什么活？'你知道我是怎么说的吗？我张大嘴巴字正腔圆地回答说：'再也不种甘蔗了！'没错，先生们。我跟她说：'我们种蔬菜，香蕉，在畜栏里养鸡，养猪。'洛梅夫人说：'哪来的钱呢？'我又是怎么回答的呢？我停下来，笑啊笑啊，然后我说：'用我们的积蓄，再借点钱，亲爱的。'我老婆又说：'管谁借钱呢，洛梅先生？'那我就拉长脸，冷冰冰地说：'老婆啊，男人之间的事可不能到处乱讲！'对吧？"

"阿勒西德，你如今真有个老爷样儿了！"

"算上你我们这儿就有两个头儿了，马蒂厄！……你们这是在干什么？不知道的还以为你们在过什么斋夜呢。大晚上的不喝点酒，你们这些年轻人怎么好意思？"

"洛梅，给我们一点时间。毕竟大家刚刚经历了频繁的人事变动，选举也才刚刚结束。我们还晕晕乎乎的。"

"你知道的，马蒂厄，我早就说过：这些年轻人，他们真有两下子。他们能远走高飞。可又是什么把他们给绊住了呢，老天爷！我当时想：一定是因为他们在那些微笑和话语的表面之下缔结的关系太紧密了。如今我对自己说：洛梅，你什么都不会，什么都不懂。他们那么做不是出于客套，他们也没什么两样，都是顽石罢了。"

"你才是顽石呢！洛梅。"

"行了行了，别捧我了，我恐高！……没错，你们拥有最了不起的财富：那就是知识。而现在，我也要和你们一起干活了，是吧！帕布洛，是吧！阿方斯？"

"你也会教给我们许多事情的。"

"这可是有风险的，阿勒西德。假如这次失败了，那你再想去哪儿干活也不成了。"

"唉！芒果掉下来就是掉下来了……你呢，马蒂厄，你有什么打算？"

"等我好些了我们也到那边去，米西娅和我一起去，我们去找工程师和作家。"

"你会回来的吧，马蒂厄，你还会回来吗？"

"我也不知道。谁说得准呢？"

马蒂厄的情绪低落下来：忧郁又重新攫住他。他似乎看到了一些很久以后的事。

"你会跟他们讲的，动用全部的词语，你会跟他们讲述所有的岛屿，对吧？不要只讲一座岛，不要只讲我们生活的那座岛，全部岛屿都要讲。等我到那儿去的时候，你就已经完成这项工作了。要让他们知道，安的列斯群岛相当复杂。"

"噢！你之前问过关于地名的事来着，瓦莱丽，就是这个名字。"

（瓦莱丽和米西娅笑了起来。我们不明白这有什么好笑的。"你们真是疯了。"帕布洛说。）

"也复杂，也简单。要让他们知道我们反抗过，然后最终走出了迷津。要让他们知道，他们所犯下的最深重的罪孽在于偷走了一个民族的灵魂，他们阻止这个民族成为自己，他们想要改造这个民族，然而这个民族原本并不是像他们设想的那样，因此要反抗这种罪孽。要让他们知道面包树的果实有多苦涩。"

"他说得挺好。"洛梅评论道。

"告诉他们我们生活在朗布里亚纳，一个臣服于太阳的镇子。不过到处都是这样。还有就是告诉他们朗布里亚纳是我们给这个镇子起的名字。如果你愿意的话用城镇的真实地名也行，记得告诉他们我们这座岛的名字。或许你可以解释一下我们为什么要更换这些地名？朗布里亚纳。我们是怎么想出这名字的来着？"

"慢慢地我都快要相信这地方真的就叫朗布里亚纳了。"

"告诉他们我们爱整个世界，要让他们知道我们喜爱他们拥有的真善美的东西，我们也熟知并且学习他们伟大的文艺作品。不过也要让他们知道，他们在我们心目中的形象不太好。告诉他们我们经常说中央如何如何，其实说的就是法国。不过我们还是想先过好我们自己的生活。告诉他们我们的中央应该在我们中间,我们寻找的是属于我们自己的中央。而这常常会令我们感到苦涩悲伤,没错,漫漫长夜里我们伴着熊熊燃烧的达姆达姆鼓声英勇斗争,我们一边呐喊一边前行一边战斗。要让他们听见我们的节奏,破碎的,单调的,欢快的,悲凄的,都无妨……"

"够了(吕克突然大喊!),够了,别再讲你那些故事,你那些哀叹,你那些小小的荣光了!怎么没人理我,我是在对着自己的尸体说话吗?我也要走,我说我也要走。你们谁听见我说的话了?你们高兴了,做完计划心满意足了,你们有你们的小遗憾,但生活还是会重新开始,那我呢!"

"我该拿什么去斗争?我既没有漂亮的词句,也没有好用的工具。我既没有爱,也没有耐心!我也不会去种蔬菜,不会抵制甘蔗!我也不会做什么研究。我说我也要走,我的话都钻进你们的眼睛里去了,你们就只会看着我。谁来问问我去哪儿呢?"

"每个人都只想着自己,就像加洛特圈地自守,是吧?人们抛下可怜的吕克,让他自己去想办法吧。再说了,他什么都不懂。他不懂什么火焰,他看不见我们从噩梦般的烈火里活下来就是为了成为真正的男人!他总在说些什么实践啦,结果啦,心里那把算盘打得哗哗响。可是没人问问我,我究竟知道些什么,万一我不只是那只在圣十字广场迷途的羔羊呢?"

"不,吕克他脑子里都是些豆腐渣渣。就让我们的糊涂先生这么糊涂下去吧,他是个平庸的人。他不明白我们为什么要推动空气,还以为我们是些怪胎呢。你们那些雄才大略简直要把我逗笑。我跟你说了，吕克也要走。去哪儿？老实说他就是去相邻的城镇。不是去法国。不是去学习。不是去完成什么宏伟计划。他要去过日复一日的生活，在邮局里谋份差事，这样人们就能随他去了，永别了，一路顺风，我会永远想念那苦命的老头儿……"

"吕克！"

"走吧，老伙计。"

"你为什么这样说？"

"我们身上流着相同的血。"

"无论如何，你说得对。"马蒂厄说，"我们的生活就是没完没了的激烈对抗和清澈明亮……"

已经过去很长时间了。

"我啊，"洛梅开口说道，"年轻人们，我见过的苦难比你们全部加起来这辈子过去未来能见到的苦难都要深重。不过风水轮流转，植物有时候就该抽条，有时候就该结果。我明白，我明白。去吧，吕克，大家总有一天会知道你到底是不是个好样的黑人小伙。我们来点音乐吧！"

欸！达米索，欸噢！

洛梅抓过来一把椅子，用手和脚后跟转了一把椅子：椅子就像一面鼓那样被牢牢地夹在他两腿中间。这是他们最后一次聚在一起狂欢。我们幻化成湍流，密林遍布的高山，流淌甜酒的太阳。生病的马蒂厄就负责唱歌。吕克和帕布洛在我们围成的圆圈里摔跤。吕克的动作快如闪电，富有力量，干脆利索。帕布洛看起来懒懒散散，其实却十分灵活机警。欸！达米索，欤噢！角斗士们轮番上场。米歇尔坐在洛梅身后，用木柴敲击椅子腿。帕布洛彻底忘记了暗中提防对方的进攻。玛格丽塔一时间大笑不已。欤！达米索，欤噢！米西娅盯着马蒂厄，大声说他病好了，干得漂亮！洛梅即兴创作的歌曲一首接一首，朋友们也都跟着唱。"隆古埃爷爷，我们的巫师，他去了。他说我们会幸福。欤！达米索，欤噢！为隆古埃爷爷歌唱，为隆古埃爷爷呐喊！欤！达米索，欤噢！栅栏街上有位姑娘。我跟你们讲，那条长长的栅栏街。那姑娘的男人仿佛苗木。你若问是什么树，那就是株含羞草。他想让我们以为他病了。欤！达米索，欤噢！可他只是需要喝上几口。唱歌的人口渴了，拿去吧，请不要客气。拿美酒润润焦渴的喉。在交界地带的山上，住着另一位年轻的姑娘和她的丈夫。他们养着几头牲口，森林里的兽。大街上有许多书，书里生活着第三位姑娘。她的男人要去市政厅。天啊，我的心在问：哪个你更喜欢？而我回答说：简直没法选。欤！达米索，欤噢！这可怎么选呀，第一个很美，第二个也是，第三个也是。我轮番打量这三处地方。我的眼睛回答我：你得自己选。我的眼睛大声说：'我也没法选。'我已经眼花缭乱了，小姐，放过我吧。欤！达米索，欤噢！"

他们唱了一整晚！……为隆古埃爷爷守夜，一直守到第二天下午。歌声一刻也没停歇！塔埃勒接替了洛梅。瓦莱丽拍手打节拍。她还是有心事，这心事使她不能全身心地投入到节奏中去。不过她无法抗拒诱惑，最终还是加入了游戏。米西娅给大家拿来了喝的，这场聚会最终在叫声、笑声和喧闹声中收尾。大家约好再见，我不知道我们是怎么分开的。谁是第一个离开的？我不知道。洛梅最终战胜了所有那些道德说教，歌声战胜了黄昏。阿方斯也不再忸忸怩怩，老早就加入了摔跤游戏，他平日里接受的格斗训练此刻发挥了不小的作用。他和洛梅打了一个回合，之后他俩一起碰杯喝酒。我们连成一条蛇形，手搭在前面一个人的腰上，绕着花园跳舞。欸！达米索，欸噢！……谁是第一个离开的来着？马蒂厄后来又陷入忧郁了吗？吕克又气得大哭了起来吗？帕布洛是不是露出了沮丧的微笑？我只是发现自己重新回到了街上，听到栅栏里面洛梅在轻声发问："你还会回来吗，马蒂厄，你会回来的吧？"我看见塔埃勒和瓦莱丽几乎快要走到屠宰场街的十字路口，他们要回到山上的家中去。吉尔，还有其他人。塔埃勒抬起左臂，模仿着货运滑梯的样子（眼前次第出现玛格丽塔，栅栏，喷泉，街道，树木，街道，树木，房屋，玛格丽塔，栅栏），又跑又跳。走到通向广场的那条街的转角处，他冲我大喊："不要忘记，不要忘记。"

我所见即是如此。我依然觉得瓦莱丽是那么美丽。她要消失了，她正在消失。笑声尚未散去，在街上的我还是个孩子，回忆里的我已经是个男人。我唱歌唱得气喘吁吁，满头大汗，同时又浑身冰冷。词语将我围捕。没错，我一分为二，时间将我紧紧钳住，我听见最后一场狂欢的回声，我听见往日时光微醺的歌声。他们在呐喊。他们所有人都在喊："不要忘记，不要忘记。一定要记得。"好像词语能变成一条河，奔腾而下，最终决堤泛滥，四处奔流。好像词语能够凝聚成一道闪电，照亮福地（落地生根，开花结果）。好像丰沛的词语，在一叠声的呼唤中，在肆无忌惮的热浪里，能裹挟着沼泽、树根、淤泥一并奔向三角洲和大海：最终抵达确切的真相。我就在那儿，我了解这个地区。还是个孩子时我就知道了，如今作为一个男人，我在痛苦中懂得，最难以预料的（最刻不容缓的，最情理之中的）变故尚未到来。不过词语永远不会死去，河水会一直裹挟着泥土向大海奔流。

第四部分　碎裂

他右手握着一条蛇,左手攥着一片薄荷叶,
　生着一双鹰眼,一颗狗头。

——埃梅·塞泽尔

1

塔埃勒从城里离开，太阳逐渐沉入甘蔗田那边的泥地里。日光的最后一次喷发，田垄间的最后一次耕作。这个年轻人走得很快，不过他身边的瓦莱丽倒是不慌不忙。平原在道路两旁展开（当时他们已经路过了伐木工厂），光秃秃的，黑漆漆的，覆着一层倒灌的海水。田野上空弥漫着一派荒凉寂静。在他们左边远一些的地方有座蒸馏厂，和生产朗姆酒与蔗糖，并将这些供应给千家万户的大工厂连在一起。他们走入土地的荒芜，深入平静的阴影，瓦莱丽用轻柔的语气谈起生活必需品和她眼下正担心的事。

"我敢肯定你那边既没有油也没有油脂。让我上哪儿找这些东西去！"

"家里什么都有！"

"我现在能跟你说了，其实我教母并不完全同意这门婚事。她觉得你还太年轻，不过我说你把那些牲口照料得很好。然后她就说：婚礼前你不应该跟他到山里去住的。我回答说：也没有别的办法了。"

"我还以为她挺高兴的呢！"

"她是挺喜欢你的。最后她跟我说：'这个年轻人家里肯定什么都没有。你去看看就知道了。'"

"家里什么都准备好了！"

塔埃勒转过身去面朝着山上，就好像这番话他也是说给建在山上的房子听的。这时他和瓦莱丽已经置身于黑夜之中了，他俩都看见山上那些房子沐浴在最后一抹红色的夕阳中。院墙和房子朝西的整个侧墙都在发光,似乎有一团红色的火从地里一直烧到上面。他们停在路边,似乎也跟着铁锈红的火炭一起缓缓燃烧。他们努力睁大眼睛,企图留住这属于铁皮屋顶和柴泥的神妙时刻,然而火光还是准时熄灭了,夜晚毫不留情地吞没了那些屋顶,眼前很快就只剩下夜色和暗影,淡一点的夜色之上叠着一层浓一点的夜色,浅一点的暗影之上叠着一层深一点的暗影,漆黑的道路尽头好像有一个大洞。于是他们继续赶路,向山上走去。

"像一场大火似的。"瓦莱丽心想。

"我下山那天(不过那是很久以前了,很久以前)没看见蒸馏厂。其实它就在那儿,不过你看,当时我不知道那是蒸馏厂。从前我在山上每天都能看见整片整片的甘蔗地,但说实在的我又没看见,因为当时我不知道这些甘蔗地意味着什么。是啊。我下山那天这里的甘蔗还没成熟,还能沿着排成一列的甘蔗一路走到底。如今我也说不清楚到底是被大水淹过的土地还是种满甘蔗的土地更加令人难过。就像马蒂厄,我也说不清楚到底哪个马蒂厄才是最好的马蒂厄:究竟是吵吵闹闹大声呐喊的那个马蒂厄,还是给我讲神话故事的那个马蒂厄,抑或是语气坚定、温柔又镇静的马蒂厄?"

"别再想这些了。"瓦莱丽说。

"行,我不想了。"

"你说得太快了!"

"你说得对……我不想了……"

"从今往后只在乎我。"

"从今往后只在乎你。"

她对他笑了，尽管他们处在一片黑暗之中，他其实看不见她。

"这儿挺黑的，对吧？不过等着瞧吧，我们走过那棵木棉树以后拐几个弯，往下走到黄皮树那儿，然后就能走上那条上山回家的路了。"

"远吗，那条路？"

"我们不着急。"

他们很快就走到了木棉树下面。瓦莱丽往塔埃勒身边靠了靠。这个年轻人笑了起来。

"你见过洛梅了呀，你认识他呀，你还认识他妻子德西蕾。怎么还怕这棵树呢。"

"塔埃勒，要是这棵树不是洛梅变的话，那是谁变的？用树藤把那个女人勒死在这棵树下的农夫又是谁呢？"

"这棵树谁也不是。夺走女人性命的是她的命运。"

"走快点！"

"好了好了，我们走过来了。"

"我从来没见过这么黑的夜晚。"

"你一直生活在平原上。要是你也在山里长大，就知道夜晚能有多黑了。"

"要说在山里长大，那还得是你！"

"你后悔吗？"

"我害怕。我们为什么不和吉尔或者马蒂厄一起走呢？他们的生活很平静。"

"现在就走吗？"

"就现在。你也可以。"

"我没什么文化。"

"你可以学。"

"我太长时间没管过那些牲口了。我邻居人很好,不过也不能总是麻烦他。他早晚会不耐烦的。"

"幸好现在还不是午夜。"

"回头看看嘛。你可以的,你可以的。无论是八点还是午夜,木棉树都一样美丽。你回头看看呀。"

"才不呢。我不敢!"

瓦莱丽拉着塔埃勒跑起来。她没看见旁边倒下的百年老树,乍看之下像一栋房子,不过线条更加流畅,周身笼罩着一股异于别处的寂静,因而显得更加具有威慑力。她也没看见大树上方黑色的天空。

他们走得很快,从一个转弯处到另一个转弯处,很快就走到与工厂铁路交会的路口。他们隐约感觉到两旁的树仿佛高墙,在头顶上空搭成一道拱顶。他们转过一道又一道弯,只觉得黑夜在永无止境地繁衍生息。在路口那里,要不是感觉到脚下有铁道上的石子滚动,他们都意识不到路面发生了变化。他俩只能凭借稀树草原上传来的一点亮光分辨方向。那亮光转瞬即逝,旋即令黑夜更加深重。两人就这样并排走着。不过瓦莱丽很害怕。骇人的夜色里,只有漫上草原的水会时不时地反一下光。

"一直到这儿,"塔埃勒说,"裂隙河的水一直漫到这儿。一旦裂隙河开始泛滥,那就没有什么能让它停下来。到哪里河水都会撑着你。"

河上那座桥向来名不副实,眼下正被一潭死水淹没。他们只能隐约看见在原来有桥的地方中间漂浮着一团团黄皮果的倒影。

"裂隙河的水一直漫到这儿了！"

塔埃勒踩了一脚水里的黄皮影子，溅起一片水花，好像他把整个夜晚都吵醒了。周围不知道什么地方有几只癞蛤蟆惊跳起来。草原上的水洼像一个个池塘似的，西边的山坡上竹子好像在唱歌。一阵阴郁的乐声将塔埃勒和瓦莱丽团团围住。

"我们并不能真的看见我们的家园。这个时候一片漆黑，也确实看不见。不过我觉得现在我了解我的故乡。上次从这儿经过的时候（那是多久以前了呀！），我还吃了一颗黄皮。当时我看全世界都不顺眼。当时我也看见了大片大片的阴影。"

"咱们可以用黄皮做果酱。"

"为什么黄皮做果酱就好吃，直接吃就这么难吃呢？"

"有时候一道小小的工序就能带来很大的改变呢！"

"山上什么都有。没必要为了黄皮下来一趟。"

"你说是就是咯，先生。"

"我上次经过这儿的时候，是在大清早，什么都看见了。那边是竹子，那边有草地，那边是河道。在我前面右手边是运货的滑梯。就是这样。别看我现在什么都看不见，可我却什么都知道。"

"咱们就不能再走快点吗？"

"看吧。我看见这片地区整个展现在我面前。首先是朋友们。马蒂厄，帕布洛，米西娅，吉尔，米歇尔，玛格丽塔，吕克，还有阿方斯，还有阿勒西德，还有所有其他人。一群朋友，一个接一个的。接着我看见了裂隙河，从源头处一直到大海。沿着裂隙河我又认识了土地，红色的小山，肥沃的田地，沙滩。就这样。和朋友们一起我们探索了整个家园。我们当时什么都不懂，不过我们一直看，一直看。到最后大家就能说出眼前的都是什么了，也什么都知道了。"

"那我呢？"瓦莱丽问道，"在你说的这一切当中我又做了什么呢？我待在那儿数酸角树的叶子吗？"

"你啊，我觉得自己早就认识你。不跟你开玩笑，说真的。我没用多久就找到你了，你就在那儿。我不会把你比作日光或太阳，那都是会灼伤眼睛的东西，灼伤眼睛之后你也就看不见他们了。然后有一天你突然说：'我怎么能在无知无觉中生活那么长时间？'然后你就开始走出旋涡，你就会看到万事万物渐渐各归其位，你看见大海，看见房屋，看见沙滩，看见蔬菜，你开始分门别类，每件事物都有自己的位置，它们互相之间紧挨着，拼凑完整，不留缝隙。这就像从山上下来走到海边，从水源处走到入海口。你看，就这样你学会很多词语，没错，我刚下山的时候说不清楚眼前都是些什么。你渐渐意识到词语的重量和力量。你在词语中间跌倒，不过每一次都能重新站起来。你会犯错，不过这只是你的问题，只不过是你自己的错误，改正过来就行了。"

"我找了个话痨的男人！"

"谁都要说话。"

"走吧，要是能点着灯，再躺到床上，我就会平静很多。现在什么也看不见，什么都看不见！"

他们继续往前走，很快地爬上山坡。瓦莱丽没看见桥面上黄皮果子的倒影，她只是感觉到脚上和腿上都有水，还能感觉到纤弱的,甚至有些温热的水藻。不过她没看见黄皮树下有水。

"这地方好啊,是我们发现的这块土地。因此可以说这片土地是属于我们的。从前我们的父辈在这里抛洒热血,如今轮到我们在这里说话了。"塔埃勒说。

瓦莱丽低声抱怨着。

"这时候要是有点光就好了。"

"明天你就不会这么想了,亲爱的。明天太阳还会升起,到时候你就会唱起歌来了。"

"我好像再也没办法唱歌了,黑暗夺走了我的声音,像是在我脑袋上安了一只漏斗。"

"抓紧我。"

"好啊,好啊!"

"让我说话吧,这样你就不会只想着黑夜了。"

"至少让我看见颗流星也是好的啊。"

可是并没有什么东西来划破漆黑的夜(除了塔埃勒的声音)。

"或许我们也可以离开这儿。我也想看看世界!要知道世界是很美的。现在我们的生活变好了,咱们也熟悉这个地区了,也可以离开这儿。我们已经摆脱了那些幽灵啊鬼魂啊,还有狼人……"

"塔埃勒!"

"这些都没有了!"塔埃勒大声说,"你们在哪儿?回答我!"

黑夜没有回答塔埃勒,也没有回答惊恐万状的瓦莱丽。

"我们早就不在那个神话世界中了,我们饮过源头处的河水,我们曾经顺流而下一直走到海边,路的尽头是现实。我的现实,就是你。"

瓦莱丽还有力气开玩笑。

"我还以为你在路上的时候把我给忘了呢。"

她紧紧抓着塔埃勒,靠在他身上跟跟跄跄地朝前走,能感觉到夜晚的微风吹过脖颈,吹过她身上其他一切没有与塔埃勒接触的部位。

"你是我的现实,没错,你也是我的传奇……"

"这也不算什么,嗨呀!我像个无家可归的女人,我都快要感觉不到自己的牙齿了,它们一直在打颤,格格作响。"

"听着,我和你一起从木棉树下走过,树荫将我们联结在一起。我同你一起看过夕阳下的屋舍,看过无边无际的大海,还有大海那边的整个世界。和你一起,我听见平原上热浪里的寂静。我们曾经一同跑过大街小巷,原本有可能被同一束火把点燃。我和你一起在集市上跳舞,一起走过河上的桥,一起回到我们家中去。"

"不过有一件事你不是和我一起做的,亲爱的塔埃勒。"

"看吧,黑夜降临是为了将我们联结在一起……""快走吧,"他又说,"明天早上还得早起喂牲口呢。"

瓦莱丽和塔埃勒在日落时分欣赏夕阳下的铁皮屋顶时过于投入,以至于没有察觉有两道身影在路上尾随他们。

玛格丽塔离开了众人。她也说不上来自己为什么非得跟着那两个年轻人,就像一艘年代久远的沉船待在一艘漂亮帆船驶过的航迹上那样。她想叫住他们,劝他们停下来,甚至不惜辱骂他们。

"让他们走吧,让他们离开吧。我不需要你们,你们听见了吗?我才不需要你们这番客套。你来了,认识一个姑娘,又回去了,还杀了一个人。瓦莱丽!塔埃勒,回来吧,你回来,你们都回来吧,噢!"

可他们已经转了个弯,消失在道路尽头。

此时阿方斯·蒂甘巴(第二道身影)正在慢慢追上玛格丽塔。

"放开我,放开我。"她大声喊道。

"可是我并没有拉着你啊。"

"你监视我,你跟踪我!"

"你不要再做蠢事了。"

"我跟你说我有预感。没人愿意相信我。"

"什么预感?隆古埃爷爷死了,现在轮到你了是吧?你继承了他的天赋?你能预见未来了?是吧?"

"那万一要是真的呢?要是我真的能呢?是吧?到时候要你好看。最后一次了!"

"可怜的玛格丽塔。"

"听好了,我没预见什么未来,别指望我说些什么。可我就是感觉很痛苦,我看见了一座房子。你说这是怎么回事?"

"什么房子?"

"我不知道,我不知道,"她痛苦地呻吟着,"那儿有棵金凤树。"

"你太累了。"

她几乎快要哭了。

"我跟你说得喊住他们。快点叫住他们,叫住他们。"

"够了,"阿方斯吼道,"你还在缠着马蒂厄,你这是在添乱,你唯恐天下不乱。"

"我才不是什么别人不要的人!"

"那我是咯?"

"我才不会到处缠着不想要我的人!这话可不是谁都敢说的,对吧?"

"我,我就敢说。"

"我爱吉尔,吉尔也爱我。谁敢这么说?"

阿方斯骂了她一句,语气很冷静,似乎全神贯注。他们不再能够看清彼此的脸。夜幕降临了。

"阿方斯,我跟你说,这事在沙滩上就发生过一回,我当时和米西娅还有瓦莱丽在一起,当时我正盯着海面看,周围很热。突然福至心灵。"

"玛格丽塔,原谅我。"

"你相信我吗?"

"我相信你,不过你说的只是幻觉罢了,根本说明不了什么。肯定就是因为天气太热了。"

她还想试着让他相信。可他没办法相信这种故事。

"要是米西娅跟你说这话你就会信了!"

"这关米西娅什么事!"

"你等着瞧吧,有你好看的,小警察!"

"我不是警察!"

"你以前是。当时我去见你的时候你就是警察。我这是干什么呢。当时我真是疯了。我又能阻止什么呢？首先我自己就是一个被任意处置的角色，没人听我的。其次又能阻止什么呢？当时根本没发生什么好令人担心的事。"

"你做得很好。"

"你啊，你啊，阿方斯·蒂甘巴。哈！哈！警察。你有一个星期的时间，却眼睁睁地任其发生。你以为一切尽在掌握！可并不是这样。我的阿方斯什么都做不了。你甚至没能跟上他们。舞会都结束了你才过来。你当时干什么去了，嗯？在派出所里跳舞吗？"

"你闭嘴，你根本不知道自己在说什么。"

"我不知道？是我去跟你说的。什么都跟你说了。像是对待自家兄长那样。可你呢？你慢吞吞地跑了一圈，什么事都没办成！"

玛格丽塔彻底失控了，不过她并没有歇斯底里，只是小声嘟囔着，说出的话被送进一阵微风里，然而产生的效果却比声嘶力竭的叫喊更加持久猛烈。阿方斯也用同样的方式回答。他们就在路上窃窃私语，就在塔埃勒和马蒂厄打架的地方。这样一场战斗中，产生的裂痕不可弥补，怒火隐秘地燃烧，风暴发生在地下，却也同样棘手。

"我知道他们在哪，你这个疯子，疯子！我知道塔埃勒和加林他们在哪。我知道加林买下了水源处的那栋房子。我还知道他们沿着裂隙河一路走。你明白吗？我什么都知道，每时每刻发生了什么我都知道。我有得选。不过我还是故意耽搁了时辰，我不想就这么撞见他们，然后对他们说：玩够了吧，现在跟我回去。我能这么做吗？你想让我告诉你，你好做出审判，你想让我一股脑全都告诉你，现在我觉得自己内心深处有个统帅在替我做选择，没错，仔细想想我觉得这是唯一的解释，我觉得我是故意那么做的！"

"阿方斯，你，你是故意的？"

"对啊，该死！我要怎么做才能阻止他们？我又不能预见未来。你就那么走进我的办公室，跟我说：塔埃勒要杀了加林，我们一起决定的，不过还是得阻止这件事发生，阿方斯。反正差不多就是这么说的。当时也没什么好说的，我也觉得有必要阻止他们。可是假如我也希望这事发生呢？嗯？要是我也受够了加林呢？帕布洛是我朋友。马蒂厄也是，米西娅也是！你白费了一通力气，我跟他们一样。别人做的我也能做！"

"可是你刚才说我做得很好！"

"没错，我是这么说了。事后等我重新回想这一切的时候，我才发现自己从你说的话中获益不少。我因此拖延了点时间，放走了拉斐尔和那个老好人。当然了，这样要是有人指责我，'蒂甘巴，你没做好本职工作。'我就能喊冤了。我尽职尽责。我本来天真地以为自己有时间阻止他们的。我内心深处就是这么想的！人们沉默地接受了一切。你也被骗了。你很诚实，不过你内心深处的声音还是在为你自己说话。在沙滩上那会儿，我说的一切都符合规矩。不过我本来有可能逮捕他的，我是说塔埃勒，假如我想的话。可是我当时又想：毕竟他别的什么都没做。就这样我和这里的大家都一样了，你明白吗？我也是，杀人犯加林也是被我杀掉的！"

蒂甘巴终于不再说话。而玛格丽塔则因为刚刚听到的一切惊讶得不知所措，不知道该如何是好了！现在轮到她筋疲力尽了，浑身上下没有一丝力气，好像潮水刚退去的沙滩那么空旷。当时他们在桥附近，之后两人回到广场上，那里的灯光一如往常。(吉尔会找她的，他会不高兴的，不过他不会表现出来，他会表现得很善解人意，阿方斯什么都不会说，阿方斯会去和帕布洛还有洛梅说话，他俩等着他一起上山，去耕种那块宛如神赐的十公顷土地。她甚至还会拥抱米西娅，她会对米西娅说："好好照顾马蒂厄，就算为了我们也要让他好起来。"帕布洛会爆发出一阵大笑，谁知道他在笑什么。她会拥抱所有人，然后和吉尔一起回家去，他会忍不住问："你跟阿方斯说了什么？"然后他会将她紧紧拥入怀中，生活会重新开始，生命会在忧愁与欢乐中延续，疑惑永远也得不到解答，整个人生也会变成一个疑惑，轻轻地，轻轻地，在书籍中间，在大街小巷之间，活着就是为了寻求那个唯一的答案，就是为了那唯一的、最好的、永不结束的一天……)

"所以没有人是吗，"玛格丽塔喃喃自语，"所以没有人会听，没有人会理解是吗？……没有人，没有人吗？……"

2

他们俩终于走上那条通往塔埃勒家的泥泞小路,瓦莱丽在红色的淤泥里艰难跋涉,每走一步都担惊受怕,总觉得两边有骇人的阴影窜出来,马上就要扑向她,这影子已经将她团团围住,只待她踏入圈套便会发起猛攻。她用力地呼吸,紧紧地抓着健步如飞的塔埃勒。要不是路上有岩石(混在土里,像一块干燥而倔强的苗床)挡着,要不是有几次被塔埃勒及时拉住,她早就不止一次滑倒在泥泞的山坡上了。

山里的寂静仿佛凝成一块,偶尔不知从何处发出沉重的声响,让瓦莱丽感到惊恐万分。她想起在正午时分,当暑热淹没一切的时候,平原也会发出声音,同样震耳欲聋,但是干脆敞亮。可是在山里,一丁点声音总能激起无穷无尽的回声,这回声听上去是那么纤毫毕现,又是那么荒凉孤寂。

整座大山都在呼啸,夜晚仿佛有了生命,瓦莱丽根本没心思去想高处的房子,只想着她周遭的生命。塔埃勒也意识到再怎么跟她说话都没用:尽管不知道究竟在害怕什么,可她已经彻底被吓住了,什么也听不进去。这个年轻男人只是试图尽快带她回家,这是眼下唯一能为他深爱的瓦莱丽做的事了。明天她就不记得了,他想。

可越是靠近他的房子,塔埃勒就越是觉得自己被那些他已经忘记的事物紧紧抓住。一阵眩晕袭来,他童年时生活的国度被镀上一层崭新的色彩,或者毋宁说被赋予一种崭新的意义。他几乎开始享受起登山的过程来,从前他经常轻轻松松若无其事地攀上最高的山坡(这些也从他的记忆中浮现)。可现在他已经在无垠的海边生活过一段时间，从今往后一股神秘的力量将永远盘桓在他与高山上的土地之间。当然了，塔埃勒并不能特别清晰地理解眼下的局势：目前对他来说，今后能够有意识地进行思考这件事本身就足够了。现在的他头脑清醒，有条有理，已然摆脱了蒙昧混沌的束缚，获得了一种更加清明、更有计划的力量。

然而蕨类植物草叶间的泥土也将永远包容他。他并没有因为这阵突如其来的眩晕停下脚步，反而越走越快，他完全不觉得痛苦，没有丝毫慌乱惊恐，反而觉得感官变得更加灵敏，好像突然拥有了能够避开路上所有坎坷崎岖的能力，最终能够看到黑夜的尽头和胀满激情的高峰。塔埃勒自认为已经准备好未来与瓦莱丽一同生活，并为此感到高兴：他会享受未来的每一分钟，再也不像一根不会思考的麦秆那样穿行在林木间，沐浴在阳光下。他会和大山讲话，他也将乐在其中。

到了半山腰，塔埃勒和瓦莱丽看见了夜色中的金凤树。那棵树浮现在一片颜色稍浅的青枝绿叶中，背后是广阔的天幕：好像在这棵树周围，夜色都变得浅淡了许多，（在浓重的夜色中显得有些不可思议的是）他们能看见光彩夺目的满树繁花，这些花在明天的阳光下更是会像一团火焰般辉煌。

瓦莱丽以为自己又看见了一个幽灵，一个更加贪婪残暴的暗影。她停下脚步大喊：

"塔埃勒，那是什么？"

"金凤树，不要怕。"

瓦莱丽长舒一口气。终于快到了。

她只顾着抬头走路，眼睛死死盯着那团树影，好像终于找到了一颗能指引她走向避难所的明星。这样的凝神注目帮她从无形的恐惧中分出神来。她迷失在黯淡的树影和繁花那克制的光彩中，以此来躲避其他恐怖的暗影。而塔埃勒认出了自家花园的边界，他也在朝着金凤树走去。

对他来说，那棵树比房子还要重要：大山的生命就在这棵树上熊熊燃烧。他养的牲口和狗都很少进屋，整天就待在树下，卧在树根之间的落叶上睡觉。树荫下的黑色土地上铺着一层红色的轻薄地毯，那里才是动物真正的寓所。它们也知道自己不能跨越这条界限，进入人类的领地。没错，金凤树就是绝佳的屋檐。瓦莱丽也好像意识到这棵树的重要性。塔埃勒很高兴她这么快就注意到了这棵树的意义所在。她选中这棵树作为方向标，将这棵树认做暗流涌动的茫茫黑夜中一股清晰的力量，并因此而获得宽慰。

就在这时，狗叫起来。它们可能是这附近唯一醒着的生物（畜群已经安然入睡），并且它们已经感觉到了主人的靠近，吠叫声因而显得躁动不已。塔埃勒一段时间以来一直惦记着金凤树，自然也惦记着他的两条狗和一群牲畜，还有他们未来的生活，听见狗的吠叫声，塔埃勒也喊起狗的名字来，那是从神话故事里找来的名字，小时候他总是被那些故事吓住。塔埃勒喊道："西庸！……曼多雷！……"他喊的声音那么响，似乎大树也被撼动，在高处簌簌作响。伴随着那阵充满了喜悦的叫声，瓦莱丽并没有注意到花园入口处红色的花朵铺就的地毯，就像她没看见木棉树上方的天空和黄皮树下面的河水一样，她也没看见金凤树脚下的黑色土地。

塔埃勒这么一喊，两条狗叫得就更凶了，憋了很久、无处释放的力量在叫声中一并爆发。没人知道（以后也不会知道了）它们如何挣脱了锁链。塔埃勒的邻居后来声称自己害怕这两头魔鬼般的野兽，因此每次前来喂食都小心翼翼地与它们保持一定距离，也没有冒险上前检查锁链是否依然牢靠。

塔埃勒和瓦莱丽看见两头猛兽冲过花园，好像一下子就填满了从他们到那棵树之间的空间。它们的速度之快简直令人绝望。

"你离我远点。"塔埃勒大叫，同时试图拦在两条狗前面。

然而瓦莱丽被黑夜里的长途跋涉吓得不轻，没能听清，或者至少是没能听明白塔埃勒的叫声是什么意思，反而加快脚步追上他，希望在所爱之人那里寻求庇护。然而还没等塔埃勒发出另一声警告，两条狗就扑向了她（也许是以为她要进犯主人），他们连人带狗一起滚下山坡，然而塔埃勒还在不停地叫喊，在被溅污、从此不再清澈的夜色中大喊："瓦莱丽！……瓦莱丽！……"——夜晚只是不停地重复他的喊声。

他将她带回家中，她已经死了。他把她放在门边的地板上，自己却坐在门外，好像再也不想住进这间屋子里，今夜不过是为她守夜，这间屋子永远属于死亡。屋前的泥地里放着一块被打磨过的石头，权且充当台阶，塔埃勒就坐在这块石头上，这样他就能看见也能碰到躺在地板上的瓦莱丽。这年轻女人伤在喉咙和右臂，某处内脏破裂。塔埃勒洗去了她身上大块的污泥，抹平裙子，整理好被撕破的地方。瓦莱丽周身散发出一种葬礼上才有的庄严，破碎的身体毫无保留地横陈屋内。

塔埃勒尽心尽力地照料好死者，之后就没办法再思考任何事情了。过了一会儿,他麻木地唱起歌来(依然紧咬牙关),那是一首从学校里学来的朴实无华的歌。"噢马提尼克,噢绿色的山巅,噢金红的落日,你是挚爱的岛屿,你是海上的明珠……"歌声被无意识地哼唱出来,他突然看到其中隐藏的谎言,用言语编织的谎言。随后他开始为自己歌唱,一直唱到最后。一直唱到歌曲结尾处那讽刺意味十足的段落:"你是最美的家园,充满力量,充满欢乐!……"

"你看,"他用平静的语气说,"你看,瓦莱丽,他们唱的都是什么。全都是谎言。你现在能看清了。他们不理会麻风病、雅司病、疟疾、结核病,不理会蔓延整片土地的疯癫。你现在能看清了,对吧?我们多傻啊,还以为自己大功告成了。其实不过才刚刚开始。可是对你来说却不是这样,因为你自己也变成了一道影子。我真的认识你吗?我能够说她从前是这样或那样的吗?你啊,你是怎么死的呢?你是因为两条狗死的,我要宰了这两条狗。警察再怎么说都没用,我就是要宰了它们。我要在它们身上浇上汽油,然后点一把火。啊不,我要把它们牢牢拴住,给它们全身涂满蜂蜜,然后引来蚂蚁。放心吧,我会照办的。"

塔埃勒用平静的声音谈论着两条狗的死亡。语气冷漠,不偏不狭。

"啊不,"他又说,"等处理完这一切,我要用绳子拴住它们,带它们下山到城里去。我穿过城市一直走到裂隙河边,然后在那儿我带着它们沿河往上走。朋友们会看见我带着两条狗经过,他们会低下头,眼睛盯着平坦的土地跟我说话,他们会问我:'你要去哪儿,拉斐尔,你打算带着这两头野兽去哪儿？'我会回答道：'我要沿着裂隙河往上走，你们别管了，我有事要办。'然后我沿着河一路走。河水会回到河道里，不过河边被淹过的土地仍然松软。没错，没错，就是这样。我把它们带到水源处的那栋房子里，然后把所有门窗都关得死死的。我把它们关到临近水源的那个房间里。它们当然不会被渴死，不会的。可我有的是耐心，瓦莱丽，瓦莱丽。我到时候会对你教母说：我当时很有耐心，特吕斯教母。我到时候就睡在旁边的香蕉地里，趴在门上听它们的动静。要花多久呢，要花多久呢？等到它们饿得发疯的时候就会自相残杀。而我，待在外面的阳光下，就能听见它们在水源处的黑夜里厮杀的声音。我会这么做的，你放心，你放心。等一切都结束后我就进屋，处理掉它们肮脏的骨架，以免污染河水。我会挖个坑将它们丢进去。就算得在那儿待上一个月，我也会等下去的，瓦莱丽，你听……"

塔埃勒继续用平稳的语气跟死去的瓦莱丽讲话。天亮了，太阳很快就会开始灼烧铁皮屋顶。不过现在太阳还只是散发出一束轻柔和缓的光，太阳躲在山后，还远远没有长大：塔埃勒窥伺着这束新生的光亮。然而那两条狗正躺在他身边。时不时地用它们被染红的鼻子碰碰塔埃勒，在他黑色的皮肤上留下几条鳞片状的印记，它们忠诚地舔舐着主人的脚。

La Lézarde
© Éditions Gallimard, Paris, 1997
2024 SHANGHAI TRANSLATION PUBLISHING HOUSE (STPH)
All rights reserved.

入选"十四五"国家重点出版物图书出版规划

图字：09-2022-164 号

图书在版编目（CIP）数据

裂隙河 /（法）爱德华·格里桑著；张笑语译；袁筱一，许钧主编. -- 上海：上海译文出版社，2024.11. --（非洲法语文学译丛）. -- ISBN 978-7-5327-9614-4

I. I565.45

中国国家版本馆 CIP 数据核字第 2024XS7985 号

裂隙河
[法] 爱德华·格里桑 著　张笑语 译
责任编辑 / 黄雅琴　装帧设计 / 周伟伟

上海译文出版社有限公司出版、发行
网址：www.yiwen.com.cn
201101　上海市闵行区号景路 159 弄 B 座
上海盛通时代印刷有限公司印刷

开本 889×1194　1/32　印张 9　插页 2　字数 146,000
2024 年 11 月第 1 版　2024 年 11 月第 1 次印刷
印数：0,001—3,000 册

ISBN 978-7-5327-9614-4
定价：78.00 元

本书中文简体字专有出版权归本社独家所有，非经本社同意不得转载、摘编或复制
如有质量问题，请与承印厂质量科联系。T：021-37910000